仰天长啸

岳飞像
从重庆关岳庙到台湾佛光山

傅小渝　岳非丘　著

九州出版社
JIUZHOUPRESS ｜全国百佳图书出版单位

图书在版编目（CIP）数据

仰天长啸 ：岳飞像 ：从重庆关岳庙到台湾佛光山 /
傅小渝，岳非丘著. -- 北京 ：九州出版社，2024.4
　ISBN 978-7-5225-2816-8

　Ⅰ. ①仰… Ⅱ. ①傅… ②岳… Ⅲ. ①报告文学－中
国－当代 Ⅳ. ①I25

中国国家版本馆CIP数据核字(2024)第075637号

仰天长啸——岳飞像：从重庆关岳庙到台湾佛光山

作　者	傅小渝　岳非丘　著
责任编辑	习　欣
出版发行	九州出版社
地　址	北京市西城区阜外大街甲 35 号（100037）
发行电话	(010) 68992190/3/5/6
网　址	www.jiuzhoupress.com
印　刷	鑫艺佳利（天津）印刷有限公司
开　本	720 毫米 ×1020 毫米　16 开
印　张	18.25
字　数	192 千字
版　次	2025 年 1 月第 1 版
印　次	2025 年 1 月第 1 次印刷
书　号	ISBN 978-7-5225-2816-8
定　价	56.00 元

目　录

楔子

侠之隐者，深藏不露。

用这句话来形容渝中半岛，再贴切不过。

在这个被称为重庆母城的地方，一幢外表低调老旧商厦的底层，安息着东周时代的巴国大将军；随意推开一家炸鸡店玻璃门，居然是"重庆大轰炸惨案遗址"的入口；街头一排中餐小吃火锅店挤挤挨挨的夹缝中，隐约可见"新华日报营业部旧址"的门脸；一个在湖广会馆抚琴的琴师，张嘴就可说出于右任冯玉祥当年在渝以琴会友的掌故；一个清晨在鲁祖庙背街练拳的老者，没准儿他大爷给杨森当过保镖……从打枪坝到抗建堂，从红岩村到五四路，从沧白路到邹容路，仅仅从地名上，你就可读出一部慷慨悲歌。时间和空间在这里被折叠起来，偶尔展开，便有金戈铁马之声传出，就像已成渝中半岛网红地标的李子坝轻轨站，当列车从一幢大楼的"胸腔"内风驰电掣穿过时，你能听到重庆的呼吸与心跳。

在这座充满魔幻气息的城市里，很多事一直在发生，在走远，在被遗忘而后再被解密，成为衔接历史的当代传奇。它们之所以不为人熟知，只是由于个体视野所限，未曾被你的目光聚焦罢了。

譬如这会儿，便有一件稀罕的事情出现，距离李子坝轻轨站不远的佛图关森林公园山腰上，几辆凯斯鲍尔旅游大巴，载着二百多名来自海峡两岸的中小学师生，停在一座金碧辉煌的道观山门外。

七月的重庆，酷夏雨后，空气能见度很好。在一碧如洗的蓝天衬托下，一片飞檐翘角的宫观建筑群，衬映在雄关叠翠的背景中，宛若一幅列维坦风格的油画。

这个夏天，那些冲着洪崖洞夜景、长江索道、穿楼轻轨等等知名景点而来的外地游客，少有人知道，在车流汹涌的嘉华大桥桥头，与"重庆天地"摩天楼群的玻璃幕墙遥相对望，嘉陵江左岸的半崖上，还藏着这样一座金碧辉煌的道观。

道观山门左侧，一堵青石砌成的照壁上，迎面扑来五个笔力遒劲的鎏金行书大字：重庆关岳庙。

三辆凯斯鲍尔大巴车门同时打开。第一辆车上走下的，是七十多个台湾口音的中小学生和他们的带队老师；从后边两辆车上下来的师生，要么说重庆话，要么操内地口音的普通话。二百多人在山门前广场上会合后，首尾相衔，沿着"之"字形爬山廊的石梯，一步一步，列队而上。

下午三时，烈日当头，热浪袭人，偶有从佛图关森林公园吹来的阵阵山风，送来些许怡人的清凉。

一个身穿 T 恤短裤、初中生模样的女孩走在队伍最前列。她手上高举一面在风中猎猎招展的营旗。营旗上，一行明黄色的美术字令人眼前一亮——

海峡两岸岳飞文化夏令营。

显然，这不是一支普通的旅游团。

过了灵官殿、关圣殿，队伍中一个剑眉凤眼、着中式短褂的汉子快步走到举旗女孩之前。他身后，跟着一个瘦瘦高高、举止儒雅、口音带台湾腔的领队老师，以及市、区两级政府台湾事务办公室的几位主管领导。

爬山廊石阶顺山势蜿蜒向上，一抬头，前边便是岳王殿了。队伍抵达岳王殿外后稍事休整，在带队老师的指挥下重新组合，混编成四五人一组的单列纵队。

一位白袍麻履、头顶绾着发髻的道长，已备好祭祀香烛，在殿内垂袖守候多时。

剑眉凤眼的汉子率先走进大殿，面对殿内供奉的岳飞青铜像，点燃一支香，而后双膝跪下，叩首，再叩首。

随之，来自两岸的孩子们手牵着手，络绎进入大殿，来到岳飞像前，鞠躬、献花、上香，祭拜祈福。看着这些说着彼此熟悉语言的男孩女孩在岳飞像前双手合十的样子，你很难想象，他们的父辈，以及父辈的父辈，曾经被一道浅浅的海峡，隔绝了七十余年。

几名来自台湾南部的中学生有一个重大发现：咦，眼前这尊岳飞青铜像，与几年前在高雄佛光山佛陀广场上安座的那尊岳飞像，从五官造型，到尺寸大小，看起来一模一样。

曾经有一支队伍，以重庆关岳庙、重庆市岳飞文化交流协会的名义，将一尊岳王青铜雕像漂洋过海送抵高雄佛光山，由星云大师主持了永久安座仪式。这一发生在农历乙未年中秋的新闻，经过海峡对岸媒体铺天盖地的报道，岛上孩子多少有所耳闻。

这么说来，送抵佛光山的那尊岳王像，与重庆关岳庙里的这尊岳王像，是一胎脱模——出自同一雕塑家之手？

但是为什么？为什么一座与岳飞戎马生涯并无关联的城市，会将一尊岳王像跨越万水千山送往台湾？重庆关岳庙，这座位于大陆西部，既非岳王家庙、祖庙，也未收藏任何岳飞"圣物"的道观，与岛上佛教圣地佛光山，一道一佛、一赠一受，两者之间……又有何关联？

岳王殿外，岛上孩子叽叽喳喳的好奇提问，连大陆师生也回答不了。

出了岳王殿，顺石阶继续往上，便是三清殿。

三清殿外太极广场左侧，穿过一道苏州园林风格的月门，一场名为"重庆关岳庙记忆"的大型图片史料展，正静候着两岸师生，准备冰释他们层出不穷的疑惑。

随着讲解员的解说，一章尘封的历史，一段打断骨头连着筋的两岸情缘，一个浸透着民族血与火的中国故事，在这个烈日烤炙的下午，从这座大隐于市的庙观中，一点点浮现出来。

此刻，剑眉凤眼的汉子站在孩子们身后，目光有些游移。透过嘉陵江对岸的悠悠白云，他仿佛看到海峡那边，安座于佛光山上的另一尊先祖青铜塑像，正身披霞光、昂首仗剑，指点着中国南海的万顷波涛。

阳光晃眼，他转过头，想对来到他身边的几位市台办领导说点什么，却被一腔咸咸的液体噎住了。

半晌，他才冒出一句：这一步，终于迈出来了。

迈出来了。几位领导与他相视一笑。

排山倒海的记忆，突涌而至……

那一天，渝中半岛的太阳，也是这么热辣逼人。

2015 年 9 月 23 日，下午五时许，一支二十来人的队伍，匆匆来到重庆大礼堂前的人民广场。队伍中最引人注目的，是走在头里的两个人。为首者五十多岁，一件深蓝色短袖 T 恤的下摆扎进腰带里，仿佛舞台上走步一样，目不旁视，端着肩膀，腰板笔直，胳膊前倾，把一个看起来有些沉的长方形盒子，小心翼翼地抱在怀里。紧跟在他身后，是一个三十多岁的中年男子。此人身穿浅色道袍，脚踩布袜麻履，头上顶着高高的发髻；眼缝细长，却灵动有光；下巴无须，却有两簇十分茂盛的鬓发从耳边窜下来，仙气十足地飘在两腮上。待两人在广场中轴线上站定，队伍中其余人便以他俩为中心快速聚拢，一字排开。看看左右队列齐整之后，退役军人模样的汉子弓腰蹲下，将刚才一直捧在怀里的盒子放在地上，而后抬眼扫视了一下四周人群，深吸一口气，把一双骨节分明的手放在盒顶盖板上。瓦楞纸板的盒子，被从顶部打开那。汉子低下头，换成单膝跪下的姿势，屏住呼吸，虔诚地将双手伸进盒子……

广场上好奇的游客和市民，"呼"一下围拢过来。

只见盒子上端的开口处，露出一块红绸。红绸掀开，缓缓轻轻，一件座钟大小的物件被汉子抱出来，搁在他支撑身体的左膝上。

那是一尊金光闪闪的小雕像。雕像人物呈坐姿，头戴战盔，手抚宝剑，双眉倒竖，一脸正气，下巴上有一缕胡须。

就在围观群众脑筋急转弯、一个来自小学历史教科书上的名字呼之欲出之际，那支队伍一头一尾两个年轻人快步出列，拿出一卷事先准备好的红布，众目睽睽之下，扯开一条十多米长的横幅。

横幅上，21个方正庄重的繁体字赫然在目：熱烈歡送重慶關岳廟岳飛塑像赴臺灣佛光山安座。

十米开外，一台架好的摄像机和一部带广角镜头的相机，记录下了这个不期而至的"快闪"场景。

岳飞！是岳飞！汉子怀抱的鎏金雕像和他身后的横幅，引发了广场上越来越多群众的聚集和惊呼。横幅上，那几个冷不丁蹦出的词儿，刺激着围观群众的想象力：

岳飞？台湾？佛光山？重庆关岳庙？

围观者面面相觑：重庆有一座关岳庙吗？重庆市岳飞文化交流协会，又是个什么组织？围观人群越聚越多，一会儿工夫，便里三层外三层把这队神秘来客包围了起来。几步开外，正在用摄像机和广角镜头相机记录这一幕的两个年轻人，自称是重庆岳飞文化交流中心工作人员，不得不一边劝说群众闪开距离，一边大费周章地解释这队人马的来历。两人的解释经过围观群众口头梳理，其来龙去脉可大致归纳如下——

抗战期间，重庆关岳庙曾是中国远征军将士举行出征祭祀仪式的出发地。为纪念抗战胜利七十周年，重庆一个民间协会，决定以重庆关岳庙的名义，把一尊连基座高3.9米、重两吨的岳飞青铜像，送往台湾高雄佛光山安座，并在农历乙未年中秋节当天，举行安座仪式。明天一大早，送像团成员就要从江北机场出发，飞越台湾海峡。

此刻，那个站在队伍正中的汉子，名叫岳朝军，是岳飞二十八代嫡孙；挤在他旁边那个道士扮相的男子，是重庆关岳庙道观高宗霖道长。岳朝军怀中的岳飞金像，是以送往佛光山安座的岳飞青铜塑像为模本，按比例缩小翻制的。从明天起，它将寸步不离地被捧在岳朝军手中，"跟团"走完这支队伍赴台路线的全程。两人之外的其他人，都是从全国各地乃至海外专程赶来重庆汇合的岳飞后代。

大致搞明白事情原委之后，围观人群兴奋起来。一位中年游客啧啧感慨："我的个天！重庆崽儿硬是想得出来哟！纪念抗战胜利七十周年，把一尊两吨多重的岳飞青铜像空运到台湾……这阵仗，也太夸张，太壮观了吧？"一个手拄拐杖的老人，目光一会儿聚焦在岳朝军脸上，一会儿又聚焦在他怀抱的岳飞小金像上，嘴里高一声低一声地惊叹说："了不得，这事儿，恐怕是要写进史书的啊！"

躁动的人潮中，突然有人提出："我们能不能跟岳飞金像，还有这位民族英雄的后代，啊啊……有幸合个影儿？"

得到岳朝军不假思索地答应后，人群呼啦啦一拥而上。吃不住这么多人左架右抱，岳朝军几乎站立不稳，不得不大声招呼："你们哪些人是一起的？不要挤！不要挤！排队！按先后次序来……"

半个小时后，随着一拨拨与岳飞后代合影的群众络绎散去，广场中心，那队引发围观的不速之客也收拾好横幅和摄像器材，准备集集体撤离。

怀抱岳飞金像、背上泗湿一大片的岳朝军落在整支队伍后边，他频频回头，脸上表情似乎有些落寞。

广场上开始起风。秋阳如一团火球，向大礼堂的琉璃瓦大屋顶后缓缓落下。放眼望去，人群逐渐散去的广场上，孩子们在玩滑板车，闲坐的老人在喷水池边唠叨家长里短；三三两两的外地游客，以大礼堂金碧辉煌的主建筑为背景，摆出各种造型，在玩手机自拍。而此一时刻，一个即将惊动海峡两岸乃至全球华人圈的新闻，才刚刚拉开序幕……

走出广场，岳朝军心头莫名一紧：会不会……事情有变？看看表，已是傍晚六点，送像团成员与各级相关领导碰头之后，对此次赴台可能遭遇的突发状况做一次沙盘推演，已没有时间了。

岳朝军的预感，立刻得到证实。

6点30分，一个电话打来：晚上9点，广场宾馆一楼一号包房，紧急会议，原计划明天出发飞台湾的送像团成员全体参加，具体情况会上通报。

学田湾正街2号，重庆广场宾馆，作为市人大代表活动中心，一楼一号房间，是一个可以举行小型会议的大包房。

当岳朝军和高宗霖推开房门时，一眼就看到，四小时前本该出现在人民广场上的政府相关部门领导，一个不落全部在场。

几天前，曾亲自去机场海关为岳飞青铜像赴台办理货运手续的渝中区民宗委主任李晓峰，见岳朝军进门，从座位上欠欠身子站起来，朝他摆摆手，又坐了下去。

包房内的空气，显得异常凝重。

室内七八个人的目光射过来，停在岳朝军一个人脸上。从那些目光中，岳朝军读出了抱歉、安慰和尴尬。

包间里的每个人，都默然无语。

半分钟后，渝中区台办主任严甄明第一个打破沉默，起身走过来，握着他的手说："朝军，这次送岳飞像去台湾，你、高道长，你俩的责任更重了。"

岳朝军有点懵，觍脸笑着说："严主任，你是台胞的娘家人，挑担子的是你！再说自 1999 年以来，我往来海峡两岸二十多次，对我来说，去趟台湾，就跟出门走个亲戚差不多……"

话没说完，他发现房间里其他人都在交换眼色，倏然品味出严甄明刚才似乎话中有话，不由警觉起来："严主任，你……你……你什么意思？啥叫责任更重了？"

严甄明握住他的手不松，脸上表情由凝重转为灿烂。这个四十多岁的对台事务官员，总有本事在某个节骨眼上展露笑容，让人对他即将说出的话有

11

亲近感。

"是这样的，朝军，"严甄明嘿嘿一笑，"这次去台湾，从现在起，改由你担任团长，高道长协助你。我们相信，你们俩，既代表重庆关岳庙和大陆岳飞后代，又代表重庆，一定会不辱使命的。"

岳朝军丈二金刚摸不着头，打断他话说："严主任，我没弄懂明白——我当团长？那你们呢？你……你们……未必都变成团员了？这不好吧？"

严甄明终于松开他握着岳朝军的手，清清喉咙，放轻声说："我们……都不去了。"

随即，他三言两语道明了原委："现在，虽然距 2016 台湾选举投票还有七八个月，但岛上几大政治阵营为选举造势已杀得难解难分。为了不给别有用心的媒体提供炒作的新闻炮弹，所以这次，今天这个房间里在座的，凡有公职身份的人，都不去了。"

岳朝军确定自己没听错，确定房间内每个人脸上的表情都在为严甄明的话"背书"，但他脑子里依然有根筋拧巴着转不过来。他傻乎乎地问："那么之前电邮给佛光山星云大师的送像团成员名单怎么办？明天早上订好的机票怎么办？我们抵达台湾后，原先备好的新闻通稿还发不发？怎么发？在佛光山举行的迎接岳飞像安座仪式上，还要不要致辞？谁来致辞？"

"这就是我们马上要一起解决的麻烦。"严甄明语气一转，"从某种意义上说，它已经变成了你的麻烦。"

严甄明还说了些什么，岳朝军没听清。有那么一分钟两分钟，他仿佛石化了，脑子里完全空白，耳朵里只有一浪一浪如海潮拍岸般的轰鸣声。他瞪大眼睛，盯着严甄明一张一合的嘴……这个面颊瘦瘦、颧骨高高、眼窝很深、明显带有闽粤血统的中年男人，走在台湾任何地方，都会被当作土生土长的台湾大叔。三个月前，两人曾一起飞赴台湾高雄，会同佛光山慧传法师、慧是法师，以及台湾本土岳飞文化学者王胜民等人，为即将安座佛光山的岳飞青铜像勘验选址。选址敲定之后，听着从高雄港方向远远传来的海鸥鸣叫，看一条波光粼粼的大河绕佛光山山脚奔流而去，严甄明很兴奋。想象三个月后，一尊来自重庆的岳飞青铜像就要安座于此，从他站立的方位，眺望台湾海峡的日出日落……那一时刻，他是多么盼望能够亲眼见证这一历史壮景啊！

还有戴伶、李晓峰，以及市台办各处室的相关领导，在迁建重庆关岳庙，以及打捞抢救重庆关岳庙历史的过程中，投入过那么多精力、感情，熬过了那么多不眠之夜。为了这一天，为了将一尊来自重庆关岳庙的岳飞像送过台湾海峡，他们每个人都付出了那么多心血汗水了！

现在的局面是，一尊来自大陆的民族英雄岳飞像要跨越台湾海峡，送像团成员的名单，早已电邮给星云大师，佛光山方面已按相应规格，定下了迎像仪式的一应流程——而现在，临出发了，名单上排在最前边的一大票人，无法成行！

岳朝军不见黄河心不死，他无法想象这样一支由"剩下的人"、由一群纯民间人士组成的小团队，将一尊民族英雄青铜铸像送往台湾的场景。要知道，这可是近四百年来第一次啊！

他心口很堵地问道："能不能保留一人，作为大陆的、重庆的……地方政府的代表？"

严甄明摆摆手止住他的咆哮："别岔我，我还没说完。"

"这次赴台送像之旅，政府公职人员不便随行。而且从明天早上进入江北机场登机口起，你就是你，岳朝军就只是岳朝军了！"

戴伶因为全程参与了重庆关岳庙的迁建工作，一年前赴台参访，星云大师向岳朝军提出希望重庆关岳庙捐赠一尊岳飞像给佛光山时，她是在场者之一，所以对岳朝军突然悬空的心境非常理解，递给他一个鼓励的眼光插话说："岳会长，我们大家都相信，这次赴台送岳飞像的行动由你负责，一定可以圆满完成。"

严甄明接着戴伶的话继续说："朝军，你代表来自大陆重庆的岳飞二十八世孙，高道长代表重庆关岳庙道观。说你会不辱使命，并非我们赋予了你什么使命。你和高道长，你们是自带使命——你们的使命，是从中华民族的文化与历史背景中，由里而外'长'出来的。我这句话的意思你懂的。低调，低调，再低调。包括你们从海内外赶到重庆汇合一起出发的几十位岳氏宗亲，抵达台湾后也不要惊动岛上媒体。大概，就这些了。"

说完，他转过身，朝在座各位脸上扫了一眼，搓搓手说："诸位领导，你们还有什么叮嘱的没有？如果没有，今晚的会就开到这里。退机票的事儿，我来协助办理。至于其他……"他抬腕看了一下手表，说，"没有其他了。现在是北京时间晚上 10 点，距离明天早上飞机起飞还有十多个小时。我们必须把剩下的时间留给朝军，让他想想预案，再踏踏实实睡一觉，早上起来，满血复活，准备面对可能发生的任何情况。"

然后，他满面笑容地宣布："现在，让我们以热烈的掌声，为朝军壮行。这是一个历史性的时刻，门外的宾馆服务员在吗？来来来，拿我的手机，给我们今晚见证了这一时刻的人拍个照，大家一起合个影吧！"

从广场宾馆回家，岳朝军几乎通宵未眠。

站在他位于江北某小区家中客厅的阳台落地窗前，远眺嘉陵江两岸的万家灯火，他心如乱麻，在家中供奉的先祖岳飞像前点燃了一支香……

一切的一切，都不可预测，不可排练，没有人能替自己运筹、担责。他唯一清楚的是，开弓没有回头箭。

如同十二岁那年，病危的父亲把他叫到床前，抖抖索索地，从枕头下拿出一本几乎烂成碎片的族谱，对他说："不要忘了，你姓岳，是岳飞的后代！……"

这天晚上没睡好的，不止岳朝军一人。

李晓峰的辗转难眠不一样，不是因为紧张、忐忑，而是因为难以平复的激动和期待。

一年前赴台参访高雄佛光山，拜见星云大师时，他也在场。

作为渝中区分管地方民族宗教事务的官员，乍一下听到星云大师向岳朝军询问"重庆关岳庙能否赠送一尊岳飞像到佛光山安座"时，李晓峰隐隐吃了一惊。他知道，星云大师祖籍大陆江苏，曾目击过南京大屠杀，十岁便随母逃难，十二岁在宜兴大觉寺出家，1949年到台湾时才二十出头。老人在知悉重庆关岳庙曾是中国远征军出征祭祀地的历史后，以极郑重的口吻向重庆客人提出的这一请求，应包含了挫骨扬灰也难以磨灭的家国情怀。

由于重庆关岳庙在20世纪六七十年代就停止宗教活动，直到2015年，才基本完成迁址复建；复建后庙观内常驻修行的神职人员，也多从四川等地道观"挂单"而来。所以这次，要单靠道观自身力量，完成送岳飞像到台湾这样程序繁复、涉及两岸的重大宗教交流活动，非常勉为其难。于是，在定下送像日后，办理相关手续、协调物流运输的任务，就落到了渝中区民宗委头上。具体地说，落在刚调到区民宗委工作的李晓峰头上。

李晓峰没想到的是，此事从一开始，就状况不断。

这尊青铜铸造的岳飞像，自重两吨多，还要加上包装……要将这么一个庞然大物从重庆运到台湾，只有两条路可走：海路和空路。走海路，须先把铜像从陆路运到厦门，再改为货轮船运，过台湾海峡，最后抵达高雄港。接单的物流公司算了算，货车从重庆走高速公路到厦门，需要三天时间；在厦门中转为货轮，走"三通"直航海路，一两天时间就可到达高雄。陆路海路加起来，四五天足矣。

但人算不如天算，物流公司接单一天后就来电称，原定的时间不行了。因单独运输一尊铜像，属于"零担货物"，货抵厦门港后，必须等海运货轮满载之后才能启航。这一"等"的时间，可能两三天，也可能七八天十来天很难说。这样一来，就无法保证在中秋节之前，将岳飞铜像运抵佛光山了。

李晓峰当机立断：改货运班机，走空路！

在机场海关验货时，职业素养和警惕性都很高的海关人员打开包装箱，立马提出一个令人啼笑皆非的问题，让李晓峰半晌反应不过来。

"这是我国南宋时期的民族英雄岳飞像。"一眼就认出雕像来的海关验货人员语气严峻地说，"历史人物雕像属于文物范畴，不得放行！"

李晓峰一拍脑门，从衣兜里掏出手机，翻出这尊铜像从创作小样、泥塑成型，直到翻模铸造全过程的照片和视频，不厌其烦地向海关人员讲解，这个，就是一尊"诞生"还不到一个月的当代雕塑作品；顺带还简略陈述了此次送像之行的来龙去脉。海关人员听了这番讲解，感动得要命，赞叹说："哇塞，不容易！真的不容易！"但赞叹归赞叹，相关手续一个环节不能少。好在李晓峰在区政府办公室工作过，也在区文化局当过副局长，上上下下都是熟人。他决定换条捷径，走简易程序，让驾驶员驱车直奔渝中区文管所，向文管所领导详细讲明此事来龙去脉，提供了铜像从创作到铸造的完整视频以及相关证明；而后，由他口述文字，文管所工作人员打字，再盖上大红印章，妥妥搞定一张证明这尊岳飞像并非文物的证明，火速飞奔江北机场。

几个小时后，载着岳飞像的货运包机冲天而起，飞向海峡对面。李晓峰心里的一块石头总算落地：赶在中秋节盛大迎像仪式之前，把岳飞像运抵佛光山并完成拆卸、拼装、安座施工的时间，被他"抢"出来了。

不能亲临佛光山岳飞铜像安座仪式，当然很遗憾。不过就在刚才，离开广场宾馆时，岳朝军告诉了他一个让人心安的消息，说海峡那边一切顺利，岳飞铜像已运抵佛光山并安座到位。这会儿，从高雄外海升起的月光，应当照到岳元帅的铠甲上了……

但愿明天，带着岳飞鎏金小雕像从重庆出发的岳朝军等人一切顺利，能在中秋当天，赶上星云大师主持的盛大安座仪式。

走出管家巷 9 号区级机关综合办公大楼，夜已很深。临近中秋，一张"银盘"高挂天顶，街头灯影绽放如花，却少了拥挤的人潮与车流，显出与白天不一样的安宁与空寂。长期在办公室加班熬夜的李晓峰一时兴起，决定先到解放碑散一圈步，再绕行回家。

从管家巷到解放碑步行街，十分钟就到了。

此刻，解放碑顶的大钟，刚好敲响午夜子时的钟声：

"当——当——当——"

来到鲜花环抱的解放碑基座下，他一边踩着台阶朝上走，一边任目光顺着碑身向上攀援，飞高，再飞高，在被四周摩天楼切割成不规则多边形的天幕下，漂浮，遨游……

依稀间他看到，夜色中，一支蜿蜒数公里的军人队伍，以急行军的步伐，从朝天门、民族路、小什字方向走来，聚集到这个抗战时期名叫"精神堡垒"的六面体碑形建筑物下，眨眼工夫便列队完毕。然后，在军官指挥下，士兵们喊着震天动地的口号，脚下卷起漫天扬尘，朝着百步之外的较场口，大步流星地奔去。

前方，较场口与民权路交界处，老名叫做关庙街的地方，伫立着一座挑角飞檐的庞大建筑群——那，便是 1942 年早春时节的重庆关岳庙……

第一章

百年烟云一道观

● *出征，出征！*

1942 年，3 月，"陪都"重庆，城内到处都是被炸塌的房屋，空气中弥漫着被烧焦的人体、腐烂的垃圾和从无法疏通的下水道中溢出的恶臭。但毕竟是春天了，持续数周的阴雨暂歇之后，那些荒宅的墙角和石阶两旁，一夜之间就冒出了一大片一大片不知名的小黄花。

都邮街——重庆上半城商业闹市中心，在重庆成为中国战时首都之后，这条街已经与关庙街、鱼市街合并，改名民权路，其商业地位，相当于北京王府井。不过在整个抗战期间，这条依然被重庆市民称呼老名的繁华街道，并非仅仅只是一个街区，它还是一个不折不扣的战区——在侵华日军大本营海军部陆军部联合空袭司令部绘制的作战地图中，它被标示为投弹目标"重庆市街·西 B 区"。

经历了从 1939 年 5 月到 1941 年 6 月、8 月的数次狂轰滥炸，都邮街，以及与它紧邻的较场口，包括连接上下半城的十八梯，都已弹痕累累、面目难辨。在这个薄雾缭绕的春天早上，远远看去，街区中心，完工于 1941 年 12 月 31 日的"精神堡垒"，兀立在灰蒙蒙的天幕下，若一尊黑色的影子。

早春的重庆，从初冬开始的"雾季"尚未结束，长江嘉陵江两岸的天幕，依然笼罩着一层灰白色的水雾。这层从空中俯瞰呈现波涛汹涌状态的雾帐，成为一道天然屏障，严重阻碍了日本轰炸机飞行员的视线，也给了战时首都的军民每年三四个月的喘息之机。

早上 8 时许，一支打着绑腿的军队浩浩荡荡从广阳岛兵营出发，乘船来到朝天门码头，然后以行军队列走向都邮街，在街区广场正中的"精神堡垒"和关岳庙之间站定下来。

这支队伍军容齐整，仪态威武，军官比例明显高于普通部队。他们各自胸牌上标明的部队番号，代表着中国远征军第五军、第六军、六十六军即将出征缅甸的精锐之师。今天，这支队伍要在"精神堡垒"举行出征宣誓，然后步行前往不远处的关庙街，到两年前被日机炸毁、数月前才在原址修复落成的重庆关岳庙，去向中华武圣关羽、岳飞的神像上香祭拜，表达与日寇决死一战的意志。

屹立在熹微春阳中的"精神堡垒"高七丈七尺（约二十六米），象征着"七七抗战"；塔身为木结构四方体，基座为六面体；塔身上方有中华民国海陆空三军军旗上的"剑、锚、翼"徽记，基座上刻写有"国家至上，民族至上，军事第一，胜利第一，意志集中，力量集中"六句战时动员口号；通体上下被漆成黑色，以防日机将其当作投弹目标。

但在一年前的"六五"大轰炸中，"精神堡垒"还是未能幸免。当历史记载下较场口"六五"大隧道惨案惨绝人寰的一页之时，被炸成一尊空架架的"精神堡垒"，也目睹了这地狱般的一天：陆用炸弹、海航炸弹、铝镁合金燃烧弹、混合油脂燃烧弹、毒瓦斯弹……成吨的炸弹，刚刚从日本兵工厂研制出来的各类最新式炸弹，从云端，从天上，从日本陆军航空队和海军航空队轰炸机编队肚皮下，从良善的重庆百姓难以理解的高度，从距离"精神堡垒"顶上不足一千米的低空，黑压压地，带着尖利的空气摩擦声，倾泻而下……

不过这个特殊的日子，"精神堡垒"已被修葺一新，放置在它顶端的那只陶瓷大缸，也提前灌满了柴油。上午 10 点，一个颇有奥林匹克气质的士兵高举火把，沿着塔内旋转楼梯拾级而上，在万千人的瞩目中，点燃了大缸中柴油浸泡的棉花，刹那间，塔顶上，一团巨大的火焰腾跃着，翻滚着，冲天而起，把"精神堡垒"变成了一柱在春阳中熊熊燃烧的火炬！

"精神堡垒"前面的广场，今天已变身为解放碑步行街，四周摩天商厦林立，其热闹繁华不输纽约时代广场、东京银座、巴黎香榭丽舍大道，但在1942 的这个春天，它展现在世人面前的模样，除了"堡垒"顶端那一团熊熊大火，就只有颓塌烧焦的商铺、瓦砾遍布的街道，和那个可以容纳数万人列队集会、硕大无朋的黄土坝子。

"宁可家破人亡、血肉横飞，也绝不屈服，与日寇抗争到底的永恒意志，就是我们民族的精神堡垒！"上万人的队伍，用同一声调吼出的誓词，在广场上跌宕起伏，响彻都邮街上空。

这段誓词是谁写的，因为年代久远，已不可考。不过即便是过了七十多年，它听上去依然气吞山河，令人怒发冲冠、热血偾张。

他们是军人，是男儿，是死士，是一个赢弱大国的血肉枪刺。当他们用嘶哑的嗓音喊出这一句句铿锵的誓词时，你很容易想起八百多年前，另一个场景，另一支军队——同样决死的信念，同样不可打败的意志。

那支军队的名字叫"岳家军"。

历史，在这里浓缩为一段黑白胶片。胶片上，一支军队迈着整齐的步伐，正大踏步走向另一支军队。两支军队的"会师地"，便在不足两百米外的较场口关庙街。

此刻，中国西部缺乏温度的太阳，正照临重庆关岳庙的飞檐斗拱。

从都邮街到关岳庙，沿途挤满了围观的群众。他们中，有从全国各地迁徙到抗战大后方的商人、工厂主、文化艺术界人士、宗教界人士、专门放假一天的大中小学生，以及从魁星楼到十八梯、从民权路到较场口的力夫小贩、市井百姓，推车卖浆者流。万众期待中，一双双缠着绑腿的脚踩在黄土地面上，发出整齐划一的"踏踏"声，如一股铁流涌入关岳庙庙前广场。

来了，来了！守候在关岳庙外的人群退开一条路，让军人们迈着整齐的步伐进入庙前广场。黝黑的面孔，洗得发白的军装，视死如归的眼神

……立定，稍息，向左转，向右看齐……

这是他们的儿子、丈夫、兄弟和父亲，这支在"精神堡垒"和关岳庙之间完成集结的军队，就要从这里出发，成为自清末甲午战争以来，中国第一支跨境远征的军队。在此别过，这支铁血之师就要走出国门，为了他们死去的亲人和同胞，为他们的故乡不再在炸弹下战栗哀号，奔赴异域疆场。

关帝像下，岳王殿前，齐刷刷跪下一排，一双双捧香的手举过头顶，叩头，垂首，肃立；大碗大碗的酒洒在武圣像下，缭绕的香火在神殿四周弥漫。

"关圣帝君，请受此一拜！""岳武穆王，请受此一拜！"

庙前广场上，以连、营为建制，百人一行，纵横成列，集合成庞大的方阵，军官们站在每一纵列的排头位置。他们左胸佩戴的标明了部队番号的蓝色胸牌上，都铸着四个岳飞书法的阳文：还我河山。

阳光渐渐升起来，从关岳庙三重大殿背后斜射过来，打在军人们的头上，在每个人的帽檐下，雕出一片棱角分明的阴影——这张由不知名摄影师留下的黑白照片，便成为这支大军最后的影像。

突如其来地，一段旋律开始在军人们头上盘旋，是岳飞的《满江红》。随着前排军官的领唱，一浪高过一浪，雄浑悲壮的歌声转瞬间震天撼地，响遏行云：

三十功名尘与土，

八千里路云和月，

……

立正，稍息，向后转！齐步走！

壮志饥餐胡虏肉，

笑谈渴饮匈奴血，

……

在《满江红》的歌声中，这支全副武装的军队背对关岳庙，背对岳元帅从八百年前穿越而来的炯炯目光，背对家的方向、亲人的方向，操着正步，向西，向南，一去不回头地，向着川滇公路出发。

别了都邮街！

别了重庆!

别了父老乡亲!别了生我养我的土地!

前方的炮火在召唤!

上万双缠着绑腿的脚齐整地踏在黄沙铺就的坝子上,扬起的尘土遮住了苍白的太阳。一时间,围观变成了送别,公路两旁,口号声、歌声、抽泣声,以及道士们低沉的诵经声混杂在一起,给这个春寒料峭的三月,增添几分风萧萧兮易水寒的豪壮。

据现今家住重庆市江北区花卉园的原中国青年远征军第三教导团老兵——98岁的左继豪老人回忆,从1942年开始,每一支由重庆出发奔赴前线的远征军队伍在开拔时,都要从位于都邮街的"精神堡垒",列队步行至民权路关岳庙,举行出征宣誓与祭祀活动。当天,重庆市区内所有大专院校,凡有本校学生参加远征军的,都停课一天,全体师生为出征同学送行。

枪在我们肩上,

血在我们胸膛,

到缅甸去吧,

走上国际战场

……

这是一些多年轻的面孔啊!他们之中的很大一部分,是投笔从戎的学生兵。1942年,太平洋战争爆发伊始,在聚集了众多从沦陷区迁徙而来的知名高校的战时首都,被"一寸河山一寸血"的口号所激励,成千上万家境殷实的富家子弟乃至名门、名将之后，在那个冬天，毅然决然告别学校，告别课堂，告别等待继承的家业，怀揣一腔救国热血，投笔从戎，经过短期军事集训，便成为中国远征军的一员。据统计，在奔赴印、缅作战的重庆学生兵中，大学文化程度的约占百分之二十，高中文化程度的占百分之五十以上，粗通英文或者具有较高英文水平者约占百分之二十五。

几个月后，在同古，在仁安羌，在胡康河谷野人山，这一张张年轻面孔中的绝大多数，都血溅沙场，长眠异邦，此生，再也没能回到故乡的土地。

以上这一幕，是将来自不同线索的历史碎片拼合起来之后，被一点一点地复原、再现出来的。直到2012年初在渝中区民宗委主任岗位上履新，身为重庆人的李晓峰亦从未听说过，七十年前的那个早春，在他每天上下班都要途径的这条路上，曾演绎过如此悲壮卓绝的一幕。

由于众所周知的原因，一段时间以来，重庆作为战时首都八年、"陪都"五年的抗战历史，大陆存档史料较为稀缺。这也就难怪，对于从2007年启动搬迁、2012年基本完成易址复建一期工程的重庆关岳庙之前世今生，李晓峰所知甚少——少到只有重庆市岳飞文化交流协会提供的一张表。

重庆市民权路关岳庙道观登记表

社三礼字第零一七号

声请人：张圆江

一、寺庙类别：关岳庙（道庙）

二、所在地：重庆市民权路一〇一号

三、建庙时间：乾隆

四、公建、募建或私建：公建

五、住持法名或姓名：张圆江

六、僧道人数：（本庙）16名，另有寄居两人

七、不动产：房屋36间，土地300余方丈

八、寺庙法物登记：

（1）神像

关圣文像一尊，岳圣武像一尊；

另有周仓、关平、武侯、站童各一尊，土地二尊，观音一尊，灵祖一尊，文昌一尊、汉宰相一尊、昭烈帝一尊、紫微大帝一尊、邱祖一尊

（2）经典：

《皇经》一部、《文昌大洞经》一部、《妙法莲华经》全部、《阴五品》一部、《阳五品》一部、《斗经》五部

……

后边，还有礼器、法器、乐器、法衣等等几类子项，以及民国某年某月某日的填表登记时间、调查时间等等。

表格上这些枯燥干巴、用毛笔小楷填在发黄纸页中的文字，便是李晓峰上任伊始，手头掌握的重庆关岳庙历史的全部材料。

突如其来，因一个人的介入和推动，情况起了变化。

此人名叫岳朝军，为岳飞第 28 世孙，是一位公司注册地在重庆的民营企业家。

这张表格，也是岳朝军从重庆档案馆中复印来的，复印件上方，还清晰地保留着"重庆市档案馆全宗目录 0053 第八卷 136 页"的编号。

身为岳飞后代，岳朝军密切关注着关岳庙迁址复建工程的施工进展。大约一个月前，他听说一期工程已经扫尾，即将验收，便兴冲冲驱车赶往佛图关。进入施工现场，他很惊讶地发现，在这个名为"重庆关岳庙"的建筑群内，位于道观三重大殿正中位置的武成殿里，只建了一个神龛。神龛上，安放着一尊竖眉长髯的汉白玉关公神像，环顾左右，却找不到岳飞神龛。施工人员告诉他，设计图里，原本就只有关公神龛和神像。关公神龛左右，还有关羽手下大将周仓和儿子关平的雕像空位。很遗憾，在严格按照设计图建成的大殿中，的确没有岳飞的"立锥之地"。

施工现场一位负责人似乎比岳朝军还吃惊，他挠挠头，困惑不已地问："这个这个……关岳庙……不就是关帝庙吗？"

按捺住心中升起的悲哀，岳朝军当即从佛图关驱车下山，径直找到渝中区重点寺观教堂保护修缮工作领导小组负责人戴伶和渝中区台办主任严甄明，像头愤怒的狮子般咆哮起来：

"重庆关岳庙的岳飞去哪儿了？

是不是重庆关岳庙改名关帝庙了？"

一个月后，同样的问题，又被抛给了李晓峰。

与历史撞个满怀

所有的事情，都始于那个夏天。

2012 年 6 月 26 日，重庆市南岸区滨江路，渝信川菜馆。

下午五点钟，这家主打川渝特色菜的餐馆大门外，挂出了一条红色横幅："欢迎台湾泰安旌忠文教公益基金会参访团一行。"落款是"重庆岳飞文化交流协会"。

此次参访，是"2012 海峡两岸民俗文化交流周"大型活动的行程之一。当日来渝的一行八人，均为在台湾热心推广岳飞文化的学者、友人。近年来，岳朝军频频奔走于两岸，对这群台湾友人颇有叨扰，此次以"重庆岳飞文化交流协会"之名在渝接待参访团一行，也算是略尽"地主之谊"。

6 月 26 日，岳朝军恰好有商务活动身在国外，无法赶回重庆，特地委托两个人在南滨路代表他接待台湾朋友。

这两人，一个是重庆市岳飞文化交流协会顾问、同为岳飞后裔的岳稼，另一个是专程从成都赶来的民建中央文化创意产业研究组组长、岳飞思想研究会常务副会长兼秘书长岳湛——当然也是岳飞后裔。

李晓峰留意到，这两个岳飞后裔，一个三十三世孙，一个二十九世孙，都宽额方腮、隆鼻厚唇，有一双向额际飞去的浓眉，与戏剧电影和传统画像中看到过的岳飞颇为神似。

由于参访团的在渝行程中，有参观渝中区多个庙宇寺观的安排，因此李晓峰便也成了陪同接待的一员。

川菜馆二楼面朝长江，有一个带露台的景观包房，名为"满江红厅"。这个因"满江红"三字而极具象征意义的地方，是岳朝军在渝接待外地岳氏宗亲和海外朋友的至爱之地。

从"满江红厅"的临江露台望出去，对面，就是摩天商厦比肩接踵的渝中半岛。

正是在这里，李晓峰与一段闻所未闻的陪都旧事，有了第一次邂逅。

台湾参访团一行八人中，一名团长两名副团长的身份，颇有说法。

团长蔡相辉，除了台湾中国文化大学历史学博士、台湾空中大学（类似大陆的广播电视大学）教授的教职之外，还有几个民间身份：泰安旌忠文教公益基金资深董事、台北市官渡宫董事、云林县北港朝天宫咨询委员。

副团长温三郎更有意思，其职业身份为岛上知名律师，而此次他来渝参访的身份，却是台南市后壁乡泰安宫旌忠庙岳飞契子团团长和泰安旌忠文教公益基金董事。

"契子"，即"义子"，这个可以意会。但两人身份中连着这么多"宫"，什么"官渡宫""朝天宫""泰安宫"，难道这都是庙宇名称？一问，果然如此。原来，台湾庙宇名称千奇百怪，但凡有一个"宫"字的，就是道观。而但凡道观，其内奉祀的诸神中，必有岳飞。

副团长石育钟，外号"小石头"，五十来岁，高高瘦瘦，眼镜、领带、黑皮鞋，衬衣下摆一丝不苟地扎在裤腰里，脸颊上始终挂着令人亲近的微笑，说一口发音温软的台湾腔普通话。其身份为泰安旌忠文教公益基金会董事会成员。

"泰安旌忠文教公益基金会"是一个以在台湾青少年中推广岳飞文化为主的公益性质机构；其创办人，是台湾法务部门前负责人廖正豪。台湾人喜欢在不那么正式的环境谈事儿，把谈事儿变成交朋友，所以他们管谈事儿叫"吃茶"。

聚在一间名为"满江红"的老重庆风格餐馆临江包房里，眺望大江东去，边吃茶边谈事儿，特别应景、有氛围。

既然名叫"泰安旌忠文教公益基金会参访团"，当天吃茶的主题，必然与渝台两地岳飞文化交流有关。

高高瘦瘦、举止斯文、戴一副方框眼镜的石育钟，介绍了他们一行此次参访的目的：生于台南的廖正豪先生，以泰安旌忠文教公益基金会的名义，在老家十几所中小学和职业高中学校，设立了个"小岳飞奖学金"。他们这次来渝，就是想看看，能否与重庆岳飞文化交流协会深化合作，搭建一个两岸青少年岳飞文化交流暑期平台。

身为渝中区台办负责人，严甄明在渝接待过廖正豪先生，加上在此之前，就搭建两岸青少年岳飞文化交流平台的构想，岳朝军多次向重庆市、渝中区两级台办报告过此事，因此在这个话题上，双方相谈甚欢。

这是李晓峰第一次听到这个完全陌生的词儿：两岸岳飞文化交流。他也是第一次听说"岳飞第某世孙"——这个在中国历史上地位特殊家族的"世孙"概念。

到了饭点儿，岳朝军掐准时间给岳湛打来一个电话。电话那头，他先向在座各位台湾朋友表达了不能分身回大陆的歉意，然后，语气郑重地重申了他愿意在人力物力上，对"小岳飞奖学金"评选给予大力支持的承诺："各位请转告廖正豪先生，这事儿，就这么定了！"

因为按下了手机免提键，岳朝军豪爽的声音感染了房间里每一个人。

接下来，"满江红厅"里欢声笑语不断，宾主频频起身举杯，为渝台民间文化交流合作的美好愿景，干杯，再干杯。

这期间，岳朝军又给岳稼打了个很长的电话。

两小时后，岳湛等人起身作陪，送走客人，留在"满江红厅"包房内的人，便只剩下陈磊、严甄明、李晓峰和岳稼。

锣对锣，鼓对鼓，房内四人面面相觑。

岳稼一副憋得难受的样子，说："怎么样？台湾客人走了，我受朝军会长委托，还是我来开第一炮吧？"

"开炮"之前，他先从衣兜里摸出一张纸来，展开，动作稍显夸张地铺在桌上。

它，就是那张岳朝军从市档案馆中复印来的民国时期《重庆市民权路关岳庙道观登记表》。

在表格的"寺庙法物登记"大项第一栏中，两行毛笔手写的颜体字赫然在目：

关圣文像一尊，

岳圣武像一尊。

几道目光，齐齐聚焦在那两行字上。陡然间，现场气氛就有些失控，有些剑拔弩张的味道。

岳稼的话，听上去句句刺耳：

"不是有人坚持认为关岳庙就是关帝庙吗？好嘛，今天我们就来把这事弄清、捋顺、搞明白——

"这张表上'寺庙法物登记'栏中，'岳圣武像一尊'六个字，指的是岳飞像吧？

"从民权路迁址到佛图关复建的这座庙道观，是叫重庆关岳庙，不叫重庆关帝庙吧？

"要是这些都没有问题，那么我们是不是可以承认：这座道观在迁址复建的立项、招标、施工过程中，因某种疏忽，被人为改变了性质？

"如果说，我们在佛图关复建的，是一座道教庙观，而不是一个旅游景点的话，那么请问，谁被授权可以随意改变它的性质？

"岳飞，作为中国历史上唯一一位进入道观庙堂的民族英雄，任由其被从庙堂神龛上'移走'，这，是不是对历史文化的一种轻慢、对城市记忆的一种冒犯……"

"……"

　　岳稼咄咄逼人、连珠炮般的发问，让包间内几个人都脸上发烧，完全坐不住了。

　　对于"重庆关岳庙中无岳飞"这件事儿，从职务分管角度，李晓峰原本完全不知情。之前，第一时间发现这一重大"遗漏"的岳朝军，曾经找到时任渝中区重点教堂寺观保护修缮工作小组负责人戴伶，向她反映过。但苦于缺少一手资料，加之隔着半个多世纪的时空荒漠，找不到一个历史"当事人"，而承建方的施工进度又不能说停就停，于是，依照古建公司中标的道观设计图，一步一步，"关岳庙中无岳飞"，就变成了一个"既成事实"。

　　因为曾多次陪同到访重庆的台胞台商，去迁建施工中的这座宏大庙观参观过，所以对这件事，严甄明也略知一二。

　　在岳稼发问和严甄明解释中，李晓峰好容易弄明白了此事来龙去脉。当岳稼说到"事已至此，我们与其纠缠谁该为此负责，还不如探讨有无纠错可能"时，他说："在寸土寸金的渝中半岛，要对一座已经完成复建即将验收的庙观古建再作调规、改建，不论是增加一个神龛，还是扩建一个大殿，可能性近乎为零。要动如此之大的'手术'，涉及国土、规划、财政等方方面面的众多环节……"

　　严甄明对李晓峰的窘迫感同身受。在外人看来，重庆关岳庙在民国时期就登记为"公庙"，如今易址复建，也是政府出资，将一座早已没有香火信徒的庙子挪一挪，换个地方，无非是保留一个宗教古建筑的外壳而已。

　　岳稼摊开双手，耸耸肩，脸上是一副不可思议的表情："重庆关岳庙奉祀。

的神像中，或许有岳飞，或许没有岳飞。有，没有，是不是感觉上有点'莫须有'？岳家后人对此事的确很在乎——然而在中国，岳飞，作为一个被亿万人景仰崇拜的历史图腾，不应该只属于'岳家人'吧？"

"今天，我想给大家讲一件抗战年代的陪都往事。"岳稼眉心打成一个横结，抚抚胸口说，"这段已被时间遗忘的旧事，是今年4月，岳朝军会长带两岸岳庙缔结友好联盟大陆参访团去台湾，在拜访中国国民党荣誉主席连战时，偶然获知的。当时随行在场的，有岳湛。各位在座领导可以把它当故事听，也可以质疑它、考证它。但在这之前，请大家先把它安安静静听完，再来琢磨刚才严主任那个问题：在关岳庙奉祀的神像中，有，或者没有岳飞，是不是只有岳家人才这么在乎？"

然后，一段山呼海啸的历史，从他嘴里奔腾而来，从海峡那边奔涌而来。

他讲述的，正是1942年春天，中国远征军出征滇缅战场前，在重庆关岳庙祭祀宣誓的那一段旧事，或者说，是那个尚不完整的传奇的蒙太奇碎片。

岳稼的故事有些跳跃，因为他不得不引用一些相关史料来旁证他的讲述。讲到关键情节时，他会指出哪些是连战先生当时的原话，哪些是岳朝军根据其他在台抗战老兵的回忆核实、添加的，还有哪一些是自己依据史料"脑补"的。

李晓峰很震惊。看得出来，在座的每一个人都很震惊。

夏日黄昏，夕阳西坠，露台外的长江江面，若一匹奔流涌动的金色缎带。岳稼讲完，无人插话。一派静默中，整个露台，连同与露台相连的包房，都被染成了赤霞的颜色。包房中每一个人，仿佛同时被什么穿透了，点燃了，找不出合适的话来表达内心冲动。作为一段传奇史实的见证地，重庆关岳庙，突然从一座早已被岁月尘封、被本地市民遗忘、在新版重庆地图上找不到标注的古道观，变得可感、可触，有了穿越历史的画面感。

半晌，长得五官分明、线条硬朗的陈磊处长最先打破沉默，他清了清嗓子，朝李晓峰和严甄明长吁一口气，字斟句酌地说："在关岳庙复建过程中被'遗漏'掉的岳飞像能否补救，以及如何补救，这个问题，希望渝中区在核实历史真相的基础上，予以慎重考虑。"少顷，又意有所指地补上一句，"如果，因我们不经意间的疏漏，让这么一段连接着两岸共同记忆的历史，与重庆擦肩而过，我们不仅将愧对祖先、愧对长眠异乡的中国远征军英灵，而且对渝中区，也是一笔难以索回的历史文化遗产损失。"

身为市台办新闻处处长、新闻发言人助理，陈磊讲话向来用词严谨、考究。

外表文质彬彬、长得像中学语文教研组长的李晓峰，本不是性格冲动的人。他踱步走到与包房相通的临江露台，让江风冷却了一下发烧的脑门。半分钟后，他返回房间，语气恳切地对岳稼说："重庆关岳庙能不能为'请回岳飞'进行调规、改扩建？具体通过什么方式调规改扩建？这事儿，渝中区民宗委一家说了不算，我这个刚上任的主任说了也不算。所以，我们现在先不讨论这件事。我个人觉得，现在我们应该立刻去做的，是'挖地三尺'，挖出更多、更一手的档案史料，按照几个关键的时间节点，将刚才你的讲述，逐一坐实，让曾经发生在渝中半岛上的这一段不为人知的城市记忆，有血有肉、立体丰满地站起来！"

"在这一点上，渝中区民宗委愿意配合你们协会"，李晓峰握住岳稼的手说，"相信我，先把我们该做的事做完、做扎实；至于后边的事，该怎么推怎么动，都不是事儿。届时，就不仅仅是把一尊岳飞像请回来了，而是……怎么说呢？是还原重庆关岳庙的历史面目——为渝中半岛找回一座文化地标来！我这话的意思，你应该明白吧？"

李晓峰话毕，陈磊和严甄明齐声叫好，当场表示，在查找历史资料上，市、区台办可以全方位配合。

岳稼手心出汗，倏然语塞。他今天身上揣着那张"重庆关岳庙道观登记表"，原本是安心要来慷慨陈词、唇枪舌剑的，没想到结果远远超出预期，反倒让他为之前的唐突感到大为抱歉。他双手一拱，对三人的表态表示了感谢，有意改变话题，笑容满面说："朝军会长此次出国之前，谈起过一个构想：一旦重庆关岳庙恢复了岳王神像，重庆岳飞文化交流协会可以与廖正豪先生的泰安旌忠文教公益基金牵手，利用暑假，每年组织一次台南'小岳飞'交流之旅，到重庆关岳庙参拜岳王，重温中国远征军的抗战历史……"岳稼对这个想法，充满了憧憬。

严甄明带头鼓起掌来，陈磊处长笑着对岳稼说："请你把我们讨论的结果连夜转告朝军会长，让他睡个安稳觉。"

那天，在岳稼的叙述中，有三个重要的时间节点：

1939 年 5 月，始建于明万历年间的重庆关岳庙道观，毁于"五三""五四"日机对重庆的大轰炸；

1941 年冬，被炸成一片废墟的关岳庙在原址完成修复重建；

太平洋战争爆发后，1942 年春，首次走出国门的中国远征军，在重庆关岳庙庙前，举行了声势浩大的出征祭祀仪式。

所有的一切，都始自 1939 年 5 月。

那么，在那个遥远的 5 月，那个阳光被炸弹浓烟覆盖、大地被血色染红的 5 月，重庆究竟发生了什么？重庆关岳庙又发生了什么？

🖤 *5 月的战时首都*

今天，即便是八九十岁的老重庆人，也很难描述 1939 年以前的正宗老重庆模样了，更何况一座大隐于市的道观。自国民政府迁都伊始，保留着这座码头城市开埠时代印记的那个老重庆，已被日本轰炸机从渝中半岛地图上抹去多次。

1938 年 12 月 26 日 13 时 35 分，12 架九七式重型轰炸机加上 12 架伊式重型轰炸机，共计 24 架隶属于侵华日军大本营汉口基地第一飞行团司令部的陆军航空队重型轰炸机，携带每枚重达 100 公斤以上的炸弹，分成两个编队，向重庆飞来。

然而，两支重型轰炸机编队刚刚飞临三峡，就遇到了完全不在其战术预判中的状况。

时值冬季，轰炸机群抵达宜昌上空后，就向大本营报告说，前方出现了浓重的云层，视线极差；下午1时35分，当飞机编队穿越云层，到达渝中半岛上空三千米高的空域时，须靠目测来投弹的飞行员不知所措地发现，飞机是在一座座奇形怪状的云岭雾山中兜圈子，而他们的轰炸目标——那座传说中两江环抱的半岛城市，仿佛在跟他们玩捉迷藏一样，从机身下匿踪了！

两支轰炸机编队中的一支，决定携弹返回。另一支继续在浓雾密云中兜圈子，20分钟后，这只编队好容易透过云隙，隐隐约约看到机身下方出现了一片疑似城市的地貌，判断是重庆东部，飞行员便将炸弹一股脑儿全部丢了下去。

离奇的是，对于这次日军大本营准备周密的空袭，在民国政府的《民国二十七年四川各地空袭损害统计表》中，竟然没有记载。

对此唯一可能的解释是，炸弹丢进了长江水域或者三峡地区的崇山深谷中。

此后，1939年1月7日、10日、15日，日本陆军航空兵的重型轰炸机编队又从武汉对重庆进行了三次"远征"，均由于冬季浓雾的掩蔽阻挡，战果寥寥。

不得已，日军武汉大本营决定，在冬春两季，暂停对中国战时首都的轰炸，等待重庆上空的浓雾消散。

　　重庆市民第一次近距离目睹战机从头顶飞过，是 1939 年初夏。

　　在此之前，身居中国西部、有三峡天堑阻隔的重庆，对外交通主要靠长江嘉陵江两条水路。直至 1937 年末国民政府宣布迁都，偌大的重庆城，仅在远离市区的白市驿有一座简易军用机场；而另外一座所谓的"珊瑚坝机场"，只是在枯水期的长江菜园坝段河滩上，弄出的一条可供飞机临时起降的跑道。

　　所以，在 1939 年之前，"孤陋寡闻"的重庆市民，可能从小到大，一辈子都不知道飞机长什么模样。

　　直到那一天，飞机来了。

　　不是客机，是战机。不是一般的战机，是比日本陆军航空兵轰炸机携弹量更大、续航力更强的日本海军航空队的重型轰炸机。不是一架飞机，是黑压压如乌云压顶般的一大群。不是在云层外的高空翱翔，而是以俯冲编队，直接从他们房顶的露台上，从孩子们清亮的童眸中，从几乎可以看清路面上女子旗袍开衩的视距，低空掠过……

　　1939 年 5 月 3 日，重庆雾季结束后第一个阳光灿烂的日子，午后 1 时许，来自武汉侵华日军大本营第一、第二两个海军联合航空队五个中队的 45 架中型轰炸机组成两个编队，乌鸦列阵一般，突然出现在渝中半岛上空。正在享受午后难得阳光的重庆市民来不及做出任何反应，就发现他们已经身处人间地狱——从天倾泻的炸弹，转瞬即把中国战时首都最繁华的商业闹市，变成了一片火海。

　　时任《新民报》记者的中共秘密党员张西洛目击了这一幕。六十年后，已是全国政协委员、《人民政协报》副总编的重庆籍资深报人张西洛在接受新华网重庆频道专访时，谈到"五三""五四"大轰炸的惨状，依然历历在目。他回忆说，5月3日中午，他刚采访归来回到位于七星岗通远门的新民报社，喘息未定，就听见一长一短的凄厉警报声，预示日机来袭。大约半小时后，一连串短促的紧急警报声响起来。报社仅留下几个人看守印刷机，其余人都钻进了报社附近金汤街的防空洞。轰炸持续了将近四个小时，接近傍晚时分，分作几轮投弹的日本轰炸机编队才耀武扬威地飞走。第一时间跑出防空洞的张西洛，从七星岗走到夫子池（今临江门），远远看见烈焰冲天，浓烟滚滚。从都邮街往下，会仙桥、小梁子、小什字、朝天门一带十几条街道，满目皆是浓烟、瓦砾、废墟，耳边哭啼声、呼救声连成一片。

5月3日、4日两天，重庆市内27条主要街道的19条，被日机炸成焦土，平民死伤6000余人。集中在人口稠密区的重庆各大宗教场所，包括罗汉寺、长安寺、法兰西教会（今七星岗天主教若瑟堂）、美国教会（今解放碑基督教礼拜堂）等或直接中弹，或被燃烧弹引发的大火转瞬吞噬。

在日机编队连续多轮的狂轰滥炸下，位于较场口关庙街（今民权路）的关岳庙也未能幸免，清代同治二年重修的牌楼、山门，以及分布在宫观中轴线上的三重大殿，从灵官殿到武成殿、三清殿，尽皆被毁。武成殿内，三米多高的关帝铜像，从神龛上被震翻倒下，头脸冲下，埋入断垣残梁的瓦砾堆中；殿内另一边另一座神龛上，同样大小的岳武穆铜像则不翼而飞。本庙的"镇庙之宝"，两尊生铁铸造、重十余吨的巨狮中的一只，被炸得身首两端！

紧挨着重庆关岳庙的罗汉寺，被称为川东第一古刹，其始建于北宋末年的大雄宝殿和殿内五百罗汉，也在同一天化为齑粉。本寺住持海常和尚，当日与另外九位和尚一起，身穿法衣到米花街给一户丧家诵经，听到空袭警报声未及跑往防空洞，便听见地动山摇几声巨响……当他醒来时，得知自己成了十名和尚中唯一的幸存者。

这年春天，受宋庆龄之邀，正在训练中国空军并组建美国志愿航空队的陈纳德将军目睹了轰炸全过程。几十年后出版的《陈纳德回忆录》里，有这样的记载："投弹仓打开了，数百枚银光闪闪的燃烧弹洒落在这个城市里，燃起全城大火。肆虐的大火整整燃烧了三天三夜"，"我走进这个正在燃烧的城市，协助大队人马用手摇抽水机去与烈火搏斗，这情形就好像要用花园浇水的水管子来扑灭一场森林大火一样"。

5月4日中午的空袭警报拉响时，宋美龄正在位于上清寺的"新生活运动妇女指导委员会"内。她与几个"妇指委"的工作人员一起，先步行来到求精中学坡坎下的防空洞，躲过了第一轮日机投弹；然后让司机载上她，趁着空袭的空隙，直奔都邮街。下了车，她远眺大梁子、较场口，北望夫子池，只见远远近近的火海，已经连成一片。她再上车，车子掉头转往临江门，正看到国泰大戏院被燃烧弹引燃的一幕。宋美龄推开车门，不由自主被裹挟在惊慌失措的人群中，顺了一坡陡峭的石梯坎，朝石灰市下的城门洞磕磕绊绊地跑。刚跑进城门洞，便有一枚炸弹，落在城墙边儿上。

待天上的日本轰炸机消失之后，宋美龄再随惊魂未定的市民跑出城门洞，绕过横七竖八的尸体和不成形状的尸块，折返刚才下来的那一坡石梯，摇摇晃晃地回到石灰市街头，便看到几百米外，国泰大戏院对面，重庆关岳庙庞大的木结构建筑群，被蹿升的烈火舔舐着，噼噼剥剥，噼噼剥剥，正在一柱一梁、一墙一殿地倒下，倒下……

那画面，一帧一帧，血色灿烂，像电影镜头一样，居然有一种四大皆空的凄美。

再往前，几十步开外的公路边，"妇指委"指导长宋美龄的座驾，已经被埋入瓦砾堆中。司机看到"活着的"宋美龄现身，如死刑犯得到大赦，当场失声号啕。

不到一个月前，宋美龄曾带着"妇女指导委员会"的一群委员，前往郊外古刹华岩寺，在寺庙大殿改建的兵营里"劳军"。她以"妇指委"指导长的身份，给士兵讲了一个"岳家军滚刀手大破金兀术拐子马"的故事。讲完，还与士兵们合唱了一曲《大刀进行曲》：

大刀向鬼子们的头上砍去

热血沸腾的将士们

冲锋的时刻来到了

冲锋的时刻来到了

……

此刻，凝视被烈火吞噬的重庆关岳庙，身为"民国第一夫人"的宋美龄，脑海里是否浮现出岳家军血沃中原的场景?

二十多天后,6 月 1 日,日本《外交时评》杂志在报道"五三""五四"大轰炸时,直接引用了一段日本海军报道部部长的话:"时值夏季空袭的好季节,我海军航空部队鹏翼下,尽收中国全土,蒋政权气数有限,上苍也叹无藏身之处。辗转迁都,幸与不幸,真是劳民伤财。我航空部队偶然有炸弹伤及市民之处,市民也应有牺牲的觉悟,这也是常识。只要抗日政权继续存在,首都选在何处,麻烦便会殃及该地。"

一句"只要抗日政权继续存在,首都选在何处,麻烦便会殃及该地",毫不隐晦地点明了日军轰炸重庆的军事目的。

1939 年 5 月 3 日晚,住在与渝中半岛一江之隔黄山官邸的蒋介石,在当天的日记中这样写道:

今日,四十多架敌机袭击了重庆,炸毁了军事委员会大楼及周围大片地区。城中百姓死伤无数。

第二天他更伤感地写下:

今夜敌机又一次轰炸了重庆,还投掷了燃烧弹。这是我今生所见最惨烈之景象……

5 月 3 日下午,当日军轰炸机编队的轰鸣声从天上消失之后,宁波商人、大新日用化学工业公司老板谢济川离开藏身处,返回他设在民族路的大新化学工业公司。从较场口到小什字,街道两边的建筑物已经被炸得面目全非。途经关庙街时,他看到那片巍峨壮观的道教建筑群已化作断壁残垣,心头涌出一阵难以表述的悲凉。继续往前,从小什字到民族路,从一座座史前遗址般的建筑废墟旁走过,他看到了大新工业公司所在的民族路 182 号,已变成一堆瓦砾。

抗战期间,大新公司的产品在陪都十分畅销,包括顶好牌肥皂、椰子爽身粉、椰子发油、椰子霜、狮王牌药皂等。重庆的报纸和各种月份牌上,都能看到大新公司的肥皂和爽身粉广告。

转眼之间,这一切,俱为灰烬。

两位来不及跑向防空洞的工友,被埋在倒塌的楼梯废墟中,肢体不全,血肉模糊……

谢济川攥紧拳头,朝天上挥舞双臂,嘴里不知所云地咒骂着,他觉得自己要疯掉了。这个温暖的、阳光明媚的午后,在这座瞬间变成人间地狱的城市里,空气中充斥着人体被烧焦的恶臭,眼中除了冲天大火就是滚滚黑烟;传入耳中一声比一声更令人心碎的,是痛失亲人的男人与女人、老人与孩子撕心裂肺的恸哭。谢济川在大新公司的瓦砾塌墙上踩来踩去,不知该如何把埋在塌墙下的工友尸体刨出来。他口中喋喋不休,软软的宁波话显得那么无力,哪怕穷尽世界上最恶毒的诅咒,也无法表达他此时心中的仇恨。

不幸中的万幸,被炸毁的民族路 182 号只是大新公司的销售总部和存货库房,它的厂房车间设在长江以北、磁器口对面的石马河,远离渝中半岛的商业与居民稠密区,得以躲过此次大轰炸。

1939 年的重庆,麇集着大批像大新工业公司这样的江浙企业,他们都是在武汉保卫战的枪林弹雨中，转道宜昌，搭上民生公司的川江船队，完成了自己工厂和家族财富的大迁徙。这些实业家对重庆、对这座在民族危亡之际庇护了他们的"大后方"城市，有发自内心的感恩。

抗战大迁徙中最早入渝的江浙企业，主要集中在日用化工行业和营造建筑业。譬如生产三星牌蚊香的中国化学工业社，主营肥皂药皂和爽身粉的大新公司，主营建房工程的柏龄营造厂、大福营造厂等。它们的地址，分别在第一模范市场、望龙里、民族路、中正路和民权路。

江浙商人在渝经营的商业，涉及五金、百货、银楼等众多行业。服装鞋帽和皮具商号，主要分布在从朝天门到民族路、民生路一线；老凤祥、宝盛等知名银楼，则相对集中在中正路、莲花街、民权路、保安路一带。重庆大名鼎鼎的亨得利钟表眼镜行，也是由宁波商人王仁慈等创立，抗战期间为亨得利的总店，店址位于民权路15号，与重庆关岳庙道观仅一墙之隔。

纵观江浙商人迁徙来渝的企业和商号，在地址分布上，覆盖了上下半城所有人口稠密区。因此，在"五三""五四"连续两天日本战机对渝中半岛的轰炸中，江浙商人尤其是宁波商人，损失极为惨重。也因此，江浙实业家与商人，对这座城市的安危存亡，有着切肤之感。

1940年，谢济川所在的宁波旅渝同乡会召开第一次理事会，在会上通过的《理事会章程》中，开宗明义地提出："我们不可专注于狭义的家乡观念。应当放大眼光顾到民族的生存、国家的独立。有了国，才有家，所以我们今后应当团结一致，有钱出钱，有力出力，为抗日战争之胜利……团结成一个战斗体。"

1940年4月，重庆道教协会秘书长殷宗亮向在渝浙江籍工商界人士发起重修关岳庙的募捐，宁波肥皂商谢济川第一个响应。当天，他头缠白布，一袭白衣，手提一只装有8000元法币的小黑皮箱来到募捐现场，然后，这个不善言辞的男人从街边小店讨来一条板凳，站上去，面对街头围观人群，双手颤抖，怒目向天，热泪纵横地说："这八千元法币，就当是送大新公司两位被炸死宁波工友回家的棺木钱吧！"

在谢济川义举感召下，浙江籍在渝商人和各界民众一呼百应，集腋成裘，聚沙成塔，数天之内就募齐了建庙款项。

捐款之外，擅长古建修复的宁波营造业大佬们，还纷纷"赤膊上阵"，有力者出力，有手艺者出手艺。多位在望龙门码头囤有上好原木的营造业老板，指挥工匠们直接在江边扯场子拉大锯改料，再用缆车牛车马车拖运到施工现场。众志成城之下，仅用了一冬一春，就在被炸原址上，修复了重庆关岳庙三重大殿。

1941年春天，一座新的、带有"国庙"性质的关岳庙，在雾季结束之前，从一片废墟中，昂然站立了起来，成为这座炸不垮城市的又一精神象征。它仿佛在向世界宣告：在日军以大轰炸形式对中国抗战首都军民实施的这场"心理战"中，重庆没有倒下！

被点亮的长夜

这是一种很神奇的感觉：你所生活、工作的这座城市，从家到办公室的两点一线之间，每天脚步匆匆地经过、浮光掠影地透过车窗瞥过的那一条条街道、一座座建筑、一个个散发着历史气息的路牌，因为一段传奇而被激活、被唤醒，倏然就有了故事，呈现出全新的面貌。

2012 年 6 月 26 日的南滨路"茶聚"之后不久，戴伶、严甄明、李晓峰三人在办公室专门约见了岳朝军一次。约见中，岳朝军说了一句意味深长的话："吹灭烛火，历史便是一片亘古的黑暗——那么为何，我们不点亮它呢？"

戴伶与他一击掌说："好啊！朝军，就让我们几方人员齐心合力，都来做那个点亮蜡烛的人。"

次日起，李晓峰每天从家到办公室的两点一线，变成了家—图书馆—档案馆—民权路重庆关岳庙旧址—办公室之间的多点一线。来自不同渠道的历史信息，包括走访历史事件当事人后代查证的轶事、掌故，如涓涓小溪，千流归一，分门别类进入他办公电脑的"重庆关岳庙"文件夹里，越来越多，终于汇聚成一条浪花翻滚的大河。

几个月后，点开文件夹，坐在电脑前的李晓峰觉得，历史的长夜已经放亮，重庆关岳庙也不再仅仅是档案馆中编号为"全宗目录 0053 八卷 136 号"的一页登记表，而开始获得了属于它自己的鲜活生命。现在，只要一闭上眼睛，这座拥有四百年历史的道观，以及围绕它发生的无数传奇，便会像一本厚厚的大书，在他脑际中一页页自动翻开。

重庆关岳庙，始建于明神宗晋封关羽为"关圣帝"之后，原名关帝庙，为川东道教中心和十方丛林。道教所谓的"十方丛林"，其宫观性质属全国教徒公有，地不分东西南北，教派不论正一、全真，只要是满发、大领（蓄发，着明代汉族服饰）的道教徒，人人有享受挂单长居的权利。

这座庙观，原有殿堂三十六间，其中三重主殿；正殿供奉关羽神像，高三米；总建筑面积达五千多平方米；原有楹联："扶正统而彰信义威震九州，完大节以著忠贞名高三国。"明末，张献忠攻陷重庆，乱兵纵火将大殿烧毁，只余偏殿，庙内道士逃散。清同治二年新修全庙。由于主持新建庙观的是一位清室亲王，又值匪患战乱频仍的清末，它一度被谬传为亲王的家庙。这也为21世纪初，这座道教宫观迁址复建时，承担设计与施工的古建公司稀里糊涂闹出一桩"神像缺位公案"，埋下了伏笔。

1914年，辛亥革命推翻清王朝之后，根据民国政府《关岳合祀之定制公告》（民国三年十一月二十一日〔政府公报〕第八一五号）与民国大总统令，全国关帝庙统一将民族英雄岳飞神像并入合祀，重庆关帝庙随之改名重庆关岳庙。

在民国政府发布的《关岳合祀之定制公告》中，是这样描述这一举国行为的意义的：

关壮缪羽赞昭烈，岳武穆独炳精忠，英风亮节，同炳寰宇，实足代表吾民族英武壮烈之精神。谨拟以关岳合祀，作为武庙等情。查关岳两祠，近代久崇礼祀，我国人民景仰盛徽……忠武者国基所以立，民气所以强。当此民国肇兴，要在尚武，为师干之圭表，示民族之楷模。着礼制馆妥议关岳合祀典礼，并稽考唐宋武成庙祀遗规，将历代武功彪炳之名臣名将，及民国开国忠烈将士，酌予从祀，庶振袍泽之气，用臻强盛之麻。

同时，公告还统一规定了各地关岳庙每年举行春秋两次祭祀的时间和主祭官级别，并特别标明，民国海陆军将领必须亲自参与祭拜：

以春秋分后第一戊日，由当地文武官员职位较高者亲指敬祭。

民国十七年（1928 年），南京国民政府结束北伐革命，宣告完成统一大业。为了强化国家意识形态，历史上第一次对全国庙宇神祠进行普查登记，并由内务部向地方政府颁布了"神祠存废标准"四条，保留被认为有益风化的宗教和信仰，废除过滥的偶像崇拜和神祇信仰。四条标准是：促进民族发展、促进学术发明、维护国家社会安定、忠烈孝义。符合这四条标准，被列为"先哲类神祀飨祭"可以立祠纪念的有伏羲氏、神农、黄帝、嫘祖、仓颉、后稷、大禹、孔子、孟子、公输般、岳飞、关羽等十二位历代名人。

其中岳飞的评价是"精忠报国，富于民族精神"。

少有人知道的是，其实早在辛亥起义前夜，岳飞就一度成为爱国人士的图腾。1905 年，刚刚从东京高等师范速成科留学归来的陈独秀，曾在芜湖建立反清秘密团体"岳王会"，以安徽武备练兵学堂的学生和官佐为主要成员，鼓吹革命思想，成为中国最早的资产阶级革命组织之一。中国同盟会成立后，岳王会接受同盟会领导。1908年11月，光绪、慈禧先后驾崩，岳王会认为革命时机已经成熟，遂推安徽新军炮营队官熊成基为总指挥，率千余人起义，围攻安庆一昼夜，终因寡不敌众，主要军事骨干大部遇难，熊成基潜赴日本，旋即又潜回东北暗杀清政府海军大臣载洵未成，被捕牺牲。随之，逃亡各地的岳王会成员悉数投奔到孙中山帐下，成为辛亥革命、广州起义、北伐革命和讨袁护国战争的中坚。

厘清这一段历史背景，有助于今人理解：为何一位南宋时期的抗金英雄，会被民国政府以公告法令形式请入庙堂，成为国家祭祀对象；以及，在1937年国民政府宣布迁都重庆之后的整个抗战期间，重庆关岳庙为何会从一座偏居西南一隅的安谧道观，画风骤变，在日本军机狂轰滥炸的滚滚烟尘中，成为一座寄托并见证了中华民族抗战精神和军人武魂的圣庙。

事实上，从重庆关帝庙改名重庆关岳庙第一天起，它就开始与那个风云激荡的时代产生了交集与共振。重庆关岳庙近六千平方米的建筑体量，以及它山门牌坊外那块与较场口连为一体的偌大坝子，使它在第一次国共合作的大革命期间，成了重庆各界群众举行广场集会的不二之地。

当时，有一个名叫游曦的女学生，因为经常在这类广场集会上发表妇女解放的讲演，而被重庆妹子视作大众偶像。

游曦（1908—1927年），原名游传玉，土生土长的重庆妹子。因家庭贫困，十三岁就进了女子职业中学学习缝纫。白天读书，晚上给人缝衣服、织毛线补贴家用。十五岁那年，考入重庆第二女子师范，经常听共产党员老师萧楚女讲课，后来两人成为恋人，并改名为游曦。

1926年初，游曦发起筹备重庆各界妇女联合会。同年10月，北伐军攻克武汉。消息传来，重庆各界妇女三万余人，聚集在关岳庙庙前广场举行了声势浩大的"庆祝国民革命军光复武汉大会"。这次大会的组织者之一，就是年仅十八岁的重庆各界妇女联合会宣传部长游曦。

大会结束后，三万多妇女从关岳庙出发，一路高呼口号，浩浩荡荡游行到两路口。在1926年暑假期间，游曦多次带领妇联宣传队，在关岳庙前演出以妇女解放为主题的街头话剧《母亲的心》。

1926年底，中央军事政治学校（即黄埔军校）在武汉、重庆等地招收第六期政治科学生。游曦毅然应试，考入黄埔军校武汉分校。在她的川籍女同学中，有一个来自宜宾、名叫李淑宁的女生，就是后来在"白山黑水"高举抗日大旗的巾帼英雄赵一曼。1927年，蒋介石在上海发动"四一二"政变，武汉军校的学生、学生兵团和武昌农民运动讲习所学员一起，编成中央独立师；之后又改编为军官教导团，叶剑英任团长。军校动员女生回家疏散，游曦坚决要求留下。于是，三十个留下的女生统一剪成短发，被编成一个女子连，跟随叶剑英前往广州，参加了由张太雷、叶剑英、叶挺、徐向前、聂荣臻等领导的广州起义。起义失败后，游曦率领的女兵班与指挥部失去联系，坚守在广州城外的长堤阵地，打光子弹、拼弯刺刀之后壮烈牺牲，年仅十九岁。

这一天，距离游曦在重庆关岳庙庙前广场上最后一次演出《母亲的心》，才不过短短一年。

这一段惊心动魄的历史，出自中国抗日战争史学会副会长周勇之口。1926 年暑假期间，游曦曾借宿周家，在组织策划女工运动的同时，准备报考黄埔军校。直到今天，周勇说起小时候听他父亲周永林讲过的游曦故事，还历历在目，宛若就在昨天……

第一次国共合作撕裂的枪声尚在耳畔，外敌入侵的炮火又响。1937 年，"八一三"淞沪会战爆发，南京沦陷在即；是年 11 月 16 日，蒋介石作《国府迁渝抗战形势》的报告；17 日，国民政府主席林森率领国民政府大小官员乘永丰舰撤离南京，并于三日后在武汉发布《国民政府移驻重庆宣言》，宣布迁都重庆；20 日，监察院院长于右任向世界发表抗战檄文《国民政府移驻重庆宣言》——从这之后开始，重庆关岳庙的历史才翻开新的一章，升级为首都重庙。而在这之前，由于它地处商业闹市，周边市声喧哗，茶馆林立，各色人等往来如过江之鲫，单从其坐落位置来看，就不太像一个远离尘嚣的修仙之地，倒更像一个三教九流啸聚的江湖码头。

说到码头，民国初年重庆关帝庙改名为关岳庙后的第一任道长，即民国三十七年填写"社三礼字第零一七号"登记表的张圆江，就是一个"操码头"的袍哥。

张圆江，俗名张永隆。重庆普通市民对这位道长的了解，更多是来自数年之后——民国十七年（1928 年）在重庆举办的首届国术擂台赛。这次擂台赛由军旅出身的重庆市长潘文华亲自主持，云集了天南海北的众多武术名家。

就是在这次大赛上，张永隆从上百参赛选手中脱颖而出，与余鼎山、余德鑫、胡洪图等十五位高手并列，获得"武士"称号。

当时，引荐张永隆入驻本庙的，是参加过辛亥革命重庆起义"敢死队"的田德胜。田德胜的另一头衔，是重庆大码头袍哥仁字辈堂口的"舵爷"。

民初乱世，中国道教的十方丛林，并无严格的宫观教规，一个修炼全真道的道士，也可以入洪门，嗨袍哥（加入该组织仪式）。张永隆任道长后，在关岳庙大殿外开了一家茶馆，取名"永隆茶馆"。这个茶馆，不仅可供往来香客歇脚喝茶、武林中人以武会友，它还是重庆地区仁字辈袍哥聚会议事、"吃讲茶"的一个堂口。每逢农历腊月吃团年饭、五月"单刀会"、七月"中元会"，永隆茶馆一概谢绝空子（非袍哥）喝茶，专门用来开大香堂、摆接风宴、栽培兄弟伙（介绍参加袍哥）、晋升座次等帮会仪式。就是在这个堂口里，张永隆、田德胜与从山西来渝的武术名家张腾蛟三人，拜把换帖，自诩"三贤士"，仿效刘备、关羽、张飞桃园三结义，成立了重庆国术研究会，意在团结巴渝和川东武术界。国民政府迁都重庆之后，国术研究会扩大为中华武术抗日救国会，并利用重庆关岳庙的场地，创办了"陪都速成国术馆"，张永隆任馆长，是当时重庆上半城名气最大的武馆。

战时首都时期的重庆，尤其是渝中半岛，仿佛一个大舞台，从全国各地投奔而来的各色人等，工商巨子，达官贵人，演艺明星，文人学者，流亡学子，江湖帮会，乃至武林好汉，都急于在这里找到各自的舞台，扮演各自的角色。

寓居重庆的武林人士，虽然门派不同、源流各异，但在民族存亡的时刻，都能相互学习、彼此包容，同行之间不出恶语。更有一些高手，利用这个机会，融合各派之长，在重庆创立了新的武门和拳种：比如来自中原地区的武术名家何福生，为了表达抗日之志，就融合了武林宗师杜心五的腿法和大刀王五的劈挂格斗之术，自创了刚猛有力、招招制敌、适合群众演练的"满江红拳"；再比如法名张圆江的张永隆，就传承了源自陕西三原县高占魁、袁氏兄弟、安定邦一脉的拳技，与流亡入渝的山西武术名家张腾蛟一起，以重庆关岳庙为场子，创立了三原门。

也有一些武林异类，趁着兵荒马乱之际，从沦陷区来到战时首都，把重庆当作一个群雄争霸的大山寨。他们来，就是要"铲地皮""抢山头"。轰动一时的河北"飞天蜈蚣"挑战陪都武林事件，就发生在这一时期，事件高潮部分演出的"舞台"，就在重庆关岳庙。

该事件的相关线索，是市台办处长陈磊和岳朝军、岳稼等人在查找重庆关岳庙相关档案、寻访当事人的过程中意外发现的——由此再度佐证，地处渝中半岛闹市中心的关岳庙，确实是一座藏有太多抗战历史传奇的富矿！

● 陪都武林大争霸

1942 年，太平洋战争全面爆发，适逢河南大饥荒，国民政府一方面喜于美国参战和世界反法西斯联盟建立带来的形势转折，一方面苦于应付更多的难民涌入陪都。是年秋冬之交的雾季，一个名叫吴孟侠、颇有些神秘背景的武林中人，带着一帮弟子从河北来到重庆，在观音岩和两路口之间的中山一路川东师范旁边租了房子，扯起场子，挂出一块"飞天蜈蚣武馆"的牌子。此人在陪都地皮还未踩热，就在渝中半岛刮起一阵"吴旋风"——

一连数日，重庆几张报纸的中缝上，同时刊出了一条用大号黑体字做标题的"吴孟侠以武会友启事"，启事发布人自称"飞天蜈蚣"吴孟侠，启事大体内容为：武术是中国历史悠久的民族技击格斗精粹，不容花拳绣腿，故作玄虚。什么上桩内功之类的神话，都是江湖乱道。为了澄清蒙在国术身上的尘垢，恢复其本来面貌，吴某订于从某月某日起，至某月某日止，计三十天，在川东师范（今重庆市劳动人民文化宫）操场内，摆下比武擂台。凡在渝的全国武术界、体育界、江湖杰士、内外各家、三山五岳各大门派的武林高手，凡有愿与本人以武会友的，随时恭候。双方可以签订文书，无限制比赛规则，生死自负……

一时间，重庆城中盛传，武林中杀来一匹狠角色。

从吴孟侠在川东师范摆下擂台的第一天开始，就有各路好汉络绎不绝前往叫阵。这"飞天蜈蚣"果然有些真本事，前来挑战的拳师竟然无一胜者，一个个都铩羽而归。也许真正的高手不屑于出山与一个名不见经传的狂徒对阵，也许是高手们唯恐万一输了放不下面子，总之二十几天过去了，也没有一个武林中威名赫赫的大家前往挑战，都是些籍籍无名的张三李四王麻子上台挨揍。结果很惨，设在川东师范的比武场子，成了"飞天蜈蚣"表演徒手杀人的舞台。一对一，一对二，一对三……有沉不住气的民间拳师等不及报上尊姓大名就冲上台去，比武就变成了打群架。虽然没有真的死人，也无人与之签生死文书，但每天都有鼻青脸肿手断脚残的败阵者被轰下擂台。"飞天蜈蚣"在擂台上大笑："偌大的陪都武林，难道真找不出一个堪与吴某过招的人，硬生生要送我一顶'打遍江湖无敌手'的高帽吗？"此人之狂妄，大有踏平陪都武林之势。

终于，有人坐不住了。

这天早上，天气阴沉，吴孟侠设在川东师范内的场子尚未扯起，便有一辆私人包车，停在中山一路的"飞天蜈蚣武馆"外。车门打开，从中走下一条面容清癯、白衣白裤的中年汉子。来者名叫郑曼青，湖南人，早年曾在南洋一带设馆授拳，如今，在临江门夫子池大众游艺苑对面的来龙巷，开了一家中医正骨诊所，平日里深居简出，以行医为业，并不与武林中人往来，很少人知其来头。下车伊始，郑曼青便自报名号，直言要"向吴老师请教请教，过上几招"，出言诚恳，神态不卑不亢。

吴孟侠既是夸了海口，当然来者不拒。

从体型上看，吴孟侠膀宽腰圆，比郑高出整整半个脑壳。当时他心下暗笑：又来一个送死的。下了场子，郑曼青气定神闲，以静待动，并不急于进攻；而吴孟侠则一出手就是势大力沉的重拳，恨不得秒杀这个敢来踢馆的湖南人，没想到几次出拳都被郑巧妙避过。吴以为郑怯战，飞起一脚"魁星点斗"，踢向郑的腹部。只见郑曼青移步换形，避开来腿，闪电般挥出一记摆拳，巴巴适适，击中吴的左眼。

"飞天蜈蚣"身体摇晃了几下，双脚戳在原地，懵了，似乎不敢相信自己挨了揍。

呼啦一下，吴孟侠的弟子们蜂拥上前，乌泱泱地把郑曼青围了起来，阻止他继续出拳。这郑曼青却点到为止，并无再施重手之意，对众人拱一拱手，说声不好意思，便在众目睽睽之下，转身出了武馆，跳上等在门外的包车，绝尘而去。

这只是一场预热，江湖上称为"踩场子"，好戏还在后头。

第二天，重庆关岳庙一侧的永隆茶馆里，由中华武术抗日救国会"桃园三结义"的"三贤士"田德胜、张永隆、张腾蛟出面，邀约时任国民党中央训练团武术总教官——武林中威名赫赫的万籁声、全川武术擂台赛金牌擂主李国操，以及刚离开中山一路"飞天蜈蚣武馆"的郑曼青等人，围在一张茶桌前，一边喝着盖碗茶，一边就商定了一件事儿：次日，也就是吴孟侠登报摆擂比武时限的最后一天，由中央训练团武术总教官万籁声出面，与"飞天蜈蚣"过过招。

中央训练团，是抗战时期成立的一个特殊培训机构。

1938 年 4 月，国民党临时全国代表大会决议，对全国党员和军政公职人员进行训练；随之，将原武汉珞珈山军官训练团改组为中央训练团，隶属中央训练委员会，陈诚任教育长。1939 年 3 月 1 日，中训团首期训练班在重庆南温泉举办；之后第二三期的举办地点迁至渝中半岛佛图关。1940年12月，中训团第十二期学员提议，将"佛图关"改为"复兴关"，取"抗日救亡，民族复兴"之意，获准。1941年3月，蒋介石亲题"复兴关"三字，着人刻凿于关前石壁上。

中训团训练的对象，为国民党中下级党政军公职人员。1943年后又举办过高级干部训练班。从这里走出过张自忠、孙立人、杜聿明、薛岳、卫立煌、戴安澜、郑洞国、孙元良、王铭章等著名抗日将领。其首批一百二十名学员中，有六名出生于台湾的军人，包括台湾著名历史学家连横的儿子连震东（即后来曾任中国国民党主席的连战先生的父亲）。中训团的教官中，则包括周恩来、董必武、宋庆龄、郭沫若、于右任、李宗仁、陈诚等人。中国远征军的中下级军官，多半也是在这里受训之后，才开赴滇印缅前线的。

中训团总部的驻地，便在佛图关。

佛图关，三面悬崖，壁立千仞，地势险峻，扼成渝古道之陆路咽喉，自古为兵家必争之关隘。古代涨水季节无法摆渡行船时，出入两江环抱的渝中半岛，唯有佛图关一途。

三国时，驻守江州（今渝中半岛）的蜀将李严忽发奇想，打算把佛图关拦腰凿断，让长江嘉陵江水在关下汇流，把江州城变成名副其实的江中之州。后因诸葛亮怕李严在这个四面环水的城郭里占岛为王，未予准允。挖山计划告吹后，李严便在江州制高点的关隘上修了个小城垣驻军，筑有四道高耸的石门。关隘南北方向以悬崖为屏，崖下两江汇流，易守难攻。当时，关隘崖壁上有座石佛，故名佛图关。

中训团学员的教室、宿舍和练兵场，就建在李严驻军的城郭上，紧挨着今天迁址复建的重庆关岳庙道观。

1941年6月5日，日机空袭渝中半岛，造成震惊中外的"大隧道惨案"。为掩埋死者，重庆民间慈善团体在佛图关崖壁上，沿着从鹅岭到九坑子一线约三公里范围的陡坡，挖坑为墓，夯土为塔，修筑了十二座方尖碑形状的"白骨塔"。每座塔底埋葬了五六百具遇难者遗骸，十二座塔下共长眠着死难者达七八千之众。

从中训团练兵场所在位置居高临下望出去，枯藤老树掩映中，几座六米多高的"白骨塔"依崖而立。夜半时分，每有林涛呼啸，声声入耳，似"白骨塔"下的冤魂在抽泣。直到七十多年后，佛图关上春花怒放，被"穿越春天的轻轨列车"画面所吸引的航拍发烧友，仍能从无人机的视角，透过树影芳草，看到十二座"白骨塔"中残存的两座。

中训团训练班的基本课程之一是搏击格斗，万籁声便是中训团的武术总教官。这位二十五岁时就被两广总指挥兼广东省主席李济深先生看中，选聘为两广国术馆馆长，授少将级军衔的武林大侠，在江湖上无人不知其大名。

万籁声的武功拳脚师出武术名家杜心五，其技击动作迅雷不及掩耳，以快、准、狠著称，不玩花活儿套路，招招制敌，长于近身格斗。其之所以能成为中训团武术总教官，就在于他教授的功夫能在实战交手中杀敌毙命。

心思缜密的田德胜建议，将这场比武的擂台从中山一路的川东师范操场改到关岳庙前永隆茶馆外的坝子。原因无别，一来这里往来的市民更多、地方宽敞还有茶座，让这场比武更有观赏性；二来可以体现这是陪都武术界的"主场"——袍哥人家，绝不"拉稀摆带"；三来可安排众多武术前辈坐镇，以防吴孟侠那边使什么阴招。

当下他们就派人到"飞天蜈蚣武馆"，向吴孟侠下了战书。

战书中称，此战若吴孟侠赢，陪都武术界就此作罢，承认"飞天蜈蚣"功夫"天下第一"；若万籁声赢了，吴孟侠则需在报上连续刊登三天广告，向陪都武术界致歉。

最后，还有一条附加约定：永隆茶馆为这场比武预订茶座五十桌，谁输谁付钱。

商量停当，万籁声起身抱拳说："国难当头之际，武术界探讨格斗技击之术，原本是倡导尚武之风、振奋国民精神的好事，何必妄语凌人？既然陪都武术界各位前辈认为，应该给他一顿教训——我不敢说教训，彼此切磋切磋吧！这是公开的，不收门票，不打广告——本人一定准时赴约！"尽管没在报纸上打广告，但世上没有不透风的墙，武林大侠万籁声与吴孟侠要在关岳庙设擂过招的消息，立刻在山城不胫而走。

这场擂台比武由田德胜、张永隆、李国操共同主持。当天下午一点半，闻讯而来的数千群众便将关岳庙内外围得水泄不通。大名鼎鼎的长江大侠吕紫剑、江苏武术大师韦宏岐也来到现场。为防意外，重庆市警察局派出大批警察维持现场秩序。

作为本场比武打擂的主角，万籁声由中央训练团用一辆吉普送到关岳庙，车上还有陪同前来"以壮声威"的郑曼青。吴孟侠则带着二十几个武馆弟子，在警察护卫下，浩浩荡荡，鱼贯进入比武场。

因为比武消息提前放出，到场者爆棚，来者中又有众多武林同仁、军政长官和前来凑热闹的夫人小姐，永隆茶馆的包座临时增至九十席，依然一座难求。

两人交手之前，先到武成殿关老爷和岳武穆王像前上香叩拜，之后才走出大殿，面对坝子上黑压压的看客。

一眼扫去，永隆茶馆的包席茶桌那边，一个个蜚声武坛的师爷级人物并排端坐。看到这架势，吴孟侠多多少少有点心虚，便径直来到后台，向田德胜、李国操、张永隆抱拳施礼，开口便称"三位前辈"。田德胜劈面就奚落了吴孟侠一顿："今天比赛，你必败无疑，轻则住医院，重则难说。原本我们主张不打为上，全民抗战之际，大后方武林以安定为重；实在要打，就要签下生死文书。此番比武，我谁也不偏袒，绝对公道。我们三个老朽，愿以重庆武术救国会正、副会长的名义，充当裁判长。"

比武正式开始之前，万籁声面对关岳庙灵官殿前黑压压一片围观群众，高声说："我是应吴孟侠摆擂之约前来比试的。今天是擂台最后一天，军政长官和武术同仁均在此，他今天如能战胜了我，我自甘拜下风，他就算当今中国第一流武术家了。"

在众人的掌声中，吴孟侠硬着头皮道："各位同道朋友：我吴某确曾登报摆三十天擂台，今天是最后一天，也同武术高手较量多场，幸未失败。今天万老师也来参加，殊出本人意料之外。我是久仰万老师大名。除万老师之外，任何人同我比试，我都应承……"

听上去，吴孟侠想打退堂鼓。

万籁声虽听出了他的话外之音，却不愿放过这个为陪都武术界正名的机会，咬着他话头不松口说："吴同道，不要客气。你的登报启事并没有指出我万某除外。并且前一天我已致函于你，你没有说不同我比。今天，既然军政长官同全国武术同仁都到了，正欲一领明教，如何又自食前言呢？！"

吴孟侠无言可答，讷讷低声问："怎么个比法？"

万籁声语气平缓说："这还不简单？我们今天的打擂，不同于国家比试，是不受规则限制的。我一动手就可把你肋骨抓一条下来；假使不能，我赔你一根！"

眼见得吴孟侠脸色都变了，生就怕软欺硬性格的万籁声便不再逼他，递个台阶说："无奈观众起哄，定要你我一决雌雄。既你提前认输，我就不下此绝手，咱俩就随便打打吧？"

于是两人下到场子中间，吴孟侠不搭二话，一抱拳，跨步上前就朝万籁声劈来一掌。万也不客气，腾身跃起就对准他面门直端端插入一掌，正中眼下；吴孟侠一仰下巴，万籁声跟上就是一脚，飞踹在他小腹上。

前后仅有十几秒时间，吴孟侠抱腹而倒。

吴孟侠的大徒弟见状，冲入场内，一言不发就朝万籁声面门一拳劈来。

万不接不挡，回身便走，待这厮一跟进，他飞起就是两脚鸳鸯腿——你躲得开右腿，躲不开左腿！又不过十几秒钟，吴孟侠大徒弟便一个倒栽葱，滚落匍匐到殿阶之下。

眼见这师徒二人瘫倒在地，万籁声跳开一步，做了一个"承让"的手势，摆明了不想伤害二人，也有给其留点脸面的意思。但当天赶来现场给万籁声助威的围观者中，有之前二十多天来在川东师范操场擂台上被吴孟侠下狠手打得皮开肉绽的众多无名拳师，他们不明白万籁声为何不拿出看家本领，把这个狂言"打遍陪都无敌手"的家伙直接"做掉"了事。这群人火大，嗓门儿也大，生怕事情搞不大，齐了声在场子外高喊："万大侠打呀！打死这两个敢来重庆踢馆砸场子的！"

听到喊声，擂台圈外吴孟侠带来的二十几个徒弟急眼了，呼啦一下摆出要冲进场来混战的架势。说时迟那时快，这边在茶座包席上观战的田德胜、张永隆、李国操、张腾蛟、郑曼青等一众武林高手齐刷刷站起，对吴孟侠师徒大喝："两人对一人，算什么好汉？今天，你这群武馆弟子若真要入场比试，我等在此恭候久矣，就不劳烦万老师再费手脚了！"

回过神来的吴孟侠赶紧喝止他那帮剑拔弩张的弟子，向万籁声低头认错，满口应承当天的所有茶钱都由他会钞结账。如此，双方握手言欢。郑曼青打着哈哈说："吴孟侠，你这只'飞天蜈蚣'，今天果然遇见太岁了哈？赔了茶钱不算，还有在本市几家报馆刊登的《道歉启事》，都要用你本人名义。文字内容，由我来起草，你只需将连续三天的广告刊费交来即可。"

当下，几人在茶馆内以吴孟侠口气拟好向陪都武术界的道歉文，几番斟酌定稿后，郑曼青揣着广告费，众武林大侠向吴孟侠道声再见，各自抱拳散去。

以上这一段掌故，来自几位老重庆武术名家后代的回忆。其中所涉情节，作为故事第一男主角——时任中央训练团总教官的一代武术宗师万籁声，在他出版于20世纪90年代的《万籁声回忆录》中，也有可资佐证的文字。这本回忆录中，还详细记载了1992年2月27日，重庆关岳庙打擂传奇英雄万籁声九十大寿时，二千多海内外来宾、武林同道及弟子们，在福建省体工队凌云宫为他祝寿的情景。寿礼现场，来了众多政要、将军为这位德艺双馨的武林高人题词贺寿。

这一场轰动陪都武术界的擂台赛，使重庆关岳庙名声大振。

几个月后，1943年元旦节，一张以"体育强身，全民救国"为宗旨、名为《强者之报》的周报，在重庆关岳庙中诞生。这家周报的报馆，就设在庙观一侧的厢房内。利用宗教活动场所办报纸，在宏阔的抗战史上也是一大奇观。

在《强者之报》的创刊号上，万籁声应邀为该报《武德》栏目撰写了《序言》，从他与吴孟侠在重庆关岳庙的那场擂台比武衍生开去，专门谈及了武林中人的帮派倾轧与门户之争：

如国术一道，不免派别畛畦之见。互乘利弊，倾轧至于今日。倘沾沾各拘一隅以自雄，是皆未得至道一屇之明，其所见者小矣。是以欲明事物之真理，必先溯其道之本末。万事万物，皆有至道；能得至道者，则技也始可近乎道。今也国难日亟，救亡不遑，更应发扬侠之大者之精魂。

"国难日亟，救亡不遑，更应发扬侠之大者之精魂"，万大侠掷地有声的这句话，一语点明了他在擂台比武中放吴孟侠一马的真实原因。

虽然重庆关岳庙的注册登记人是法名"张圆江"的张永隆，但经历了大轰炸后，身为一座依靠民力捐款重修的"公庙"，却无明确的法定产权人。

国难时期，关岳庙宽敞的院落、庞大的建筑体量和它闹市中心的位置，吸引了众多社会单位和军警机构入驻。除了类似《强者之报》这样的新闻机构之外，还有国民革命军二十八、二十三集团军两个留守处，重庆市警察局一个直辖派出所，重庆市财政局一个税务稽征所等众多军政机构，临时占用了庙内众多空余房屋。

抗战结束后，随着民国政府"还都"南京，抗战期间云集重庆的高官巨贾、文人雅士、明星艺人，乃至武林高手、江湖好汉等，开始像潮水退去。

"白日放歌须纵酒，青春作伴好还乡"。陪都八年，无数人在这座被日机几乎炸成焦土的城池里告别了青春，甚至失去了生命。还乡，还乡，还乡！活着的人要还乡，死去的游魂也要还乡。一时间，重庆城里城外，朝天门的客轮，珊瑚坝的飞机，广阳坝的军用吉普……北碚街头，巴县城外，歌乐山脚，去贵州下湖南上两广的卡车马车滑竿，蜿蜒的队伍，一眼望不到边。不论是达官贵人，还是升斗小民，上百万来自天南海北的抗战难民，仿佛突然从地底下冒出来一样，挤满了码头车站和弹坑累累的公路。此刻，他们心中只有一个饱含热泪的愿望：回家！

　　据重庆市档案馆馆藏资料显示，1937 年中国抗战全面爆发后，随着国民政府及所属中央机关西迁重庆，东部沿海地区大批工厂、学校、团体等纷至沓来；再加上无以计数的逃难平民如开闸洪水般涌向重庆，来此安家落户、立业谋生，使陪都人口暴增，截至 1945 年 3 月，已达一百余万人。从 1945 年秋天开始，中国战时首都重庆，这座被日记轰炸得千疮百孔、被民族苦难强行推上

　　历史舞台的城市终于完成历史使命。随着一大批"中央"政府机关的率先撤离，军队、学校、工厂也紧跟其后，源源开拔，打包上路，顺江而下，重返故都金陵。

　　重庆关岳庙，这座曾享有"国庙"之尊地位的道教宫观，也自此淡出国民记忆。在它大殿内外发生的那一个个惊心动魄的故事、上演的那一幕幕悲壮卓绝的历史大剧，也如过眼云烟般被人遗忘，只剩下城市档案中那一叠叠蒙尘发黄的卷宗。

第二章

我有一个梦想

● 赤子之心

岳王过海，非今日始。

历史上，东南沿海尤其是潮汕、闽南地区，从明代开始，就有百姓举家、甚至举族跨过海峡迁徙至台湾。这些移民登船渡海之前，往往由族长出面，从当地祀奉岳飞的庙宇里，请上一帧岳武穆王木版刻像，置于船头，祈祷岳王保佑家人族人平安渡海。

明永历十五年（1661 年），郑成功率两万水师进军台湾，次年从荷兰殖民者手中收复台湾。在水师分乘的战船船头，也置有岳武穆神像，既祈祷岳元帅在天之灵护佑将士海上平安，也象征"延平王"攻台师出有名——如"岳家军"收复中原河山。

这是历史上最早、规模最大、持续时间最长的一波"岳王过海"潮。这波大潮，终止于光绪二十一年（1895 年）中日《马关条约》，清廷向日本割让台湾。

此后，从台湾光复到国民党政权从大陆退踞台湾，两岸势如水火，交流阻绝，再无岳王像过海赴台。

从这个意义上说，重庆关岳庙护送岳王像赴台安座，是近代史上第一次。但若以货运班机形式运送岳飞大型青铜像赴台而言，则属两岸交流史上第一次。换作庙宇对庙宇、宗教对宗教、民间对民间，它也是史上第一次。

没有先例，没有官方参与。赠送方是抗战时期中国远征军将士出征前往祭祀的一座庙观和岳飞嫡孙；接收方是岛上极负盛名、信众遍及全球华人世界、被称为"人间佛国"的佛教圣地。

一年之前，当星云大师提出赠像请求时，在场者没人意识到，这个请求一旦兑现，将是一次创造两岸历史的壮举。

当然，更没人预见到，这一民间壮举的背后，可能蛰伏着许多两岸隔阂的敌意解读和叵测风险。

因为，他们将要从大陆送往台湾并永久安座的，是一尊岳飞塑像。而岳飞对中华民族象征着什么，以及他在中华历史中所代表的符号意义，无须赘言。

在岛上"大选"临近的敏感时期，这一创造历史之举不论怎么低调，都免不了成为媒体炒作对象，这才有了重庆人民大礼堂旁广场宾馆旦夕生变的那一幕。于是，这次包含了庞杂历史信息、已被岛上媒体和大陆驻台媒体提前捕获相关信息的行动，便成了一次完全、纯粹的民间宗教活动。于是，临近出发，送像团成员只剩下四个人——四个布衣百姓。

这四个人是：团长岳朝军，岳飞二十八代孙，某民企董事长、全国岳飞思想研究会会长、重庆岳飞文化交流协会会长；副团长高宗霖，重庆关岳庙道观副监院；团员谢果，雕塑家，此次赠送佛光山的岳飞青铜像的创作者；团员岳建，岳飞二十九代孙，渝中区某酒店高管、重庆岳飞文化交流协会副秘书长。

另有一批来自全国各地的岳氏宗亲和岳庙掌门人，自行组团飞往台北，在桃园机场集中队伍后，再分头赶往高雄佛光山，共襄盛举。

从重庆出发的四人中，除了岳朝军外，其余三人都从未到过台湾，对岛上的政治文化生态一无所知，对接下来四天的台湾之行既忐忑，又充满好奇。就这样，几个大陆平民，以中国抗战史上那座传奇庙观的名义，犹如外出"串门子"一样，从重庆江北机场登机，踏上了护送岳王过海的安座之旅。

飞机上，头顶发髻、身穿道袍麻鞋的高宗霖一遍遍在脑海里"复习"道家法事中圣像开光的程序细节，一边吐纳运气，默默祈祷，希望在道教中受封为"靖魔大帝"的岳武穆王保佑他们的台湾之行一路平安。由于两岸道观在主持开光法事时，存在某些仪式、程序乃至法器运用的差异，为了在这个涉及两岸宗教法统的事务上摆正角色，故在岳朝军执意坚持下，高宗霖顺理成章地进入了这次送像之旅的名单。

长了一张娃娃脸的中年雕塑家谢果，为创作此次送往佛光山的岳飞圣像，历时一年，十易其稿，最终形成了这尊塑像今天的模样。作为对八百多年前一位民族英雄形象的描摹和再现，谢果急切地想知道：从他手中诞生的这尊岳飞像，与台湾民众心目中的岳飞像，与岛上岳庙供奉的岳飞像，会不会因为半个多世纪的隔膜，出现较大的审美认知差异？

那尊两吨多重的岳飞青铜像已经在台湾了，而另一尊按同比例缩小为三十九厘米的鎏金小像，则蒙着红布，自始至终，由坐在前排的岳朝军小心翼翼地捧在胸前。如果岳王有灵，应该能听到他二十八代嫡孙怦怦的心跳吧？

被岳朝军紧紧护在胸前的，除了先祖岳飞的鎏金小像之外，还有一串佛珠菩提子。这串佛珠菩提子来自一位韩国高僧——此人还另有一个不为人知的身份：岳飞二十五代孙。

关于这串佛珠菩提子，又有一个故事。这个故事，与岳飞遇害后，其后人逃亡的去向有关。

1999年，台湾宜兰碧霞宫建庙一百周年，岳朝军应邀来台参加碧霞宫岳母殿奠基仪式。恰好在那之前，一支来自韩国的旅游团抵达台湾，成员中有一名僧人，汉名李阳镐，是釜山市三洞山大宗寺的住持和尚，法号道成，身上带着一卷族谱复印件，自称是岳飞第五子岳霆流落到韩国的后人。

随旅行团到台湾后，李阳镐在岛上四处寻访岳氏后裔，最后来到台北故宫博物院，在签名簿上留下了名字和电话，寄望于游客中有岳飞后裔偶然看到签名簿，帮他寻找中国大陆的岳氏宗亲。在台湾的岳飞后代最有名的，就是旅台岳氏宗亲会理事长、原国民党三军大学教务总长岳天将军。岳天将军得知这一信息后，随即就告知了应邀来台参加岳母殿奠基仪式的岳朝军。

岳家人都知道，岳飞后代中有一支为躲避秦桧迫害，一路隐姓埋名向北逃亡，其中一部逃到朝鲜半岛后改姓李，自称"青海李氏"（岳飞夫人姓李）。《中华岳氏宗谱》中明确记载，在整个朝鲜半岛，包括今天的韩国和朝鲜，共有岳飞后代五万人。每年农历二月十五岳飞诞辰日，杭州岳庙祭祖，都有来自韩国的李姓岳飞后裔组团前往上香。对这段历史，岳朝军非常了解。所以在得知韩国高僧、岳飞后人李阳镐专程赴台寻找宗亲线索的信息后，他把这事儿一直记挂在心。

2000年中秋之前，岳朝军参加一个行业考察团参访日本，在结束访问准备回国前一天，他随团去东京都著名的浅草寺游览。谁知他一步才踏进寺内庭院，就见庭院上空这一片天上哗哗地下起了大雨，而庭院周边却滴雨未落，前后左右的地面竟然都是干的！

进得寺内，求签处人头攒动。他随大流也走过去，摇摇签筒，抽出签来，瞄一眼，只见上边用汉字写着：

盘中黑白子，一着露天机。天龙降甘霖，冲出旧根基。

读完这四句话，稍稍琢磨，他脑壳里"嗡"的一声，立刻就想到了那位韩国高僧所托之事，不由大惊失色，而这一天恰好是中秋节！

刚才，他前脚一踏进浅草寺，天上立刻就大雨倾盆，这不就是"天龙降甘霖"吗？"冲出旧根基"，这不是在暗示岳家有流落海外的后代要认祖归宗了吗？

更让人惊骇莫名的事还在后面。

大约两个小时后，他们结束了在浅草寺的游览，络绎登上返回酒店的旅游车。才上车，跟团的越南籍导游就忙不迭给大家道歉说，才接到航空公司的通知，因为客源不够，这个团的航班乘客要转道韩国仁川机场，在那里停留两天一夜，与其他航班合并，再飞中国上海，希望大家理解，旅行社愿意承担全团旅客在韩国逗留期间的一切费用。

事前没有任何安排，他们这个参访团的行程就凭空多出了个韩国两日游！

这难道不是上苍的安排，要他以岳家人的名义，去跟那位曾专门到台湾寻访岳氏宗亲的韩国高僧、流落海外八百年的岳飞后代会面吗？

飞机降落韩国后，旅行社免费安排全团人去济州岛和釜山观光。途径青州时，岳朝军迫不及待让导游按韩国僧人留在台北故宫博物院的电话，用韩语给釜山大宗寺李阳镐打电话，但一直没人接。导游在他的要求下，锲而不舍地反复拨号，终于寺庙那边有人拿起电话——

"请问你找谁？"

一瞬间，岳朝军过于激动，不管三七二十一，就让导游直接用韩语回答说："你是道成和尚——李阳镐吗？"

对方显然吃了一惊，没有任何心理准备，只在话筒中"啊"了一声。越南裔导游受到鼓舞，也不征求岳朝军的意见，就对着手机脆生生大叫："李阳镐，岳飞从中国派人来韩国找你了！"

手机那边，接话人在回答一句"是，我是李阳镐"后，突然失声静默，而后变成了难以抑制的哽咽。

八百年！失散八百年的英雄后代，一朝找到了来自先祖的根脉！旅游大巴车厢内，爆发出一片欢呼。

事后岳朝军才知道，导游拨打的那个号码是寺庙门房的电话。那天，门房值班的僧人恰好离开了，当夜值班的李阳镐恰好经过，恰好听见电话声反复响起……这一天，又恰好是中秋节！

如此之多的偶然撞到一起，难道是冥冥中的必然？

由于在之前的行程中，岳朝军不断在给参访团其他团员讲这个流落韩国的岳飞后代的寻根故事，当越南籍导游一挂断手机，全车人便一致要求旅行车舍弃沿途所有景点的停靠，连夜开车，直奔釜山，全团人都愿意随他一起，去见证这场岳飞后人分离八百余年后的历史性相聚！

那串菩提子佛珠，就是李阳镐此后送他的。

今天，这串代表岳飞海外宗亲的佛珠，同样用红布包着，与先祖岳飞像一起，开始了这次非同寻常的台湾之行。

航班在汹涌的云海中穿行，机上乘务人员和其他乘客没有人知晓这四个人身负的使命。低调，从容，不炒作，少说话，坚持纯民间的文化交流，不介入任何岛上纷争，这是岳朝军给自己定下的跨海送像之旅基调。这个十年来多次应邀访台的岳飞后裔，对岛上政治生态的复杂深有体会。

岳朝军很满意，迄今为止，在这趟华航班机上，除了道士装束的高宗霖引来一些乘客的好奇眼光之外，尚无人察知他们四人的特殊身份。

但还是有一个空姐，对前排那个男乘客始终保持的端坐姿态，以及他怀中紧紧搂住的那个红布遮挡的物体，产生了浓厚兴趣。"是神像吗？"空姐用台湾腔很浓的普通话问。

男乘客笑笑，一念之间，想告诉这个年轻的台湾女孩一点历史，便轻轻掀开红布的一角，说："是的，是神，中华民族的神，战神，英雄神！"

空姐脸上露出惊讶的表情："哇！岳飞！"

男乘客点点头，眼眶莫名就有些湿润。他身后，另一位长了一张娃娃脸的男乘客笑得比谁都开心。

华航空姐激动地说:"我家乡也有岳王庙,我爷爷是外省老兵,我从小就听家里长辈讲过岳飞的故事……"

然后,她坚持要为这位来自大陆的男乘客专门调出一个相邻空座,用来安放岳飞金像。

岳朝军与谢果对视一笑。

好兆头,岳王赴台的欢迎仪式从天上就开始了!

机翼下,香港,维多利亚港湾的那一片蔚蓝已经遥遥在望。

此行转道香港不仅仅是为了与来自大陆各地的岳氏宗亲汇合,岳朝军还事先安排了一场约会。

他要见一个人,一个在香港老幼皆知的人——香港警察中华武术会会长、不久前刚退休的香港总警司、香港中华精忠慈善会会长蔡建祥。

● 抗战老兵之后

蔡建祥在香港，可以说无人不知。

他在警队当刑警时，被誉为香港"O记一哥"；在任香港警方王牌部门"有组织犯罪及三合会调查科"主管期间，因其打击黑社会组织不遗余力，升任香港总警司。蔡建祥父亲的少年时代，正值日本侵华，他一路逃难至重庆，进了陶行知在合川创办的育才难童学校读书；后来响应"一寸山河一寸血，十万青年十万军"号召，于1943年弃笔从戎抵抗外寇，被编入国民党远征军新一军，奔赴印度接受美式军事训练；1944年，他与战友们一起，高唱岳飞作词孙立人改编的军歌《满江红》，高喊"还我河山"，参加了反攻缅甸的一系列大战。

这段人生传奇，父亲直到去世前才告诉已经升任香港总警司的儿子。由此，蔡建祥开始利用各种机会往返内地，锲而不舍地追寻父亲当年的抗战足印。他曾率香港警队的警察们参观广州的中国远征军新一军公墓、云南腾冲的国殇墓园，探访了许多仍然在世的远征军老兵。也由此，他不断问自己，为什么父亲对这一段血与火的经历讳莫如深？为什么每到民族危亡的关头，国人才会想到岳飞？

不久，他创办了香港警察中华武术会，将岳家拳纳入全港警务人员训练的必修课。正是在这期间，他结识了刚刚接任岳飞思想研究会秘书长的岳朝军。

2003 年，日本首相小泉纯一郎第三次参拜靖国神社后，蔡建祥打电话给日本驻香港总领馆，质问领馆人员为什么要一再伤害中国人民的民族感情。对方回答说，"日本首相参拜自己国家的民族英雄，关你们什么事？"并嘲讽蔡建祥，"你们中国人有自己的民族英雄吗？有吗？"

暴怒的蔡建祥差点当场砸了电话，他对着话筒大吼："谁说中国人没有自己的英雄？岳飞就是中国的英雄！当年我们的父辈，就是在岳飞精神的激励下，把你们打垮、拖死，终结了日本帝国大东亚共荣圈的黄粱美梦的！"

这件事让蔡建祥受到极大刺激。他问自己：今天，别说是日本人、外国人了，就是香港的年轻一代，有几个人了解我们中华民族的英雄？有多少人知道自己的父辈曾在岳飞精神的感召下，以血肉之躯与日本侵略者进行过一场惊天地泣鬼神的民族命运大对决？

那一年适值岳飞诞辰九百周年。蔡建祥想，应该为这位民族英雄做点什么。

一天，蔡建祥正与几个同事在香港体育总会讨论关于内地助学的相关事宜，一位警察偶然说起，他有一位演艺圈的朋友梁荔玲，正想策划一套风格独特的舞台剧，但手头的题材都缺少分量。蔡建祥一听就拍案说："有啊，现成的，岳飞！"对方问："为什么是岳飞？"蔡建祥说："今年刚好是岳飞诞辰九百周年。岳飞'精忠报国'的思想影响了中国多少代英雄豪杰、志士仁人？把岳飞故事改编成舞台剧，绝对精彩、轰动。"

梁荔玲是香港卓有成就的青年戏剧导演，又是一位作家，曾获香港十大"杰出青年"称号。当时，她新创了一种叫作"动感文学"的舞台剧，将音乐、歌唱、舞蹈、朗诵、旁白、书法和美术设计交织在一起，让各种艺术元素互动，让观众得以立体地欣赏一部舞台作品。蔡建祥与梁荔玲见面后，两人一拍即合。蔡建祥进一步建议，还可以把中华武术糅合到戏里，在戏中弄一两百个会武术的演员，再现岳家军血战沙场的宏大场面。梁荔玲大喜说："这个点子绝了！可是从哪儿能招募到这么多会武术的演员？还有，如此庞大的演员队伍所需要的古装戏服和道具，诸如铠甲战袍、兵器盾牌之类，拍戏成本非常高，经费怎么解决？"

蔡建祥主动请缨说："我本人可以担任你这部戏的监制。至于戏中出场的男女主角和跑龙套的群众演员，包括饰演岳飞的男一号在内，可以都由我们香港警察中国武术学会的会员们包揽，人你要多少有多少，全部义演。拍戏需投入的经费，我也可以帮你找到商业合作伙伴。"

他的想法得到了梁荔玲认可。蔡建祥很快把招募义务演员排演大型舞台剧《岳飞英雄传》的告示发放给香港警察中国武术学会众会员。他的用意是，让出生于英国殖民时期的一代港警通过排演岳飞戏了解祖国历史，以身为中华民族的一分子而自豪。后来这部戏在排练中，除了三百多警务人员参加义演外，还请到了成龙的师傅刘家良担任武术总指导。警察们向刘家良集体拜师，学习刀枪棍戟和洪拳。此事在香港一时传为美谈，轰动媒体。为推广这部戏，香港演艺界人士任达华、张明敏等也参与了义演。为给拍戏筹款，蔡建祥向香港仁济医院和多个慈善团体发起募捐。义演所获票款与后续募款共计四百多万港币，均以香港警察武术会和捐款单位的名义，在河南汤阴、江西九江和湖南武冈捐建了三所"岳飞学校"。

在这部戏的创作过程中，岳朝军应邀专程奔赴香港，给演职人员讲岳飞故事，为剧本创作提供了大量生动的历史细节，并向梁荔玲赠送了自己珍藏的旅台河南籍宋史学家李安所著的《岳飞史籍考》一书。

对于这样一位为传播岳飞精神不遗余力的香港警界精英，岳朝军视之为兄长。这次送先祖岳飞像赴台在香港中转逗留，他就是要专此向蔡大哥汇报内地三所岳飞学校的建设与运转情况，同时告诉这位中国远征军的后人：我，一个普通中国人，今天要把一尊毕生致力于"还我河山"的英雄塑像，公开地、顺乎世道民心地、大大方方地、坐着飞机、抬着轿子、带着开光道士，送到台湾——那片曾经被日本侵占五十多年的中华热土去！华航班机在香港停留短短几个小时，岳朝军和蔡建祥的两双大手握在一起。蔡建祥说："岳飞是我们中华民族千古一尊的英雄，这次送岳飞像去台湾安座，意义非同小可。我虽不能同去，但身为中国远征军后代，一定要来见见你，拜一拜岳飞金像，也算是为我们的英雄'迎驾护送'了一程。"

● *岳朝军：我是谁？*

午后，经香港国际机场中转的华航班机在浩瀚无垠的云层上飞行。时间和空间都很抽象，从万米高空看下去，这颗小小的星球以及人类以它为舞台创造的历史，显得那么遥远而虚幻。

从香港到台北，空中行程大约两个小时。倦意涌来，刚满六十岁的岳朝军似醒非醒，感觉自己像是做了两个梦。

第一个梦：盛夏七月，1140 年的中原，只见东京（开封）城外，先祖岳飞身披金线铠甲，横枪立马，英姿勃发；先祖身后，一面岳家军的战旗，在晴空下猎猎招展。此时，川陕、淮东方向的宋军已得到赵构"口传密旨"，拔寨退回南方；随之，岳飞接到赵构密诏，命其从已经完成对东京包围的大军中即刻调出主力部队去驻守顺昌（今安徽阜阳）；这时突接密报，获悉岳家军主力已开拔上路的金国统帅兀术，亲率一万五千精锐骑兵，抄捷路突袭岳家军大本营郾城（今河南漯河）。郾城危急！岳飞命岳云带领自己的亲卫军星夜急奔郾城接战。临出发前，岳飞对儿子说："此战必须大胜才能回来见我，否则军法从事！"当天，两军在郾城交战，从早上鏖战到下午，"人为血人，马为血马"。傍晚时分，兀术的精锐骑兵丢盔弃甲，大败而退。

郾城之战后，赵构再发密旨，令参与包围东京的淮西宋军张俊部"宜且班师"。至此，整个中原大地与金军对垒的，只剩下岳飞一支孤军。兀术得知这一机密情报后，大喜过望，决定集中手里全部兵力，将孤旅岳家军包围在颍昌（今河南许昌、漯河一带），一举歼灭。

大决战拉开序幕。

岳飞心里明白：岳家军的生死关头到了。此战如果获胜，就有渡河北伐、收复北方宋土的机会；万一战败，颍昌就是岳家军的葬身之地。

中原七月，天气酷热，久旱不雨，骄阳似火，地裂草枯，全部重装重甲的金军骑兵十余万人倾巢出动，遮天蔽日的扬尘蔓延十余里，前后望不到尽头。

数万岳家军则轻装上任，心怀必死之念，全军上下人人都知道，生死存亡，在此一役！

七月中旬，当岳飞手下猛将杨再兴率三百轻骑兵挺进到临颍境内小商桥时，突与金兵大部队迎面遭遇。激战中，天降大雨，敌重甲骑兵陷入一片泥泞之中，双方短兵相接，杨再兴与三百猛士砍杀金兵二千余人后，全部战死。

次日，岳家军与金兀术大军在颍昌城西门外展开决战，又降大雨，天地相连，一派汪洋，双方数万交战兵马全都摔倒在泥淖中浴血肉搏，长枪悍马全无用处。岳家军的编队组团数组和长刀短弩大显神威，一排排金军的重甲骑兵被砍死在泥淖里，人、马尸身抱成一堆，拆分不开。此战从正午到晚上，直杀得天昏地黑，金兵全线溃退，在战场上留下战马、军械、金鼓无数，受到十余年从未遭遇的重创。金军骑兵平原作战不可战胜的神话，由此被打破。

在连续两天的血战中，岳家军以一当十，勇不可当，无一兵一将逃跑、后退。

岳飞进驻小商桥后，找到杨再兴的遗体，痛悼将军，焚化其尸，从其骨殖中捡出的箭镞，一颗一颗攒在一起，竟有两升之多，遂将骨灰葬于小商河边。1963 年，位于临颍县颍河故道旁的杨再兴陵墓，被河南省政府公布为省级文物保护单位。

第二个梦，岳朝军看到了父亲。

当时的父亲不到 20 岁，在河南参加了抗日革命军队，瘦了吧唧的农家子弟，黑肤赤脚，与先祖岳飞离乡从军的年龄差不多。父亲离家时，身上藏了一本族谱。依照辈分，族谱上父亲的名字是岳满佐。参军后，他把自己的名字改成了岳满忠，以此激励自己，要像先祖一样，满怀"精忠报国"之志，奔赴民族抗战的疆场。父亲由此开始了他身揣族谱、扛枪杀敌的兵戎生涯。不到一年，父亲行军打仗从不离身的那本族谱就被弹片撕成了一页页纸渣；再后来，连纸渣也没有了，只剩下他布满全身的弹痕枪伤：刺刀伤的、子弹穿的、弹片炸的……

父亲怀揣族谱走上抗日战场这段故事，岳朝军是在父亲去世后才从母亲口中得知的。

那是 1968 年，那一年父亲 49 岁。

20 世纪 50 年代初，父亲从部队转业到荆州，在当时江汉平原最大的国营棉花加工厂——弥市轧花厂当厂长。可以说，是他带领工人一手创建了这家工厂。60 年代初，身为厂长的父亲让厂里技术人员自己装配简单的打米机，帮地方粮站打谷脱粒，机器里残留的碎米和作为副产品的谷糠就分给厂里子女多的困难户，以及工厂所在地弥市镇上的孤老。父亲去世前两年，因积劳成疾，加上战争年代留下的老伤，已提前退休在家养病。1966 年，一场波及全国城乡的"运动"席卷而来。对时局的不理解加剧了他病情的恶化。父亲病故是在黄叶飘落的秋天。令人吃惊的是，这个老革命、老军人、老厂长、岳飞后代的去世，在 1968 年的江陵县弥市镇，竟然成了轰动一时的大事。

出殡那天，成百上千的群众，男人和女人，老人和孩子，自发赶来送他一程，十多个受过他关照的孤寡老人跪在父亲灵前痛哭。长长的送葬队伍抬着花圈，当地群众护送着自发张罗的依照丧俗最高规格 32 抬灵柩，缓缓穿过贴满大字报的弥市镇街头。

12 岁的岳朝军与 15 岁的哥哥、8 岁的三弟、4 岁的四弟一起，随同母亲，亦步亦趋地跟在父亲灵柩后。天低云暗，哀乐低回，江风刺脸……在以后的岁月里，这个画面不断浮现在他脑海中，挥之不去。

那一刻，他尚不知道，他的童年，他一家人的命运，即将发生天翻地覆的改变。

父亲出殡当晚，34 岁的母亲主持了第一次家庭会。她对孩子们说："你们爸爸革命一生，一辈子都在帮助他人。他对你们兄弟四人有两个希望，第一是要做好人，要记住你们是岳飞的后代，不能给老祖宗丢脸；第二是要多读书，读书明理，将来才能报效国家。"

那一年，岳朝军刚满 12 岁。12 岁的孩子一夜长大，知道母亲一个人每月三十多元的工资，已经不足以养活一大家人。为了补贴家用，母亲从轧花厂买回很多报废的棉花打包碎布，一条条一块块，一针一线地拼接起来，连成大块的百衲布，缝制被套和孩子们的内衣内裤。一个又一个夜晚，岳朝军从梦中醒来，看到母亲在灯下飞针走线的背影和鬓角突然冒出的白发，心头便涌起难言的哀伤。

为减轻母亲负担，岳朝军开始学着承担家庭责任：轧花厂收来的棉花芯中有很多棉铃虫。工厂在处理原棉时，这些棉铃虫便成为生产过程中伴随的废弃物被倒弃在厂外的一个大坑里，引来成群的鸟雀啄食。他发现了这个秘密，便在放学之后绕路跑到工厂外边的废料垃圾场，将那些棉铃虫用箩筐或褡裢装了，带到与厂区一墙之隔的一处荒坡上喂鸡。

荒坡低洼处，傍着一个水草繁茂的堰塘。劈开一人高的灌木丛，岳朝军平整了一块地，找来木头、竹竿、塑料板和废铁丝，搭建了一个简陋的鸡舍。

这个可以俯瞰长江、点缀着四季野花的塘边鸡舍，成了男孩岳朝军放飞童年想象的自由天地。

20世纪60年代，在中国城市孩子尤其是男孩们的收藏品中，有一种古代人物绣像卡片，叫作"画儿"，双面套色印刷，线描手法，造型夸张，比扑克牌小，比邮票略大。卡片人物成系列，都是武艺高强的牛人，如三国名将、《水浒》一百零八将、杨家将、岳家将等等。收藏来源，一是直接在小摊上买，一分钱一张，或者三分钱两张。要集齐某一类人物系列，至少得一元多。对那个年代的孩子，这是一笔巨款。没钱买，那就换：三张大前门烟盒换一张卢俊义，一套十张某糖果厂的玻璃糖纸换一张杨七郎，两张有残缺的三国人物换一张几乎全新的金兀术的或者半旧的牛皋。这样换来换去，你可能一不小心就集齐了半套岳家将。

岳朝军有全套一百多张岳家将人物系列，每天都揣在身上。

周围孩子口口相传说，这个性格很孤独的岳家后代会自幼习武。每天放学后，他都会背着一只装有竹简拳谱的褡裢，去到很远很远的江边密林中——当年岳家军养马屯兵的一处秘密军营，跟一个白髯飘飘的老头操练一套江湖上失传多年的神拳。

没人知道，他肩上褡裢里满满当当装的，都是些尚未化蛹、又红又胖的虫子。

天气晴好的时候，在那片被灌木丛和一人高蒿草遮掩的"秘境"中，他会把鸡从鸡舍中放出来，任其一边撒欢儿，一边啄食棉铃虫；再找一处平整的林间空地，把他的宝贝画儿从衣兜里摸出来，一张张铺开，在地上摆成各种阵型：主帅在哪儿，副帅在哪儿，侧翼在哪儿，岳云在哪儿，杨再兴在哪儿，张宪、牛皋、王横、汤怀又在哪儿……

他把自己想象成画儿上的一员大将，在震天的战鼓声中，身披铠甲、脚踩马镫、挥舞各种兵器，与金兀术手下的彪骑猛将，战罢一个回合又一个回合。

有时"杀"得兴起，他会从地上一跃而起，以树枝为枪戟，冲入"敌阵"，尖声大喊"岳家军在此，有不怕死的，快快放马过来"，把鸡们吓得扑哧哧飞到半空……

　　靠着这些饱受惊吓的鸡们源源提供的额外营养，少年岳朝军不但得以拥有比同龄人更强壮的体格，而且懂得了一个道理：一个心内坚强的人，是不会被孤独和苦难打倒的。

　　一半儿是家族遗传，一半儿仰赖于那些被棉铃虫喂大的鸡，营养充足的岳朝军发育得比同龄小伙伴都要高大。寒暑假在工地上打零工，他抬灰桶、敲砖渣，看起来不太像一个年仅十二三岁的少年；周末在工厂废料场捡破铜烂铁，手脚麻利不输比他年长五六岁的大孩子。当时他心里只有一个念头：挣钱，填补父亲去世后的家庭责任空白，让妈妈不那么辛苦。每隔一段时间，他积攒下四五元"巨款"了，便会在某一天放学回家后，把一大叠汗津津皱巴巴的零钞放到妈妈手上，兴奋地说，今天在路上又碰到一个不认识的叔叔或大伯大爷，他悄悄塞了这些钱在我衣兜里，还说我爸是个好人……

　　这话的前半截儿，是骗妈妈的；后半截儿，却是真的。放学路上，经常碰到不认识的大人对他说，细伢吧，你爸、你们一家，都是好人，好人哟……

　　妈妈感动得眼圈都红了，着急地问："你问了人家名字吗？"他每次的回答都一模一样："问了，人家坚决不说。每当这时，妈妈就会沉默良久，长叹息说："江陵人都记着你爸，湖北老百姓都记着岳鄂王呢！"

　　一次在学校，驻校工人宣传队师傅的孩子欺负一个同班同学，没人敢出面制止。岳朝军打抱不平，冲上前一个扫堂腿就把工宣队师傅的儿子放翻在地。放学后，那家伙邀约几个社会上的大孩子堵在校门外，说："你不是姓岳吗？你不是岳飞后代吗？你不是有武功吗？来呀！今天我要你跪着求饶！"

眼看一场恶战就要开打，岳朝军身后"唰唰"聚集起一群男女同学，十人、二十人、三十人……操场上瞬间排起起一堵沉默的人墙。挑衅者眼见在人数上和气势上都发生逆转，便骂骂咧咧地自行散了。

真正的大逆转，出现在三十年后。

20世纪90年代末的一天，岳朝军回江陵给父亲上坟，母亲告诉他："你有一个初二同学，年年清明都会与他父亲一起，来你爸墓上献花。他父亲去世后，他就单独来。"

然后，母亲说出一个名字：

王进成。

他，就是那个工宣队师傅的儿子。

岳朝军当天就去到王进成家，劈头就问——

为什么？

这个表情木讷、已从破产国企下岗吃低保多年的中年汉子给出的回答，简单得令人不可思议："我爸告诉我说，你爸是个好人。岳飞当年是被坏人害死的。"

岳朝军浑身一震，猛然就想起当年妈妈最爱说的："江陵人都记着你爸，湖北老百姓都记着岳鄂王呢！"

今天，这个同学已是他公司里年龄最长的优秀员工。

……

睁开眼，飞机仍在白云间穿行，不过机翼之下已经看得见蔚蓝色的海峡了。

他低下头，默默问自己：那么我呢？我是从什么时候起，不再是那个与同学打架斗狠的孩子？而开始意识到自己身上，竟然真的流淌着岳飞子孙的血？是从十五岁参军之时起？还是从四十一岁下海经商之时起？或者，是从1999 年，我以全国岳飞思想研究会秘书长身份首次到台湾，从一个个从抗战血火中活过来的"外省老兵"嘴里，听到《满江红》的歌声时起？

● 你真的是岳飞后代？

20 世纪 70 年代末，岳朝军从部队转业到湖北光学仪器厂，任办公室主任，不久考入西南师范大学，毕业后借调到重庆市教委科技处工作。1996 年，他在全国岳飞思想研究会老会长岳德庄、岳力和岳氏宗亲的举荐下，出任岳研会秘书长，随后又接任会长。就在这一年，他做了自己人生中一个最重要的决定：辞去公职，下海创业。他深知，致力于弘扬岳飞文化，需要可自由支配的充裕时间和资金作支撑。辞去公职，是对公职的尊重。1999 年，他以岳飞二十八世孙和全国岳飞思想研究会会长的身份，应邀参加台湾宜兰碧霞宫建庙一百周年盛典。

这是他生平第一次踏上祖国宝岛的土地。因为多年军旅生涯养成的举止习惯，岛上的岳氏宗亲，从退役将军到政坛老人，均对这位走路像下操一样的家伙"岳飞二十八世孙"的身份，有所怀疑。

严格的军营训练，在岳朝军身上刻下了难以掩饰的烙印：不分时间地点，一出场就是一副坐如钟站如松腰杆笔直的样子；站立，转身，齐步走，动作标准得如同用刻尺量过。从台北到台南，从台东到台中，他不断从旁人脸上看出挥之不去的狐疑："这个器宇轩昂、活脱脱一副大陆阿兵哥模样的中年人，真的是民族英雄岳飞后代？"

为"甄别"岳朝军的真实身份，上岛第一天，由时任旅台岳氏宗亲会理事长岳明举出面召集，在台北悦宾楼酒店"满江红"厅摆下酒席，宴请首次访台的大陆岳飞思想研究会会长岳朝军。前往作陪的，包括身兼台湾前三军大学教务长、装甲兵司令、旅台岳氏宗亲会创会会长、前中国远征军老兵等多重身份的岳天将军，以及十余位岛上岳氏宗亲代表。

众人围桌坐定，举箸之前，坐在岳朝军身边的岳明举将军似乎很随意地感慨说："本人离开大陆太久，家里很多家训家规细节都记不太清了，包括我们岳家家谱上的字辈排序。"

岳朝军琢磨，这话有点考他的意思，便笑一笑接话说："家父名岳满佐，我名岳朝军，我儿子名岳邦彦。'佐'字辈、'朝'字辈、'邦'字辈，都有说法和来历。清嘉庆十七年湖北黄梅《岳氏宗谱》记载，清朝两代皇帝曾'联袂'御赐三十二字，作为岳王后代字辈的排序：'重开奇秀，永佐朝邦。崇修喜彩，宗耀远光。英贤辅弼，金玉其相。武穆家风，山高水长'。"

他一气儿背下三十二字，又解释道："这三十二个字的前十六个字为康熙所赐，后十六字是乾隆所赐。直到今天，大陆华中、华东等大部分地区的飞祖后裔，仍是按照这个字辈在给孩子取名。"

见众人听得兴致益然，岳朝军这才把话题转向自己："我本人也是上世纪九十年代海内外岳飞后裔重修家谱后，才从《岳氏宗谱》总谱第二卷'河南淇县世系'中查到，家父岳满佐，是岳飞次子岳雷的二十六世孙——从飞祖算起，就是二十七世孙。明末避战乱，飞祖十六世孙岳守贞携子岳进京举家南迁。十八世孙岳忠定居河南淇县罗园，生五子，再分五门。四百年来，从岳守贞以下又传十六世。到今天，这一系的总人数已达一千五百多人。

"可能各位已注意到了，岳守贞、岳进京、岳忠都不是按两朝清帝御赐三十二字排辈的，原因再简单不过，他们都出生在明朝！一直要到飞祖二十三世孙岳重礼之后，二十四世岳奇祥、二十五世岳秀孔、二十六世岳永景、二十七世岳满佐、二十八世岳朝军、二十九世岳邦彦……由此往下，才有了'重开奇秀，永佐朝邦'的字辈排序。"

岳明举满意地点点头。一招罢了，又来二招，做沉思状说："我隐隐还记得，童年时代离开南阳时，家里长辈曾反复叮嘱说，当年老祖宗在世时，有几个姓氏对岳家是有恩的。滴水之恩，当涌泉相报。我们岳家后代，今后在任何地方见了这几个姓氏的人，都要敬三分。印象中这几个姓氏，有周家、李家，另外还有几个姓氏，就记得不是很清楚了。"

岳朝军一听，就知道这还是在出"考题"，马上回答说："报告宗长，敬重恩姓是我们岳家的传统。周家没错，教老祖宗刀法的师爷就叫周侗，江湖人称铁臂金刀周侗；李家更没说的了，全世界都知道，我们老祖宗的夫人姓李名娃。"

旁边有人假装犹豫地说："是不是……还有张家？"

岳朝军说："当然有，张宪，与岳云一起蒙难的啊！另外，还有宗家、陈家、贡家，都对岳家有恩。宗泽，北宋名将，是提拔飞祖、把北伐事业和治军理念传给飞祖的第一大贵人。陈家也不简单，一杆令金兵闻风丧胆的岳家枪，就是在独步武林的刀枪手陈广所创陈家枪的基础上发扬光大的。飞祖少时随陈广习武，曾打遍全县无敌手，而陈家枪又源自三国时的蜀国大将姜维，所以岳家人不能忘了陈家、姜家。"

"至于贡家嘛，"岳朝军稍微拖了拖话头，看出在座人一个个露出疑惑茫然的目光，似乎不甚了了，估计知道者不多，这才细细道出历史传说中"贡祖文救孤"的典故——

"绍兴十一年十二月，飞祖和岳云父子同时在风波亭遇害后，岳家所有直系亲属均被朝廷下令流放岭南，唯有第三子岳霖在母亲李夫人帮助下逃脱。时任秣陵关总镇使的贡祖文受命缉拿十二岁的岳霖。1142年冬的一天，贡祖文带着亲信兵丁，在苏皖交界的石臼湖边芦苇丛中找到了正发高烧的岳霖，以及李夫人藏在岳霖衣服中的'托孤'家书：'祖文兄如面，霖儿托据，来世当报……'为了替岳家留下这一脉骨血，贡祖文星夜回营，将孩子秘密藏于军中。为避免军中人多口杂，即刻上书朝廷，请求辞去官职，告老还乡。在得到朝廷批准后，便将岳霖带到徽州宣城贡家村隐居，视其如亲子，教他习文练武、天文地理。待岳霖成年后，又在当地大户人家中，挑了知书达理、秀外慧中的钮氏姑娘与其成婚。"

见席间人听得兴致勃勃，岳朝军又讲了一个岳家与赵家的故事："当然，此赵家非彼赵家，与宋高宗赵构无关。这个赵家，在安徽黄梅。相传岳飞被害之后，岳震、岳霆兄弟二人潜过长江，改姓鄂，隐居于黄梅大河镇。不久岳霆被朝廷鹰犬发现，逃到大河镇聂家湾赵家畈。走投无路之下，他翻墙进入当地一赵姓人家的绣楼，被闺阁之中的赵小姐救了一命。为报答小姐救命之恩，岳霆便入赘赵家，改姓赵。闲暇时，岳霆就将岳家拳传给赵氏后人，由此岳家拳就在赵家畈一带乃至整个黄梅地区流传开来。后来有一出名为《柜中缘》的传统戏，就是根据这段真实故事演绎改编而来。"

这一番对岳家历史如数家珍的讲述，赢得在座人频频点头，击节叫好。

乘兴，岳明举将军拿出两瓶酒来：一瓶是名气很大的金门高粱酒，另外一瓶酒的瓶身造型像个日本武士。他指着两只酒瓶说："平常，岳天老宗长跟老长官（指蒋介石）的生活习惯一样，不喝酒不喝茶，今天托朝军宗长的福，岳家人相聚，大家可以喝几杯。"

然后，他将两瓶酒同时放到岳朝军面前，话有玄机地说："今天怎么个喝法，你来定。"

岳朝军说："我不胜酒力也不懂酒。要不这样吧，这两瓶酒，先开一瓶，喝完再开第二瓶？"

岳明举立刻接着他的话头问："那你觉得先开哪瓶好？告诉你，这瓶金门高粱酒不是在市面上花钱就可以买到的，它是老夫人宋美龄在 1987 年蒋公百岁诞辰日特别定制的专款纪念酒，我收藏了一瓶。你自己凭感觉，先开哪瓶好？"

岳朝军认真看了看两瓶酒，心头敞亮：这还是一道"考试题"啊！只见他面露笑容，指指那只日本武士造型的酒瓶说："我真的不懂酒，但我看这个酒瓶的外形，就想起一个人来。这个人很了不起，他虽然不是黄埔系的，但抗战时他是中国远征军新三十八师师长；在军队奔赴滇缅前线时，他带领的部队是唱着《满江红》开赴前线的，他还将老祖宗的《满江红》改了两句词：'壮志饥餐倭寇肉，笑谈渴饮鬼子血'。这个人，名叫——"他收住话头，抬眼环视了一圈在座各位。

只见圆桌四周那一张张饱经沧桑、须发俱白的脸突然变得肃然起敬起来。一两秒钟的安静之后，七八个苍老的声音一起大喊："孙立人！"

岳朝军举起那只日本武士造型的酒瓶，缓缓说："我的意思，今天岳家宗亲后代相聚，既然是'笑谈渴饮'，能否先开这瓶？"

话音刚落，众人相视大笑。

笑声中，不知由谁起头，一桌人就齐声唱起了《满江红》：

壮志饥餐倭寇肉，

笑谈渴饮鬼子血，

……

和着与座者越来越高亢的嗓音调门，岳朝军十分动情地唱着。他明白，从此刻起，他，来自大陆的岳飞第二十八世孙，已经通过了这群台湾宗亲、岳飞研究学者和抗战老兵的身份"甄别"。

当天参与这次"酒席大考"的来宾中，还有一个白发苍苍、精神矍铄的老人，他不姓岳，却花了大半辈子时间研究岳飞，他就是祖籍河南的台北师范大学教授、台湾研究岳飞文化的著名学者高双印。此次岳朝军的赴台之行，便是高先生以台湾宜兰河南同乡会理事长名义，向碧霞宫推荐发出的邀请。

当全桌人开始同声齐唱《满江红》时，高双印从座位上站起来，两眼泛光，摇晃身子，手舞足蹈地打起了拍子。

这是岳朝军生平第一次，在被一道浅浅海峡分隔半个多世纪的另一片中华土地上，听到一群操各省口音的老人，陶醉而忘我地唱起《满江红》。

席间，高双印讲起了一件抗战时期的旧事。

"七七事变爆发之后，'国破家亡'突然变成了现实。随着前方战况的持续传来，恐惧、愤怒、焦虑乃至崩溃绝望的心理开始在大地上弥漫。

"从东三省到华北、华东、华南……逃难的人流挤满了城市和村庄。这个时候，就有社会各界知名人士在报纸上讨论、呼吁，说我华夏子孙应该推举出一个千古圣人，以他之名扬起一面精神的大旗来，让全国军民在这面旗帜下发出呐喊，挺起脊梁，找回中华民族的魂魄和血性。

"于是，社会各界从不同的角度出发，列出了一个长长的名单：孔子、曾子、墨子……

"这些名单又被一一排除。孔子被排除的原因，是能文不能武。曾子主张'修身''齐家''治国''平天下'，告诫弟子，'身体发肤，受之父母，不应毁损'——国难当头之时，日本人的刺刀都架在你脖子上了，怎么修身？怎么齐家？怎么保护你的身体发肤？墨子毕生信奉'兼爱''非攻'，而在我堂堂中华山河破碎的今天，除了以战止战、把日本鬼子赶出去，难道还能跟侵略者谈什么'非攻'？

"这时，就有人提出了岳飞。他一生经历大小战役一百多次，无一败绩，且大都是以少胜多。他文武双全、精忠报国，一支岳家军为中华民族保存下大宋南方的半壁江山，一首《满江红》堪称千古绝唱。早在1911年，孙中山先生就曾说过：'岳飞魂，是中华民族的精神代表，也就是民族魂。'九一八事变后，冯玉祥曾手书'民族英雄'四个大字，刻石于杭州岳王坟前，希望唤起中华民族的抗日救亡之志。

"这场全民参与的大讨论，最后在评委投票阶段，岳飞以最高票数，毫无争议地被推举为最具中华民族血性的'千古圣人'"。

看着老人脸颊上因回忆往事而泛起的红晕，听着他满口的河南乡音，岳朝军意识到，在未来的日子里，他在台湾看到、听到、经历的一切，将汇入他生命的河流，成为他存在意义的一部分。

朦朦胧胧地，他生命中有什么东西，从很深的地方，被唤醒了。

重庆有一座关岳庙?

飞机很平稳,几乎感觉不到是在万米高空。

岳朝军扭头朝机舱后排望了一眼,此时,高宗霖道长正看着舷窗外浮动的云絮出神;年轻的雕塑家谢果嘴角挂着一丝微笑,不知想到了什么;而他的助手,重庆岳飞文化交流协会副秘书长岳建,则把目光停留在手中一本随身携带的《岳飞族谱考》上,若有所思。机上其他乘客,多半在闭目养神。

这一刻,在太空遨游的这颗星球,仿佛也在打盹儿。岳朝军的思绪,又回到了重庆……

1999 年的首次台湾之旅,对岳朝军产生了极大的震撼。

在此之前,先祖岳飞在他心目中更多的是一个出现在章回小说、历史教科书上和家谱中的英雄;而那次台湾行,他突然发现:岳飞,竟然以另外一种方式,活在距离今天并不遥远的那一段民族抗战史中,活在尚未失去讲述能力的一代抗战老兵心中!

此后,他连续多次应邀赴台,遍访全岛大小岳庙和旅台岳氏宗亲会,更加深了这一印象。

一个极偶然的机会,他在重庆湖北商会的一次年会上,认识了时任重庆市副市长、民建中央常委(后任民建中央副主席)的湖北老乡程贻举。程贻举对他岳飞后代的身份产生了浓烈兴趣，问："重庆渝中区历史上曾有一座在抗战中被日机炸毁后又在抗战中重建的关岳庙，你知道吗？"

第一次听说重庆有座关岳庙，让岳朝军产生了强烈的好奇。

但从程贻举口中，岳朝军并未了解到重庆关岳庙的更多历史信息。自 20 世纪 50 年代始，藏身重庆渝中半岛核心商业地段的这座道教宫观，关于它的一切，早已淡出了六十五岁以下重庆人的记忆。

在副市长任上，程贻举分管文化教育和宗教慈善事业多年，对这座庙观稍有印象。他告诉岳朝军一条线索说，它的旧址，就在建设公寓和新华路小学之间的背街里。20 世纪 80 年代初，它尚存的部分大殿一度被一家安置残疾退转军人的街道福利企业占用，当作了厂房车间。

程贻举说的建设公寓位于渝中区民权路，曾经是 20 世纪 50 年代至 21 世纪初解放碑地区的三大城市地标之一。

建设公寓给市民留下最深印象的，是它每天二十四小时对外开放可同时容纳上百人泡澡的大浴池。那些年每到周末，一群群湿淋淋长发上压着发卡梳子，手上尼龙袋中装着换洗衣服，浑身香喷喷走出建设公寓大门的美女，曾是解放碑街头一道炫目的风景。

20 世纪七八十年代，除重庆宾馆、重庆饭店和建设公寓外，解放碑没什么上档次的宾馆酒店。由于重宾以接待外宾为主，因此市内各种会议接待大多选择建设公寓。

新千年前后，解放碑商圈新建的摩天商厦如雨后春笋拔地而起，建设公寓转眼成为明日黄花。2004年11月，英利房地产获得该地块开发资格并启动拆迁，建设公寓从此成为一个遥远的传说。

在已经拆成一片废墟的建设公寓一隅，岳朝军目睹了令人揪心的一幕：灰蒙蒙的天穹之下，公寓大楼的断墙残垣之侧，一座出土文物般的庙观大殿仅剩几根焦黑的柱子，支撑着摇摇欲坠的大梁和屋脊；屋脊下，几台破旧的废机器东倒西歪地匍匐在一人高的荒草丛中。

他很失望，也很激动。

失望的是，他寻踪而来找到的这个地方，如果说历史上确实有过一座关岳庙的话，那么今天它已只剩下一具遗骸。也许连遗骸都算不上，只能算遗骸的残躯！而且，连这点儿残躯都快消失了：在它躯壳上"寄生"了半个世纪的建设公寓的废墟上，一座318米的城市新地标——英利国际商厦，即将拔地而起。

激动的是，从当地几位老人口中，他了解到在半个多世纪以前，这个地方确实有一座气势宏伟、占地规模庞大的关岳庙，主祀岳王和关公，20世纪三四十年代香火极旺。1939年夏天，在日本军机对重庆实施的"五三""五四"大轰炸中被炸毁；一年多以后，由民间人士发起募捐再度重建。老人们说，民国之前，这条街原来的老地名，就叫"关庙街"。

那天，站在建设公寓拆迁工地上，岳朝军依稀看到，一座飞檐翘角的道观建筑，面目模糊地伫立在历史深处。

大陆现存的岳庙、关岳庙，其建庙选址，大体上可分为四种：一是岳飞家族的宗祠或其子嗣的墓葬所在地；二是岳家军当年屯兵或者与金国军队征战的古战场；三是岳飞后裔中的一支宗脉迁徙、流亡、最后定居的"他乡"；四是民国推翻清朝之后，从单一祭祀关公改成并祀关羽岳飞的道教宫观。

显然，重庆关岳庙应该属于第四种。

将中国历史上两位传奇武圣、两位道教信仰中的护法神关羽和岳飞并祀一庙的宫观，在民间都被归入"武庙"；与之对应的，是祭祀孔孟文圣的"文庙"。

远离崇山峻岭、身居闹市民居包围之中的重庆关岳庙，毫无疑问是一座不折不扣的"武庙"。

20世纪三四十年代，恰值国民政府迁都重庆时期，也是日军对中国战时首都狂轰滥炸的时期。在距离当年较场口大隧道惨案发生地不过百米之遥的地方，这一座被日机炸了又建的"武庙"，会不会深藏着很多不为人知的掌故逸事？

几天后，他又打听到到一个信息：为保护渝中区历史文化遗存，经市、区政协和民宗委提议，原址位于民权路建设公寓的重庆关岳庙，将在嘉陵江畔的佛图关公园内迁址复建。

从得知这一消息起，岳朝军就开始留意复建工程的进展。

两年后的一天，听说关岳庙主要大殿的施工已近尾声，刚从外地出差回渝的岳朝军便兴冲冲赶往佛图关。

从牛角沱通往化龙桥重庆天地方向的滨江公路，过华村，在临近李子坝的路口分道，拐入一条沿佛图关向上的缓坡支路，几番盘旋后，便见一座青砖雕砌的山门，兀立在一大片视野开阔的台地上。

背靠佛图关郁郁葱葱的半壁山崖，面朝车流穿梭的嘉华大桥，一座巍峨道观的飞檐翘角和琉璃金瓦，如梦似幻地突现在一碧如洗的蓝天下。

停车，进山门，穿过一排排脚手架，在挥汗如雨的施工人员注视下，他踮脚踏上装有青石雕花护栏的爬山廊石阶，一边频频回头，从不断攀升的高度，朝远处波光粼粼的嘉陵江眺望。越往上，他的脚步越轻，表情越虔诚。心中惴惴的他难以想象，在跨越了宋元明清民国的江山更替之后，在这座异地重生的庙观中，他与他那位民族英雄祖先，会有一个怎样的相遇？

山势蜿蜒，石梯陡峭，迎面看到的第一座大殿，叫灵官殿。按道教礼制，它是祭祀道教第一护法神王灵官的地方。过了灵官殿，顺爬山廊继续往上，仰头望去，一座门楣上高悬"关岳庙"鎏金匾额的大殿扑入眼帘。抑制住怦怦的心跳，岳朝军动作柔缓地推开两道尚未上漆的厚重木门，鼻孔中深吸一口带有古柏清香的空气，跨过一尺多高的门槛，便从阳光刺眼的室外，进入斗拱飞檐的大殿。待瞳孔稍稍适应殿内光线之后，他定了定神，纵目看去，几乎不敢相信自己的眼睛——

大殿正中，一尊连底座约四米高的汉白玉关公神像，剑眉长髯，目光炯炯地安座在从神龛顶上垂下的一层层金色布幔之下。关公神像左侧是他的儿子关平，右侧是为关老爷牵马提刀的黑脸周仓。一大两小三尊神像列成一排，满当当占据了大殿内壁的整个空间。

岳朝军以为自己出现了错觉，揉揉眼，睁开，从左到右看，一二三：关平，关老爷，周仓；再揉揉眼，睁开，改为从右往左看：周仓，关老爷，关平，一二三，没有四，还是只有三尊像。

眼前的一切，清清楚楚地告诉他：大殿的神坛上没有岳飞、没有岳王、没有岳武穆，迁址复建的关岳庙，变成了一座关帝庙。

关岳庙，关帝庙，只有一字之差！

带着巨大的失落感，岳朝军以重庆岳飞文化交流协会会长的身份，去找了承担重庆关岳庙迁址复建工程项目设计和施工的古建公司、重庆市道教协会，以及分管渝中区宗教寺庙拆迁改造工作的相关领导，希望了解到底是哪儿出了问题，关岳庙咋变成了关帝庙？

这是一个令人困惑而茫然的问题。

由于年代的久远，加上人为与自然的种种原因，这座道观的主要建筑早已破落颓败，绝了香火，如同一座无主荒庙，因而竟然没有谁能回答，历史上的重庆关岳庙，从建筑格局到祭祀神像，究竟是什么"原貌"？

有关部门在启动这座庙观的易址复建项目时，更多考虑的是为渝中区保存下一个历史文化符号和宗教人文景观；至于这个符号和景观所承载的历史信息，由于源文件的缺失，基本一片空白。

不只是重庆关岳庙，全国很多地方的历史文物遗存在复建时都遇到同样令人绝望的问题：有案可查的文字或者影像数据，大多毁损流失；可以复述这些文物遗存原状的老人基本上都已过世；历经千辛万苦找到一个两个耄耋之年的老人，其讲述的细节常常飘忽不定，难以被反复推敲。

在古建公司施工方案提供的复建依据中，仅有重庆关岳庙拆迁前残存建筑结构的几张复原图，以及清代它曾经变身一座皇室亲王家庙的寥寥数语描述；而道教协会能够找出的历史资料，也仅有它作为川东地区道教宫观的"十方丛林"，在民国时期曾作为川东道教协会、重庆道教协会和巴县道教协会驻地的简略记载。

至于易址复建的关岳庙为何变成了关帝庙，各方都说不出个子丑寅卯来，反倒觉得奇怪：无非是复建一座原本已经尸骨不存的道观，是关岳庙还是关帝庙，两者又有多大差别？不就是一座庙么？不就是要在佛图山森林公园里增加一个多少有些历史感的古建景点么？不就是为了对市、区两级政协和民宗委的一份"两会"联合提案有所回应么？既然民国前关岳庙所在地民权路就叫"关庙街"，既然据历史记载，辛亥革命前全国关帝庙都单祀关老爷一神，那么复建后的重庆关岳庙内只有关帝神像，这也算是对历史的一种"还原"吧？

要不然怎么办？难道还能把四米高、十几吨重、用整块汉白玉雕成的关帝神像用大锤砸掉，在重新调整大殿内部结构之后再"加塞"——挤进一尊岳王像？

提及类似的设想，道士们面如土色："谁？！谁敢动手砸关老爷神像？"

唯有分管渝中区重点寺观教堂保护修缮工作的戴伶，对岳朝军的失落表示了理解，留下一个"活口"说："既然是复原历史，就应慎重。只要能找出充分依据，证明重庆关岳庙不仅仅名称上有'关'、有'岳'，在历史上也的确是关、岳并祀——只要能拿出证据，即便改规划改设计，也不是不可以考虑的。"

由于分管工作的关系，近年来戴伶跑遍了渝中区老城的寺观教堂，深知在任何一座城市中，那些保留着岁月年轮的老建筑，都藏有庞杂厚重的历史文化信息。

明代关岳庙的残存主殿正式拆除那天，戴伶到了现场。初冬时节，清晨降下的浓雾久久未散，被防雨篷布围起来的工地上，笼罩着一层飘忽不定的雾纱。身后是解放碑闹市节节拔高的摩天楼群，眼前是一段城市历史的黑白幻影。看着这幻影在施工机械的轰鸣声中扑地倒下，那一刻，戴伶心情复杂，仿佛在向一位潜然离世的长者做最后的道别。

这个精力旺盛充沛、有过军旅生涯的70后女干部常对人说，渝中半岛不仅是重庆的母城，它还应该是重庆文化的根系所在、魂魄所在、精血所在；是重庆母城文化的"藏经洞"。几年后，正是在她的策划运作下，渝中区政府连续举办了名为"再见十八梯""你好化龙桥""永远的朝天门"的"重庆母城记忆三部曲"影像展，引起巨大轰动。

"对于当代城市人来说，不尊重自己的昨天，就无法探究自己的未来。"戴伶认为，对任何一座历史宗教建筑的复建，都应该是对城市记忆的一次深度发掘，而不是要为城市平添几处徒有其表的古建赝品，更不是为了给城市点缀几个供人"到此一游"的人工景点。再精美的工艺花也没有生命；不可讲述、不包含城市记忆的复建"文物"也不是文物，只是一具披着文物外衣的建筑行尸。就好像我们今天去巴黎，看到的圣母院不仅仅是一座教堂，塞纳河也不仅仅是巴黎的母亲河，而是雨果、巴尔扎克、莫泊桑为我们描述过的那个圣母院、那条塞纳河。

因此，戴伶对岳朝军说的那句"活口"话，既是出于一个分管领导的责任担当，也是对岳朝军的激将之语。

一扇门被推开一道缝后，貌似又关闭了。

历史的诡异之处在于，山重水复疑无路之际，往往就会柳暗花明又一村。

尤其诡异而出人意料的是，这一"村"，竟然会在台湾出现！

● *台北：连战的重庆记忆*

空姐推着饮料车笑容温婉地经过一排排座椅。岳朝军做了一个手势，空姐递给他一杯乌龙茶。

这杯茶，让他想起 2012 年赴台时，连战先生送给他的一罐"冻顶乌龙"。他的思绪一下就飘过海峡，飘到被四月春雨润湿了空气的台北仁爱路……

为了与相关各方随时沟通情况、掌握重庆关岳庙复建进展，早在 2009 年，岳朝军就向民政部门申请，成立了重庆市岳飞文化交流协会并出任会长。

按规定，成立民间协会要有一个主管单位。重庆岳飞文化交流协会的主管单位是市台办。

请市台办作为协会"娘家"，岳朝军有充分的理由。

别的不说，自 1999 年以来，他以岳飞二十八代孙的个人身份，应台湾岳氏宗亲会和全台各地岳庙、岳王庙、精忠庙之邀赴台参访，前前后后已有五六次之多；而他以全国岳飞思想研究会会长的名义，邀请台湾各地岳庙住持、岳飞文化研究专家等来大陆访问、观光并出席各种以岳飞文化为主题的研讨会，几乎每年都有。

换句话说，在成立协会之前，他就弘扬岳飞文化这个舞台从事两岸民间文化交流，所以，由市台办作为重庆岳飞文化交流协会的主管上级，名正言顺。

协会成立后，岳朝军在两岸间频频穿梭往来时，就多了一个民间社团的身份和一份文化交流的自觉。

交流，必然是双向的。在台湾民间，很多中华传统文化的东西以非常接地气、非常原汁原味的方式被保留下来，比如岳飞崇拜、关公崇拜和妈祖崇拜。

岳朝军思路开阔，他潜意识里有种直觉：既然重庆曾经是战时首都，既然 1949 年之后迁往台湾的众多前国民政府政要高官、抗战老兵乃至大学教授、文化学者，都有难以抹去的陪都记忆，那么就总有人会记得重庆历史上有过一座关岳庙，有过一座即便在日本飞机的大轰炸中也香火未绝的武庙！

自那以后，每一次应邀赴台，在拜会那些有过陪都经历的老人时，他都会有意无意地提及与重庆关岳庙有关的话题。

2012年春天，岳朝军以重庆岳飞文化交流协会会长和全国岳飞思想研究会会长的双重身份，率两岸岳飞庙缔结友好联盟大陆参访团抵达台北。此行随行的，有杭州西湖岳王庙、河南汤阴岳飞庙、河南朱仙镇岳飞庙、江西九江岳母祠等来自大陆的岳庙负责人。在台湾前法务部门负责人、台湾泰安旌忠文教公益基金会董事长廖正豪先生穿针引线下，4月3日，中国国民党荣誉主席连战在他的办公室会见了岳朝军一行。

连战办公室在台北大安区仁爱路一幢写字楼的十四层。自2005年搬出位于台北市八德路的国民党中央党部大楼办公室后，连战就搬入了这套挂着"财团法人两岸和平发展基金会"牌子的办公场所；他本人也是这个由他创办的基金会的董事长。正是从这里出发，他以中国国民党主席身份，开启了2005年访问大陆的破冰之旅。

大安区是台北市的文教、商住混合区，附近有台湾大学、台湾科技大学、台湾师范大学、台北科技大学和台北教育大学等著名学府。纵贯大安区的仁爱路林荫大道两边，聚集着众多以大学生为主要消费群体的文化书店。

扑面而来的浪漫情调和"文青"气息，与仁爱路的路名十分搭配。多年以前，曾有一首名为《请给我一段仁爱路》的流行歌曲风靡台北。歌中，有这样的句子：

天地不仁而人间有爱

感谢你曾

给我一段仁爱路的时间

给我一枝花的怀念

……

2012 年春暖花开的季节，当岳朝军走进位于仁爱路三段 32 号的这幢写字楼时，他心下隐隐有一种预期：因大陆参访团的到来，也许会撩起抗战时曾在重庆读小学的连战，对于童年时代的一些怀念。

两岸和平发展基金会的会客室与连战办公室仅隔着一条窄窄的走廊。会客室的一面墙上，挂满了连战与世界各地友人的合影，其中最醒目的一张是 2005 年 4 月 25 日下午，时任中共中央总书记胡锦涛在人民大会堂接见连战时，两人握手的合影。

岳朝军的预期果然应验了。这几天，关于两岸岳庙缔结友好联盟的新闻在全岛主要媒体上铺天盖地，连战本人也发了贺电。当连战走进会客室握住岳朝军的手时，他对这位来自重庆的岳飞后代一点儿也不显得陌生。话匣子打开之后，连战主动将话题引向了他在重庆度过的童年岁月。

1943 年冬，不到八岁的连战跟随母亲一起离开他的出生地和母亲任职地西安，踏上了去往陪都重庆的路途。这时候，原任国民政府军委会战时干部训练团上校教官的父亲连震东已接到任命，即将赴重庆履新，任国民政府军事委员会国际问题研究所组长，并参加中央训练团首期学员培训。

当时从西安到重庆没有铁路，需翻秦岭经宝鸡到汉中入广元过剑门，然后从广元改走水路，顺嘉陵江而下乘船抵达重庆，一千多公里的路程，只能一段一段地辗转搭乘临时找到的汽车，有时甚至是马车。

来重庆后，连战在南岸黄葛垭读小学二年级。他依稀记得，每个周末回家，都要从海棠溪乘轮渡过江"进城"。从朝天门到都邮街，有段时间看到两支军队在赶路：一支在朝天门码头上船，另一支往较场口、关庙街方向整队集中。事后从大人口中知道，走水路的是奔赴湘鄂前线的学生军，走陆路的是经贵州、广西开赴滇缅前线的中国远征军。

连战寥寥数语的讲述，在岳朝军脑海中被快速定格，仿佛一串历史老胶片在暗房的药水池中起了化学反应，一点一点，隐现出天光透过的轮廓。

那一瞬间，岳朝军全身的血液几乎凝固。

在这次会见中，连战还谈到，日本人占领台湾的时候，为了斩断中华文化的根，改了台湾很多地名、街名，甚至要求岛上岳庙全部改名，但在台湾百姓抵制下，他们的企图无一得逞。

会见结束时，连战即席挥毫，送了岳朝军一盒产自台湾南投县冻顶山的乌龙茶作为纪念。连战动情地说："茶，是孕育了一代又一代中国人的日之精月之华，它代表我们诞生在一片拥有共同祖先、共同历史的土地上，所以，我们有同样的情感记忆。"

🔴 寻找消失的重庆关岳庙

空姐的饮料车再次从岳朝军座位前经过，似乎心有灵犀，岳朝军只是对她笑一笑点点头，空姐就又为他续上了一杯汤色金黄的乌龙茶。

茶水的回甘，又一次把岳朝军漫无边际的思绪拉回重庆。

从台北返渝后，岳朝军立即派出协会工作人员，与市、区两级台办和区民宗委相关领导一起，大海捞针一样，一头扎进重庆档案馆、重庆图书馆和三峡博物馆。功夫不负有心人，他们竟然从浩如烟海的民国档案中，打捞出一段被掩埋了七十多年的战时首都传奇！

"咬定青山不放松，立根原在破岩中"。到底是"关岳庙"还是"关帝庙"？岳朝军一个愣劲要探明事实真相的专注精神，感动了市、区政府相关部门，市台办交流处处长张敏动用各种关系，从重庆市档案馆查找史证，调出了从 1937 年国民政府迁都重庆到抗战全面胜利期间，所有与重庆宗教场所使用、维修、复建和祭祀活动相关的历史档案。

拜现代科技的便捷所赐，通过电子查阅系统，张敏有了惊人的发现。在一页索引号为"重庆档案馆全宗 0081/ 目录 4/ 卷号 238"的档案中，一份题为"四川省政府训令"的文档，引起了张敏的注意。

这份文档的格式，为从右到左竖排手写，繁体，没有标点和断句；文件头写着"四川省临时参议会参字第四六三号公函"。公函大意是：本参议会参议员刘咸荣等提出，中央早已明令，在全国崇奉祭祀有关帝岳武穆二圣的关岳庙，尤其在抗战期间，更应开放庙堂任民众祭祀参拜，以激发国民的忠义精神，而不能任其毁损，或将残余神像幽囚于残破肮脏的闲舍之内。故，各位参议员特别函请，政府派出督查专员，以项目督办方式，整饬修缮关岳庙，以维示民族英雄之神像的庄严崇敬。若有拖怠情形，应严惩不贷云云。

　　档案文件共有两页。在第二页"此令"两字后边，"签发人"落款具章处，盖了一枚四四方方的"四川民政厅"红色篆刻大印；大印一角压着"兼理主席"四个竖排铅印小字，铅印小字下边是手书的签发人大名：蒋中正。

　　赫然在目的这三个字，比文件正文密集排列的行楷手书大出了数倍。签发人显然清楚自己名字的分量，一笔一画，端方严整，既中且正。

　　在这个带有明显柳体书法风格的签名左边，往下矮一格，与其并列落款的，还有"民政厅长胡明义"小一号的签名。

　　熟悉抗战史的人都知道，自 1937 年国民政府迁都重庆以来，蒋介石就一直兼任着四川省政府主席的职务。这份文档的签发日期为中华民国二十九年（1940 年）四月。难道说 1940 年期间，在包括陪都重庆在内的四川省境内，还有其他关岳庙？如果没有，那么这份由蒋介石亲笔签发的文件，就是专门为修复重庆关岳庙而下达的了？

　　再查四川宗教历史档案，答案是肯定的：虽然民国三年地处川北的南江县曾建有一座关、岳合祀的小庙，但民国七年当地军阀火并，这座小庙与县城号称"九宫十八庙"的众多古建筑，以及县城闹市区一起，被一把火烧了个干干净净。

换句话说，在蒋介石签发"四川省临时参议会参字第四六三号公函"期间，全川包括陪都在内，只有一座关岳庙——它，就是当时川东道教协会驻在地的重庆关岳庙。

这意味着，在1939年日本军机对陪都"五三""五四"大轰炸期间被毁的重庆关岳庙，竟然是在当时兼任四川省政府主席的蒋介石亲自签发谕令之后，才在陪都工商人士的积极呼吁下，募集民间资金整饬重修的。

查阅1940年在重庆出版的报纸可以得知，蒋介石签发此一谕令前后，中国抗战史上有三件大事发生——

一、日军基本上停止了对中国的地面进攻，改以对重庆实施"高密度""无限制""无差别"的狂轰滥炸，企图以史上最恐怖轰炸造成的心理震慑，逼迫中国政府投降。就在蒋介石签发整饬修复全川关岳庙谕令仅仅两个月后，1940年6月12日，日本轰炸机编队突袭位于重庆黄山的蒋介石官邸，一颗五百多公斤的炸弹命中云岫楼旁的防空洞，两名侍卫当场身亡；同一天，蒋介石在重庆市区的办公处——上清寺中山四路德安里101号旁落下一枚重磅炸弹；此后的三个月中，德安里101号又有三次被炸。

二、在日本扶持下，1940年3月，汪精卫在南京成立伪政权，沿用了中华民国国民政府的青天白日满地红旗（加三角布片，上书"和平反共建国"字样）、青天白日标志和中华民国国歌作为国旗、国徽和国歌，自称是合法的国民政府，公开与迁都重庆的国民政府分庭抗礼。

三、1940 年 3 月 31 日，宋庆龄从上海抵达重庆，宋氏三姐妹在陪都团聚，此举无异于以孙中山遗孀之名，宣布重庆政府为民国"正统"；但令人焦虑的是，美英苏三大国却迟迟未对南京伪政府的非法性做出明确表态，这让蒋介石颇为不满。

以蒋介石的身份，在这一特殊时间点上签发此一谕令，其目的除了提振士气、激发首都军民抗战之志外，明显带有与汪伪政权争夺"正统"、民心和"中华道统"的舆论效果。

在签发该谕令之前数天，1940 年 3 月 30 日，蒋介石还签发了另一份谕令。在已经公开的《蒋介石日记》中，简略记载了该喻令的内容：

令各省市建立抗战阵亡将士忠烈祠，优待出征将士家属，为死难民众建坊，皆为发扬民族精神之措施。重庆为战时首都后，日渐奢侈，故有'前方吃紧，后方紧吃'之讥，故令崇尚节约……

蒋介石这份谕令中提及的"前方吃紧，后方紧吃"一话，出自马寅初之口。1940 年 11 月 24 日，他在重庆经济研究社发表演讲，题目是《我们要发国难财的人拿出钱来收回膨胀的纸币》，痛斥那些在陪都发国难财的"上上等人"："如今国难当头，人民大众为着抗战建国有钱出钱、有力出力、浴血奋战，但是那些豪门权贵，却趁机大发国难财，前方吃紧，后方紧吃，真是丧尽天良、丧尽天良！"他还说："蒋委员长要我去见他，他为什么不来见我？在南京我教过他书，学生应当来看老师，哪有老师去看学生的道理？"

马寅初"前方吃紧，后方紧吃"之话一出，立刻被媒体广为引用，不胫而走，成为大后方百姓讥讽权贵的流行语，让蒋介石颇为尴尬。

将前后两份喻令的内容对照来看，蒋介石对抗战陪都在海内外媒体和民众眼中的舆论形象相当在意。

另据《郝柏村解读蒋公日记》一书记载，同样在 1940 年的这个春天，首次有中国共产党和民主同盟以及全国各界社会贤达参加的临时国民参政会第五次大会召开在即。在蒋介石心中，这次大会也是舆论争夺战的一个重要风口。

至于由临时国民参议会提出的这份编号为"四川省临时参议会参字第四六三号公函"的议案，为何不直接点明重修重庆关岳庙，可以做多种解读——

或许是希望以"称谓泛指"的格式，形成对整个抗战大后方的辐射力、影响力；或许是国民参议会提出议案的参议员们多来自北方沦陷区，不掌握全川关岳庙的准确信息；或许，还有很多或许……

接下来，查阅工作有了更多的发现。

在三峡博物馆，那尊原本与岳王像一起，祭祀在重庆关岳庙内的关公神像，被他们找了出来；同时找出来的，还有一份文字简练的藏品说明——

此关公神像为铜铸，原安放于重庆关岳庙大殿（武成殿）内，在 1939 年日机对重庆实施的"五三""五四"大轰炸中，并祀于武成殿的岳王神像被炸毁，门前铁狮子被炸飞，关公神像被埋于倒塌的大殿废墟中，幸免于难。

此外，市台办宣传处长陈磊带着重庆岳飞文化交流协会的工作人员岳稼等人，从 1937—1945 年的重庆社会局档案中，查出了从 1938 年起，到抗战胜利后民国政府还都南京期间，八年中，每年春秋两季，在重庆关岳庙举办公祭大典的所有官方文件，包括公函、祭祀官名单、会场座次排序与典仪程序等等。

在民国二十八年（1939年）4月1日关岳庙春祭大典的官方公函上载明：本次大典武成殿正祭官为重庆市卫戍司令部总司令刘峙；东厅分祭官为重庆市长蒋志澄；西厅分祭官为重庆警备司令李根固；主祭官和分献官以下则是担任陪祭官的军政要员、各政府部门首长与社会名流。

民国三十年（1941年）9月27日关岳庙秋祭大典的一份官方请柬函件上，也直接写明"恭请刘（峙）总司令、贺（国光）副司令、吴（国桢）市长担任主祭官及分献官"：

敬启者：民国三十年春祭关岳典礼，订于四月八日午前八时致祭，兹特附上与祭人员名单一纸，即请按时光临关庙街赴关岳庙致祭，共表尊崇。与祭人员一律着中山服，礼节用鞠躬礼。相应函达，即希查照为荷！

公函落款处盖着"重庆社会局"的大印，并有时任社会局长刁某某的签名。

秋祭半年后，春祭又开始。1942年3月28日的《新民报晚》刊出关于开展"春祀关岳"的文章，消息称："今晨八时，重庆市各卫戍首长，在关岳庙春祭关岳，由卫戍总司令刘峙主持，副司令贺国光，市长吴国桢，局长包华国，当日专陪祭。"

每年参与祭祀的"正献分献后祭各员"名单，其名次排序大致为重庆卫成总司令、重庆市市长、重庆警备司令、巴县县长；而在正献官分献官以下，则是一长串陪祭官名单，其中包括了重庆防空司令、重庆卫戍司令部参谋长、重庆市政府秘书长，以及重庆市警察局、社会局、财政局、工务局、卫生局等众多市局局长；名单最后，还有司职典仪、引导、香烛、唱诵、司乐等人员的姓名、人数和各自站位。

这些公函、档案表明，自民国政府迁都重庆之后，作为渝中半岛唯一的道教宫观，重庆关岳庙便承担起了一项不可替代的政治功能：成为战时首都军民为死难同胞和前线牺牲将士举行春秋公祭的唯一指定场地。

史料显示，从 20 世纪 30 年代开始，随着日本侵华步伐的加快，中华民族到了生死存亡的危急关头，与抗日有关的国家公祭也日渐增多。

1932 年一·二八事变（第一次淞沪抗战）结束后，国民政府曾在苏州公共体育场举行了"十九路军阵亡将士追悼大会"，到会军民共计五万余人。国民党中央党部委员会代表居正担任主祭官，国民政府代表孔祥熙为陪祭官。

1937 年 4 月 5 日，抗日战争全面爆发前夕，国共两党同祭黄帝陵，更是中华民族于大敌当前之时，利用公祭活动向世人展示中华儿女将联手抗敌的一次典范之举。这次公祭宣读了三篇祭文，分别是中国国民党中央执行委员会的祭文，国民政府主席林森的祭文和苏维埃政府主席毛泽东、抗日红军总司令朱德的祭文，其中共产党方面的祭文由毛泽东撰写。

1937 年 12 月 1 日，民国政府迁都重庆正式办公，从次年开始便明文行令，将位于较场口关庙街的重庆关岳庙作为首都军民祭祀民族忠烈、抗战阵亡将士和死难同胞"春祭"大典和秋祭大典的官方指定场所。

陪都时期，每年春秋两季的国家公祭大典，在中国抗战史上，有着十分特殊的意义。

除春秋祭祀大典之外，1939 年七七事变两周年之际，重庆军民还举行过一次隆重的"公祭抗日阵亡将士暨死难同胞仪式"。这次仪式因重庆关岳庙在当年 5 月 3 日、4 日连续两天的日机大轰炸中被毁，不得不改在国泰大戏院举行。为此，公祭组委会和重庆卫戍司令部专门发函，要求重庆警察局派出保安警力到场维持秩序。

在整个抗战期间，国民政府在重庆举办的最大规模公祭，是 1942 年农历七月十五日为超度当年"六五"大隧道惨案死难同胞和中国远征军牺牲将士亡灵，在重庆关岳庙举行的持续十五天的盂兰盆法会。在民间，这场法会还有一个名字，叫七月半"孤魂道场"。

长达半个月的"孤魂道场"期间，关岳庙道士与罗汉寺和尚同台诵经；参加祭奠活动的军政要员，络绎来到远征军阵亡将士与大隧道惨案遇难同胞祭祀现场，祈祷焚香；从傍晚至凌晨，不断有市民涌入，自带供品和香烛纸钱，在祭坛下跪拜、烧纸、放焰口，超度亲人与同胞的亡魂。这个闷热少雨的夏季，重庆城的大街小巷、坡坡坎坎都回荡着低沉持续的经乐声。农历七月十五日当天，国民政府主席林森、国民政府军委会副委员长冯玉祥、国民政府军委会政治部第三厅厅长郭沫若等政要和各界名流悉数到场。

发现越多，被激发出的好奇心便越强烈。

一周后，在市档案馆中埋头寻觅的陈磊、张敏、李晓峰等人，又有更惊人的发现——一份要求重庆关岳庙法团限期迁出并移交全部庙宇建筑物和附属财产的公文。

公文发文单位为中华民国政府内政部。

从公文下发时间来看，距离1942年农历七月半中元节结束，尚不到一个月。公文内容明白无误，却让人丈二金刚摸不着头。

令重庆关岳庙法团在一个月之内，向内政部移交道观全部建筑物与所有附属财产；与此同时，勒令占用庙内房舍的国民革命军二十八、二十三集团军留守处、重庆市政府直辖财政局税务稽征所、重庆市警察局直辖派出所，以及其他单位、机构乃至商铺，无一例外，均须在指定时间内撤离、清退。上述单位机构撤离清退之后，重庆关岳庙道观原址（民权路101号），将用于建设一座专用于祭祀前线牺牲将士的"首都忠烈祠"。

这份公文之后，内政部又连发数份函件，敦促重庆市政府限期落实，不得拖延。

即便在国民政府迁都重庆之后，重庆市政府仍是拥有陪都公用市政设施运行管理全权的地方行政机关。内政部此一举措，明显属于中央政府未与地方政府通气协调的产物。鉴于重庆关岳庙在抗战时期的特殊地位，公文一经下发，当即引起重庆市政府、参议院和宗教界的强烈反弹。

当然，这份内政部公文也非空穴来风。经查，有更多的史料显示，关于在重庆市区内寻址修建陪都忠烈祠的动议，其实有一个大背景。

那就是以第三次长沙会战和中国远征军首次出征缅甸为标志，中国抗战从战略防御进入战略反攻，战场上牺牲阵亡的中国军队将士，逐年、逐月递增。

随着中国抗战从战略防御阶段进入战略相持阶段，以及中国远征军挥师缅甸，中国战区的战事愈见惨烈，一场战役下来，牺牲将士动辄以万计。从1941年春到1942年，中国远征军三个军九个师共计十万精锐仅余四万左右，第九十六师一万余将士仅剩不足三千人。

古人云，"青山处处埋忠骨，何须马革裹尸还"。忠骨不能归家，但烈士的英魂却须接受国人的祭祀。陪都政军高层中，关于择址修建殉难官兵忠烈祠的呼声日渐高涨。其实早在1938年11月第一次南岳军事会议上，蒋介石就在总结报告中将前线阵亡将士"暴尸疆场"的惨状视为民族耻辱。1940年，国民政府先后公布了"抗敌殉难忠烈官民祠祀及建立纪念坊碑办法大纲"和"忠烈祠设立及保管办法"，将抗日牺牲官兵列为主要奉祀对象。

据陪都媒体披露的国民政府内政部统计显示，至1942年中国内地已有六百多个县市设立了忠烈祠。这些忠烈祠，多由原来的关帝庙、武侯祠、城隍庙改建而成。

这便是国民政府内政部在事前未向重庆市政府打招呼、未向媒体通气、也未向重庆临时参议会征求意见的前提下，突然发文要求接管重庆关岳庙改建首都忠烈祠的背景。

1942年7月15日，重庆出版的《新民报晚》刊出一条消息称：内政部为纪念革命先烈之功勋，决定在关庙街关帝庙原址建筑陪都忠烈祠。警察局已于今晨命令限庙内原住各机关、住户、商店等限期迁出，以便施工。

此举一经媒体公布，当即引爆舆论大哗。

赞同者认为，把抗战死难将士的灵位安放在战时首都是一种特殊的荣耀；反对者则认为，关岳庙的祭祀活动已经列为国民政府法定祀典，关乎人民信仰，不可更改！双方均言辞激烈，慷慨激昂。

重庆关岳庙住持兼重庆道教会会长张圆江（张永隆）是持最坚决反对意见者的代表。他直接向重庆临时参议会议长康心如呈文，列举了不应把重庆关岳庙改建为忠烈祠的几大理由：

陪都举措为全国瞻仰所系。关岳庙祭祀已列入国家法定祀典，万不可为祭祀当代忠烈而废前代忠烈，切断中华信仰道统。

呈文中，"陪都举措为全国瞻仰所系"一句，一语点明重庆关岳庙在抗战时期的至高地位。

最终，经时任重庆市长吴国桢和临时参议会议长康心如、副议长文化成等人力排众议，内政部收回成命，重庆关岳庙文脉得以保留。

随着一条接一条的线索被发掘出来，那座深埋在历史长夜中寂寂无闻七十多年的庙观，终于开始可触、可感、可识，有了日渐生动的轮廓。

尤其让人兴奋的是，重庆岳飞文化交流协会的一名志愿者，在市图书馆民国老报纸阅览室检索计算机数据时，不经意找到两张无名氏拍摄的老照片。其中一张的画面主体，是数万名配有"中国远征军"胸章的中国军人肃立在一座飞檐翘角的庙观建筑前，似在举行出征仪式；另外一张的近景是一座高耸的香炉，地上一片瓦砾狼藉，远景是一座塌了一半的庙宇。两张照片背景上的庙宇建筑非常相似。他将两张照片在计算机上放大，再找来一张本市摄影家刘汪洋拍摄于 20 世纪 80 年代的重庆关岳庙拆除前的老照片，将三张照片的每一细节进行反复比较后发现，两张照片背景上的庙宇，极可能就是毁于 1939 年"五三""五四"大轰炸，又在 1941 年冬天修复的重庆关岳庙。

历史的碎片，被小心翼翼地聚拢、黏合，勾勒出一幅清晰可辨的拼图，一座在中国抗战史上留下过悲绝篇章的庙宇，从时光迷雾中悄然浮出，伫立在 1942 的春天！

几天后，三峡博物馆副馆长、重庆市抗战大后方历史文化研究专家张荣祥又为协会工作人员提供了一张中国远征军出征路过国泰大戏院的历史照片。照片上端，几乎覆盖大戏院整堵外墙的，是好莱坞反法西斯电影《孤城虎将》的巨幅海报；海报下边，一支军队列成方阵，以军旗为先导，步伐整齐，由远而近走来；道路两侧，挤满了围观送别的市民。

当时的国泰大戏院，与关庙街的直线距离，不过一百多米。

面对照片，岳朝军的目光长久地停留在那一张张年轻的、被阳光打亮的面孔上，不觉有些晕眩。他突然想起一个人——台湾前三军大学教务长、旅台岳氏宗亲会会长岳天将军。老人曾任中国远征军装甲部队上尉连长，参加过远征军在缅甸、印度的多次重大战役。他拿起手机，马上拨通了海峡对面那个号码。

岳朝军的问题只有一个：1942 年 3 月，中国远征军首次赴滇缅作战从重庆出发时，是否在关岳庙前举行过出征祭祀仪式？

一个苍老而激动的声音穿越台湾海峡而来。电话中，岳天的嗓音有些颤抖："是呀是呀！1937 年，我随中央大学迁徙到陪都重庆，校址就在沙坪坝。我是在重庆加入中国远征军的……那段历史我还有印象。部队出征前，是先步行到'精神堡垒'下宣誓，然后到关岳庙上香祭拜武圣人关羽岳飞，高呼'还我河山'的口号，又在长官指挥下齐唱《满江红》，然后才往滇缅前线开拔。"

说到这里，岳天又爆出一件史实："1969 年，蒋介石在台湾发起中华文化复兴运动。就在这一年，由于南投县日月潭水库扩容，日月潭文武庙启动了第二次易址扩建工程。蒋介石忘不了大陆河山，亲自为这个当时全台最大的寺庙工程指定重建方案——日月潭文武庙大殿的建筑制式，须参照抗战期间重庆关岳庙被炸后重建的样子设计施工……"

岳天老人不经意披露的这一史实，也间接证明：1940 年蒋介石亲笔谕令要求修复整饬的关岳庙，就是重庆关岳庙！

岳朝军放下电话，心潮起伏。

历史拼图的最后一块，就这样补齐了。

● 两岸文化基因的轮回

随着与重庆关岳庙相关的历史信息一点点被发掘出来，岳朝军觉得，似乎有一股神秘力量牵引着他，将他拖入了时间长河的激流深处。现在，他做梦都能看见 1942 年的那个早春三月，重庆关岳庙庙前广场上，那些焚香宣誓的男儿，那些几个月后就血洒疆场的官兵们年轻的面庞。他暗暗发誓，一定要让这一段历史传之后世，与山河同辉！

这一次，他胸有成竹。

2012 年秋天，佛图关公园内，易址复建的重庆关岳庙已完成了三清殿、武成殿、灵官殿、太极广场、爬山廊等主体建筑的施工，一期工程的外围绿化，也已接近完工。站在佛图关崖顶朝下鸟瞰，重庆关岳庙金色的琉璃瓦顶，遮映在万绿丛中。一座钟灵毓秀、气象万千的道教宫观，已初现雏形。

10 月的一天，管家巷 9 号，渝中区区级机关办公楼第二会议室。渝中区重点寺观教堂保护修缮工作领导小组负责人戴伶会同重庆市、渝中区两级台办、区民宗委等多部门负责人，约请重庆市岳飞文化交流协会会长岳朝军参会，安排他和渝中区民宗委主任李晓峰先后发言，对重庆关岳庙的历史查证工作做了一次汇总报告。汇报历时两个多小时，从连战到岳天，从蒋介石谕令到"七月半"盂兰盆会……每一位与会者，都听得心潮起伏。

谁能想到，七十年前，就在今天解放碑商业闹市的核心地段，曾经演绎过这么悲壮卓绝的一段传奇！

汇报会变成了联席办公会。会议结束时，一项提议被无异议通过——

修改重庆关岳庙迁址复建规划。在原有的三重大殿内，利用道观现有建筑空间，增修一重岳王殿，以再现抗战陪都期间这座宗教历史建筑的原貌。同时，在新增的岳王殿中重塑一尊岳飞青铜像，供市民、信众和游客祭拜。

一个新的难题迎面而来：由于年代久远加上毁损严重，要增建的这座岳王殿，竟然找不到任何可兹参照的建筑影像。

既然是恢复历史，就不能凭空起楼、毫无依据地随意设计一座古庙外观的建筑，然后指天发誓说：它，当年就是这个样子。

在现有资料中，作为背景出现的抗战年代重庆关岳庙外观轮廓，远远不足以支撑这个复建工程的大量细节还原。

比如，大殿的屋顶是庑殿、歇山，还是硬山？是单檐还是重檐？房架是抬梁、斗拱，还是井梁？此外，每一根柱头、楣梁上的装饰，每一幅藻井上的彩绘，都必须靠近历史原貌。

这一次，无论是渝中区宗教志，还是民国政府档案，都帮不上忙了。岳天老人在电话中说过的那句话，猛然点醒了岳朝军。

1969 年，台湾易址重建日月潭文武庙，蒋介石亲自拍板确定，"日月潭文武庙大殿的建筑制式和外观，须参照陪都时期重庆关岳庙的样子"。

还找什么呢？陪都时期重庆关岳庙的"老样子"，就在蒋介石临终仍念念不忘的日月潭文武庙里！

与岳天老人通的这次电话，岳朝军保留了录音。

听了录音，戴伶禁不住叫出声来："天哪，台湾日月潭文武庙就是参照重庆关岳庙建造的？如果真是这样，那么我们要再现重庆关岳庙岳王殿的'老样子'，不就摆着一个现成的摹本吗？这才叫'踏破铁鞋无觅处，得来全不费功夫'啊！"

岳朝军告诉戴伶，三年前他以重庆岳飞文化交流协会会长和岳飞思想研究会会长的双重身份，率两岸岳飞庙缔结友好联盟大陆参访团赴台那一次，在拜见国民党荣誉主席连战之前，曾专程前往南投县日月潭文武庙，出席了"两岸岳庙缔结友好联盟"的隆重仪式，也由此结缘，与日月潭文武庙董事长张德林成为跨海至交。张德林赠送的文武庙全套图文影像，就保存在重庆岳飞文化交流协会的办公室里，从视频光盘到书籍画册，从建筑全景到各大殿的内景局部，林林总总，应有尽有。

李晓峰大喜："若有必要，区民宗委还可以马上派人带设计主创人员飞一趟台湾日月潭！"

三年之后，2015 年金秋，重庆关岳庙道观迁址复建一期工程完工，参照日月潭文武庙武成殿复建的岳王殿同时落成。

沿青石雕琢的爬山廊拾级而上，在灵官殿和武成殿之间，一座新的大殿巍然伫立。仰面望去，门楣正中，一百多年前孙中山题写的"岳王殿"三个手书大字，镶嵌在蓝底金边的竖匾上，似在提醒前来祭拜的市民、香客与游人，岳飞与中华精神复兴之间的历史渊源。

重新踏上这一级级石阶，岳朝军百感交集：历史，竟然在两岸之间演绎了一次"基因复制"的温情轮回！

华航班机在云层中颠簸了一下。

岳朝军揉揉眼，深呼吸一口，努力让自己从悠长深邃的梦境中醒来。抬腕看看表，此刻是2015年9月24日，晚20点。依据航程判断，飞机已临宝岛上空。舷窗外，夜色苍茫，班机开始缓慢降低高度。

几分钟后，桃园机场的灯光隐约在机翼一侧出现。岳朝军侧过身，从邻座空椅上将那尊先祖岳飞的鎏金像虔诚抱起，重新端放在膝盖上，低头吻了一下，心里默念道：台湾，我来了！我把老祖宗、英雄岳飞的像，送到孤悬海外的这片中华热土上来了！

机身轻轻一抖，感觉得到起落架轮子与机场地面接触一刹那的轻微撞击；接下来，是飞机依靠惯性在跑道上高速滑行的摩擦震动。几分钟后，机上乘客纷纷解开腰上安全带，华航空姐鱼贯走向舱门。岳朝军回头与三位同伴交换了一下目光，一抹难以捕捉的表情在他脸上稍纵即逝。

飞机舱门悄然滑开，桃园的夜空镶着满天星斗扑面而来，挟着海风的湿热空气在舱门外徘徊，让人立刻意识到：只需走下机舱口的摆渡舷梯，你脚下踩着的这片土地就是宝岛台湾了。

走过空姐列队的舱门，来自重庆的四个身份各异的民间人士，以手捧岳飞金像的岳朝军为先导，缓缓步下舷梯摆渡车。

四个人的脚步都迈得很轻。四个人的心头悬着同样的问号：在让人神经绷紧的岛上"大选"前夕，台湾，你将以怎样的姿态来迎接这尊来自祖国大陆的岳飞铜像？

第三章

寻找岳元帅「真容」

真实的岳飞什么样？

2015年9月24日，佛图关，重庆关岳庙普通的一天。上午9点，一个戴眼镜的道士敲响了三清殿一侧的铜钟，悠扬的钟声在嘉陵江边回荡。岳王殿前，五十多岁的保安兼管理员张师傅来到岳飞青铜像前，深深一拜。

正如一万个人心目中就有一万个哈姆雷特一样，一万个中国人心目中，就有一万个岳飞。毕竟，岳飞是南宋时代的人，直到他遇害八百多年后，才有照相术在西方发明并传入我国。而在中国历史不同时期出现的官方记载、民间稗史、庙堂神像、小说插图、唱本戏剧、古今绘画乃至影视作品中，岳飞的样子或胖、或瘦、或敦厚富态、或英武帅气，全凭创作者的个人审美以及他对岳飞个性的揣摩。

不过张师傅就认眼前这尊岳飞。这尊剑眉微皱、凤眼、隆鼻、丰颊、抿紧的厚唇和下巴上飞舞着几许须髯的岳飞，与他心目中横枪立马、笑傲中原、忧怀天下、英年早逝的天纵英雄岳元帅完全吻合。

当天，张师傅知道，由同一雕塑家完成的另一尊同样尺寸的岳飞神像，正飞越台湾海峡，即将登陆宝岛，永久安座在岛上佛教圣地佛光山。张师傅不知道的是，除了安放在重庆关岳庙岳王殿内的这尊岳王像和送往台湾佛光山的那尊以外，另外还有几尊同样大小、按同一版本脱胎的岳飞青铜像半成品，正伫立在四川美术学院501艺术基地谢果艺术工作室内尚未完工。一旦完工，它们将陆续被送往国内几个与岳飞生平履迹或家世传说有关的地方——

湖南武冈：1938年秋，日军进逼武汉，黄埔军校武汉分校由湖北武汉迁至湖南武冈，改名第二分校。从1938—1945年，共有二万余名青年从这里毕业走向抗战前线。当地有一座建于明永乐四年的岳武穆宫，二分校的学生兵每一批毕业时都要前往上香祭祀。直到今天，庙外溶洞崖壁上还有师生们写下的"还我河山"标语遗痕。

河南安阳内黄县麒麟村：传说公元1103年黄河决口，地处汤阴下游的内黄县顺水漂来一只水缸，缸里装着一个婴儿，他便是长大后成为抗金英雄的岳飞。村人将大水冲来的岳飞比作天降麒麟，遂改村名为麒麟村。岳飞生在汤阴，长在内黄。史书中"岳母刺字""周侗授徒"等脍炙人口的故事都发生在这里。

贵州安顺中所村：明末吴三桂引清军入关，南京一个家族在清军破城之时举族逃亡，一路往山高林密的西南地区走，直到一个叫中所的地方才停下来。一路艰辛跋涉，竟然没有遭遇盗匪打劫，他们将此归结为岳飞护佑——走在家族逃难队伍最前边的老人，手里捧了一尊岳飞神像。自此每年岳飞诞辰日，中所村人都要祭祀岳飞。

上述地方，都建有规模很大、保存完好的岳庙。

在重庆关岳庙内复建岳王殿付诸实施之时，岳朝军就有了一个想法：

在为重庆关岳庙捐一尊岳飞青铜像的同时，按照雕塑家创作的同一作品模本，复制九尊先祖像，送到全国各地岳庙。

　　这是一个庞大的工程。要实现这个想法，最大的拦路虎不在资金，而在于雕塑家依什么范本去再现先祖的"真容"。

　　最省事的选择，当然是直接临摹杭州岳庙内的岳飞塑像。始建于南宋嘉定十四年（1221年）的杭州岳庙祭祀的岳飞彩塑像早已为海内外华人所熟知。很多人脑海中的岳飞，似乎就是这个样子。但这尊岳飞彩塑像，却并非古人作品，而是1978年重塑的。岳庙内原来祭祀的岳飞像，已在"文革"中毁损殆尽，连同岳坟中的岳飞父子白骨一起，被"焚骨扬灰"、片痕不存。查史籍档案，出现在民国初年影像资料中的杭州岳庙岳飞像，双手朝胸前交叉，掌中捧着牙笏，身着上朝官服，头戴朝廷册封的武穆王冠，像座前供有神牌，与后来这尊身着紫色蟒袍，臂露金甲，左手按着宝剑，端坐大殿正中的岳飞彩塑明显不同。

　　也许，今天岳庙大典中的岳飞彩塑像，更符合当代中国人的历史认知和审美趣味，但1978年刚刚走出"文革"阴霾的国人，包括创作这尊彩塑的雕塑家，手头掌握的参考资料太少，无法接触海外馆藏的历朝岳飞绘像孤本，更不要说岳氏家族珍藏的先祖画像真迹了，因此，那尊彩塑像的创作过程，不能说没留遗憾。

　　既然是一个庞大的工程，为何不把它做得更大，以对得起历史和祖先？

　　岳朝军的脑洞越开越大，想法越来越清晰：他要委托雕塑家，重新创作一尊既符合历史真实，又吻合当代中国人审美习惯和对英雄心理期待的岳飞塑像。

　　他首先找到一位全国知名的雕塑家。几经接触后，对方拿出了塑像草案，岳朝军很失望，草案上的岳飞形象显得过于苍老，五官神情忠厚有余，英武不足，像古戏台上涂了脸谱登场的老生；与岳飞统军作战主要在三十多岁的年龄段、遇害时刚满三十九岁的历史真实差距太大。

　　一个偶然的机会，刚刚否决了中央美院雕塑家方案的岳朝军，经朋友介绍认识了长着一张娃娃脸的80后雕塑家谢果。

　　谢果有些迟疑，他说以前主要搞的是现代雕塑创作，很少接触传统写实手法的历史人物雕塑；虽然两年前在合川钓鱼城接过一个护国寺十八罗汉的人物群像雕塑项目，但十八罗汉是宗教虚拟人物，与历史上真实的岳飞不太一样……

　　岳朝军看着他那张虎头虎脑的娃娃脸，决定赌一把，说也许这样正好，没有既定模式的约束，才能用属于他自己的眼光，去拥抱历史上那个真实的、血气方刚的岳飞。

　　黄桷坪，重庆艺术重镇。作为四川美术学院老校区所在地，这里的地标，除了那一棵棵盘根错节的百年老黄桷树、掩映在黄桷树荫中的涂鸦一条街，以及那一间间曾发酵了无数艺术侠客青春梦想的小酒馆之外，还有一个与北京798艺术区和宋庄画家村齐名的501艺术基地。

　　自四川美院新校区迁入虎溪大学城后，老校区野蛮生长的黄桷树和501艺术基地空旷安谧、可以任由艺术家昼伏夜出的自由环境，使这个紧挨长江滩子口码头、充满历史气息的绿色狭长地带，吸引了一届又一届川美毕业生留驻，渐渐繁衍成重庆最大的艺术家创业群落。

这些留守黄桷坪的艺术家，有如在历史变迁中守卫岁月记忆的法老。当地人赠送了他们一个统一的群体别号，叫作"黄漂"。

谢果，就是这样一个"黄漂"。

在位于重庆黄桷坪的四川美术学院 501 艺术基地一楼的一间工作室里，岳朝军以委托方身份，与谢果经过连续几天的头脑碰撞，两人越谈越投机，形成了越来越多的共识，归纳起来，就是这样两句话——

这次为重庆关岳庙创作的岳飞青铜坐像，要以正史考据和族谱记载中的岳飞形象为主要依据，吸收稗史传说的岳飞外貌刻画，搜尽古今中外的岳王画像、塑像、绣像、刻像，去伪存真。

要以现代人类遗传学、解剖学为工具，以绝大多数中国人都能认可为原则，尽可能接近历史的真实，再现身为天才军事家、爱国者和一个普通中国农民儿子的岳飞"真容"。

在接到岳朝军委托之前，谢果从未想到，自己的一生，会与岳飞这样一位伟大的民族英雄结缘。他此前对岳飞的了解，仅限于教科书的知识和小时候看连环画的记忆。为了帮助谢果更深地理解岳飞的精神世界，揣摩岳飞的外貌特征和性格气质，岳朝军给了他两本书，建议他认真读读。其中一本，是旅台宋史大家李安先生著的《岳飞史籍考》；另一本，是重庆师范大学历史系教授史式著的《中国不可无岳飞》。

史式教授，大陆史学家，主要著作有《中华民族史》《我是宋朝人》《太平天国史考》《台湾先住民史》等。

在《中国不可无岳飞》一书的扉页上，是这样介绍本书作者史式的：作者亲历抗日战争，受满街回响的《满江红》所感召，开始了一生的宋史研究之路……

这本书，完全颠覆了谢果和绝大多数中国人，从《说岳全传》一类章回小说和民间故事中得到的岳飞印象！

● 史式：崛起于草根

2006 年夏，易中天在《百家讲坛》开讲《品三国》，在全国掀起了一股"易中天热"。针对这股热浪，一个八十多岁的学者在《理论参考》杂志上刊发了一篇论文，认为说书讲故事这种民间口头文学源远流长，是非常大众化的历史传播方式。但讲述者自己需要清楚：你是在讲史，还是在讲文？是一个历史学教授在讲评历史风云，还是一个说书人在书场里演绎评书话本？"史""说"不分的后果，极易将传说故事与历史真实相混淆，误导大众——比如一部由说书人创作的《说岳全传》，就误导了几百年来国人对岳飞的认知与评价。

这位八旬高龄的学者，就是中华民族史研究会会长、海内外知名的宋史学家、岳飞研究专家、重庆师范大学历史系史式教授。

史式教授这篇文章引起了中央电视台纪录片频道的注意，他们与其多方联系，希望他也到《百家讲坛》去讲一讲岳飞和南宋史。由于史式当时正埋头于写他酝酿多年、即将杀青的史学奇书《我是宋朝人》，与《百家讲坛》的这次邀约失之交臂。

在《我是宋朝人》一书中，史式提出了一个观点：没有宋朝（包括南宋），就没有今天统一的中国。从这个意义上说，今天的我们，都是宋朝人——

在近代史中，东方的科学技术确实落后于西方。但如果把视野放大一点，就不难发现，推动世界近代化几项最重要的成就，并非西方人的发明创造，而是来自东方，来自宋王朝。是通过蒙古人（以战争与侵略的方式）和阿拉伯人（以航海与贸易的方式）传到西方去的。宋王朝虽然覆亡了，但是他们的发明创造却把全人类推向了一个新时代——大航海时代。

……

英国李约瑟在《中国科学技术史》中说，"每当人们在中国的文献中查考任何一种具体的科技史料时，往往会发现，他的主焦点就在宋代"。北宋著名的百科全书式的大科学家沈括，更被誉为中国科技史上的重要坐标。

就在中央电视台盛情邀请史式教授赴京商谈录制《百家讲坛》节目期间，恰好在北京出差的岳朝军，接到《人民日报》评论部副主任林治波一个电话，说有一个研究岳飞和南宋历史的专家，重庆师范大学的教授，他对南宋历史、对岳飞的很多评价非常有颠覆性，你作为岳飞后代，何不来认识一下？

林治波曾参与编撰《中国人民解放军战史》，有《张自忠传》出版，自称是"岳飞铁粉"，在一次纪念岳飞诞辰的活动中，与岳朝军相识成为朋友。

于是，在史式教授下榻的财政部招待所，一个后来写了《中国不可无岳飞》的国内岳飞研究之集大成者和一个岳飞二十八世孙，有了一次历史性的"偶遇"。

当天在场的，除了林治波外，还有一个九十四岁的老人——参加过淞沪会战、徐州会战、武汉保卫战、鄂西会战和第三次长沙会战的抗战英雄、原国民党第九战区薛岳手下七十三军七十七师参谋长，后任民革中央名誉副主席和全国政协祖国统一联谊委员会副主任的贾亦斌。在中国人民纪念抗战胜利六十周年大会上，胡锦涛颁发抗战纪念勋章的第一人，就是贾亦斌。

贾亦斌告诉岳朝军和史式，从他十八岁投笔从戎那一天起，就决心效法岳飞，尽忠报国。在第三次长沙保卫战中，七十七师的将士们上战场前，都要高歌岳飞的《满江红》。更巧的是，1949年他策应解放军南渡，率蒋经国嫡系——国民党预备干部总队官兵起义的地方，就在嘉兴金陀坊的岳飞宗祠旁边。

对这位屡立战功的抗战名将，当年与他亦师亦友的蒋经国曾用了一句岳飞名言来赞叹："古人云，文官不爱财，武将不怕死，则天下太平！不怕死不爱财这两点，贾亦斌都做到了。"

岳飞精神与中国抗战，竟然有如此密切的关系。

史式教授笑着告诉岳朝军："我跟你们岳家人，可是结了缘的哟。从抗战年代开始，我就研究岳飞对中国历史进程的影响。唐代杜甫在成都写《蜀相》

追念诸葛亮：'出师未捷身先死，长使英雄泪满襟。'借用老杜这句话，我对岳飞的评价是：'出师已捷身冤死，长使英雄怒满膺。'"

史老说："抗战期间，我是国民政府军事委员会主办的《扫荡报》桂林分社战地记者。《扫荡报》总部迁入重庆之后，隶属国民政府军事委员会政治部，陈诚、周恩来分别任正副部长；郭沫若任第三厅厅长，专管文化、新闻、宣传。1942年"五三""五四"大轰炸时，重庆关岳庙与《扫荡报》重庆总部同时被夷为平地，几位印刷厂工友殉职。我和桂林分社的同仁们，在悼念殉职工友的灵堂上，就一边流泪一边唱起了《满江红》。

"1945年8月15日，日本宣布无条件投降时，我正好在重庆。那天，从七星岗到都邮街，从都邮街到较场口，上街欢庆的市民挤得水泄不通。好多人涌向关岳庙祭祀，其中不少是中国远征军阵亡将士的家人，'家祭无忘告乃翁'——去向牺牲亲人报告胜利喜讯！"

此次聚会，三个岳飞"铁粉"和一个岳飞后代"偶遇"，谈话自然离不开岳飞。正是在这次聚会上，史式教授萌发了写作《中国不可无岳飞》一书并将它在海峡两岸同时出版的念头。他决心用这样一本书，来纠正在绝大多数中国人头脑中早已形成的历史谬误：岳飞，是一个"出师未捷身先死"的失败英雄。

在史式教授心目中，岳飞应该是"出师已捷身冤死"：北伐大业虽未成，但从公元1130年岳家军收复建康开始，到郾城、颍昌大捷击溃金军主力，将金军赶出整个江南地区，从此宋金强弱易势，金国灭宋的计划彻底破产，金兵从此再不敢跨越长江一步，这难道不是"出师已捷"？

史式认为，岳飞南征北战十六年，为南宋打下了立国一百多年的基础，保证了中国南方社会的安定、生产的发展、科学技术的发达和经济文化的繁荣。在中国四大发明中，火药、罗盘、活字印刷术都是在南宋得到广泛应用后，才传到欧洲的。从某种意义上可以说，是南宋的科技发明成就，带领人类进入了大航海时代。

这难道不是岳飞"出师已捷"的明证？

史式教授还希望用这样一部书来纠正很多国人脑子里一个错到离谱的偏见：岳飞，因忠君而死，是封建时代臣子愚忠的典型；岳飞的"愚忠"导致南宋军民北伐还都的十年之功毁于一旦，也导致了他的个人悲剧。

史式要用他的研究成果告诉国人，公元 1140 年（绍兴十年）从七月八日郾城大捷到七月十三日、十四日颍昌之战再到七月十八日朱仙镇大捷，十天之内，三次重大战役，岳家军几乎全凭一己之力孤军鏖战，与三倍于己的金军浴血厮杀。与此同时，分布在宋金交界千里防线的四大军区的宋军，却要么分散闲置、按兵不动，要么干脆撤走，精疲力竭的岳家军粮草后援被朝廷完全断绝。更有甚者，岳飞得到绝密消息，在赵构发出"措置班师"的十二道金牌后，各部宋军已得到密令，一旦扎营朱仙镇的岳家军出现抗命"异动"，立刻以"平叛"之名予以包围剿灭。在得不到粮草兵员补给的前提下，岳家军若以孤军残部抢渡黄河，与布防河北河东的金国生力军展开决战，无异于一场赌上岳家军全军将士性命的自杀。即便侥幸渡河成功，也将面临一场葬送南宋王朝的血腥内战。

这才是岳飞选择"奉诏退兵"（退到襄阳和鄂州去休整补充）的唯一原因！这个千古之谜的答案与愚忠没有一点关系！

赵构传给岳飞的"十二道金牌"内容是："飞孤军不可久留，令班师赴阙奏事。"是叫岳飞回杭州"奏事"，而并非八百多年来各种民间话本所传的"宋金休兵"。

事实上，半年之后，绍兴十一年正月，兀术再犯淮西，攻陷合肥，凤阳告急，金军直抵长江北岸。军情紧急之下，赵构还曾紧急下诏，令上庐山为母守墓的岳飞驰援淮西。数日后，岳飞带病出征，凤阳金军望风而逃。这是岳飞的最后一次抗金之战。而当年七月，他应召与赵构见面时，提到一年之前被逼班师之事，愤懑之情还溢于言表："当时若得勠力齐心，上下相辅，并兵一举，大事可成。"

他说的是"勠力齐心，上下相辅，并兵一举"，而非"让我孤军渡河！"

这才是一位雄才军事家的眼光！

要是岳飞"愚忠"，就没法解释在长达十六年的抗金生涯中，他一次又一次抗旨违旨、拒不从诏，"将在外君命有所不受"。此外，岳飞还有过无数次以奏章形式冒犯、讽刺、挖苦、谴责赵构的记录，并在与赵构最大的原则分歧——"是否暂停渡河"问题上，从不松口，让赵构百计莫施。性格如此刚烈、倔强、耿介的岳飞，怎么会是一个"愚忠"的臣子？

这些振聋发聩的观点，以及支撑观点的翔实考据，都进入了六年后出版的《中国不可无岳飞》一书中。

关于岳飞到底长什么样儿，史式教授也有自己的考据和研究。他在书中写道：

岳飞，原本只是一个普通的青年农民，在国家危难之时，自己背着一个小包袱到招兵处去报名，从此南征北战十余年，八千里路云和月，在戎马生涯中，全凭自己的战功，成长为一个青年统帅，威震中原。

因此，在史式教授心目中，真实的岳飞是这样一个样子：

中等个子，身体结实，少言寡语，虽然是统军大将，却并无一副高大威猛的体格与庄严肃穆的容颜。他对部下对友人对百姓态度和蔼，不摆架子，平易近人，竟像是一位温文尔雅的书生……

● 从金陀坊到汤阴

如果说，史式教授的《中国不可无岳飞》，为谢果塑造岳飞形象提供了一个人物性格与精神气质的内在参照的话，那么李安在《岳飞史籍考》中提到的两幅分别珍藏于大陆和台湾的明代绢本画像真迹，则是迄今可见岳飞画像中最具价值、最接近中国人传统审美观的岳武穆遗像写真。

李安，籍贯河南汤阴，岳飞同乡，抗战胜利后曾任河南省参议会议员，1949 年后去台湾，知名宋史学家。他的《岳飞史籍考》上下两卷，1961 年由台湾正中书局出版。此书在历史资料的搜集考据上极为严谨缜密，在台湾和海外宋史学界有重要的学术地位，堪称研究岳飞家世的扛鼎之作，在台湾先后三次再版。除《岳飞史籍考》之外，李安还著有《文天祥史籍考》，也是上下两卷。当年国民党政权败退台湾时，从大陆各种研究机构、大学和故宫文渊阁一类皇家藏书坊中，带走了大量珍贵文物和档案，导致大陆相关学术机构史料奇缺。

20世纪80年代，当刘兰芳在中央人民广播电台的评书节目《岳飞传》火遍全国城乡的时候，大陆史学界研究岳飞思想与生平的著作，却近乎空白。因此海外一直有一种说法，研究岳飞，必须跨过台湾海峡。

在李安的《岳飞史籍考》中，专门用了一个章节，来考据后世所传岳飞画像之真伪、来源。

李安披露，岳飞遇害后后世所传的遗像写真，现存于世且有据可考的，共有两幅。其中最富传奇的一幅，是岳飞二十七世孙岳佐臣藏于岳氏宗祠中的明万历二十六年"武像"。这幅像，李安曾亲历了它在抗战胜利后的首次"开阅"。此次"开阅"参与人数不超过五人，其过程类似武侠小说中《九阴真经》的出土，充满庄重而神秘的古老仪式感。

1945年抗战胜利后不久，李安以河南省参议会参议员的身份，随同河南省政府委员、民国知名学者王幼桥、保安副司令刘艺舟巡视豫北来到汤阴。汤阴，是岳飞故里，王幼桥一行自然要代表国民政府，到当地岳飞祖庙恭祭上香，告知岳元帅我中华河山已从日寇铁蹄之下收复的消息。祭祀场面盛大而庄重。汤阴父老闻讯，扶老携幼赶来观礼。怀想抗战牺牲之惨烈卓绝，围观民众中有很多人感奋落泪，唏嘘不已。

待祭祀典礼结束、围观民众散去后，汤阴岳庙奉祀官、岳飞二十七世孙岳佐臣趋前一步，对王幼桥私语道："幼桥先生道德文章受人敬重，李安先生又是汤阴老乡，今抗战胜利遂了岳武穆'还我河山'夙愿，老祖宗在天之灵当仰天长啸。为表达岳氏族人心中感佩，今天，我欲将一件祖传之宝——家藏近四百年的岳武穆画像从密室中取出，开示片刻，请各位一睹老祖宗真容。"

这个岳佐臣，也是一个传奇之人。

1938年2月12日，岳飞出生地汤阴沦陷。

是夜，汤阴岳庙奉祀官——岳飞27世孙岳佐臣携全家躲进了豫北南太行白雪皑皑的山野乡间。日军攻占汤阴次日，汤阴县伪县长刘龙光即派出三路人马踏雪进山。三路人马，带着同样的火漆封口密信，在隐蔽于南太行的猎户茅舍中，寻觅同一个人：岳佐臣。三封密信的格式、抬头、正文内容、书法字迹和署名均相同——

佐臣兄钧鉴：

小弟刘龙光，受河南省自治政府主席肖瑞臣之委派，赴任汤阴县长之职，诚惶诚恐。连日来，天佑大东亚解放的先驱、中国民众的友军大日本国皇军所向无敌、连战连胜，一派日中亲善的盛世和平景象。为开创大东亚共荣圈之王道乐土，建设明朗新河南，小弟受大日本国皇军驻汤阴指挥官山元丰二殿和特务机关长笠井之托，邀请佐臣兄出山，踏上光明之途，担任汤阴县维持会长一职。专此布达！

物色一个岳飞后裔担任岳飞故里的维持会长，是笠井的阴损主意。

作为一名侵华日军中少见的"中国通"，笠井熟读《三国》《水浒》《说岳》，能讲多种中国方言，尤其擅下围棋。笠井明白，要奴化一个民族，最彻底的手段，莫如毁灭这个民族的英雄之神。由此，笠井想出了一步妙招："招安"一个岳飞后代充任维持会长。

在南太行姬家山高洞沟一个近乎与世隔绝的荒村里，刘龙光派出人马中的一支，找到了藏匿于此的岳佐臣。

拆开刘龙光来信读完，岳佐臣将其撕碎抛入火盆，起身送客说，佐臣体虚多病，担当不起替日本人做事的辛劳和名声，恕难从命！

如是有三，当徒劳往返的信使第三次带回岳佐臣拒绝"委任"的口信时，笠井暴跳如雷，让刘龙光带去最后通牒：五天之内，岳佐臣如仍拒绝返城出任维持会长，驻汤阴日军将在一分钟内，把汤阴宋岳忠武王庙和庙外的岳氏宗祠、祖宅，统统炸上天去！

一夜之间，岳佐臣须发皆白。他提笔写了一封回信，叫刘龙光手下人送回城去。第二天，一支队伍从鹤壁镇秘密赶来，接走了岳佐臣及家眷。

回城第五日，白头皓首的岳佐臣出现在插满膏药旗的汤阴街头。在刘龙光手下人带下山的那封信中，岳佐臣提出了两个条件：农历二月十五岳飞诞辰日，他以岳庙奉祀官的身份，再主持一次先祖祭祀大殿；祭典之后，由日本人出面，在汤阴县政府礼堂设下盛宴，邀请本县滞留的岳姓乡绅和给日本人做事的头面人物，济济一堂，以示欢迎。

笠井大喜。

农历二月十五，汤阴县城内大街小巷贴满了一年一度岳庙祭祀照常举行的告示，请全县乡绅和伪政府头面人物赴宴的帖子也发出了。祭祀日当天，岳忠武王庙内外，一个中队的日本兵排成人墙，把前来参加祭祀的乡亲夹在中间。岳佐臣在祭台上摆放好水果供品，点燃了红烛和线香。没有鼓乐，没有鞭炮，空荡荡的主殿里，金幔翻飞，穿堂而过的北风，吹着尖利的哨子。在大殿后侧几十名手持三八大盖日本兵一字排开的"围观"下，岳佐臣面朝岳飞塑像，从头至尾一个人，敲钟，上香，焚箔，读祭文，一献酒、二献酒、三献酒，行三拜九叩大礼。这，大概是世界上最悲切的一场祭祀了：一个民族英雄的后代，以侵略者的马靴、刺刀、人墙和军旗为背景，站在"还我河山"的匾额下，祭祀自己忠烈一世的英雄祖先！

祭祀最后一道典仪完毕，当岳佐臣用河南话有腔有调地唱起岳飞作词的《满江红》来时，笠井吃了一惊。他非常清楚岳佐臣唱的是什么，甚至也知道就在这座庙的正殿门外，便立有一块刻有岳飞手书《满江红》词的古碑，却无法制止。这桀骜的声音，在大殿中跌宕盘旋。

大典结束之后，鹤发的岳佐臣昂首在前，一队全副武装的日本兵跟在后面，步出宋岳忠武王庙山门，朝县政府礼堂方向走去。

汤阴县政府礼堂中，已经备下十五桌酒宴。伪河南自治政府委任的伪汤阴县政府官员们，衣冠楚楚，悉数到场。礼堂一侧摆放的带喇叭留声机上，反复播放着一支日本人写的名叫《满洲姑娘》的歌。主宾桌周围，都是本县有头有脸的人物；岳佐臣身边一左一右，坐着笠井米藏特务机关长和伪汤阴县长刘龙光。

中午十二点，刘龙光起身，举手示意安静。笠井米藏亲自为岳佐臣斟了一杯酒：岳先生，现在，你可以宣布那个让大家期待已久的消息了。

礼堂里，一百多双眼光聚焦在岳佐臣脸上。他端起酒杯，仰脖一饮而尽，而后说："拿笔来！"

一乡绅急忙从旁边厢房找来一支毛笔，伪汤阴县长刘龙光满脸堆笑地把毛笔递给了岳佐臣。

岳佐臣提起笔，背对众人，用右手在左手掌心写下一个字，然后转过身高举左手，掌心向外一伸：

手掌上一个大大的"岳"字赫赫然凸现在众人面前。

笠井问："你，这个，什么意思？"

岳佐臣大笑："我姓岳，我们岳家子孙，一代一代，受先祖精神教化，头可断，血可流，但绝对不可做出任何辱没祖先荣光、忤逆'精忠报国'祖训的丑恶之事。我姓岳啊，爱国大将军岳飞的后人，岂能担任你这个卖国的维持会长？"

众人大惊失色。岳佐臣两眼向天："今天，我已祭过宗祠，祈告先祖在天之灵，保佑我华夏族人子孙……现在，佐臣虽死无憾了！"

刘龙光气急败坏的说："笠井太君只要一声令下，几分钟之内，就可以把宋岳忠武王庙，连同你岳家宗祠，和几百年传下的祖宅，片瓦不存炸为平地……姓岳的，你，真的不考虑后果吗？"

岳佐臣乜也不乜刘龙光一眼，与笠井米藏对视着目光，扯嗓暴吼说："今天，你可以炸掉一座汤阴岳庙；但明天，中国人就会在这儿，在他们心里，建起一万座、十万座、百万千万座岳庙！你炸得完吗？"

岳佐臣大义凛然、宁死不屈之语，一瞬间点燃了在座中国人心中深埋的怒火，他们不惧日寇淫威，纷纷起起立向岳佐臣致敬，一人带头鼓掌，众人竟齐齐鼓起掌来，这掌声，震动着伪汤阴县政府礼堂，这掌声，像一记记响亮的耳光，抽打在笠井的脸上。

几十名手持三八大盖日本兵一下围住了众人。

气急败坏的笠井强压住心头的怒火，此刻，他终于明白过来，自己精心设计的让爱国名将后人担任卖国职务，自认为下的是一步妙棋，却触犯了沦陷区中国人的底线，成为臭不可闻的一大败招。

笠井脸红筋胀的站起来叫日本兵退到一边，指着岳佐臣说："你的，不担任汤阴县维持会长。"

后来，笠井在作战备忘录中向日军高级指挥部呈文说明此事经过，认为"中华民族不可亡""侵华战争非用武力所可屈服"。李安先生从大陆到台湾之后，在所著《岳飞史迹考（上册）》中，详细记录了这个事件的经过。

关于后来为何没有炸掉汤阴岳庙，比较流行的说法是，日本人考虑到两个月后就要召开的伪河南自治政府24县第一次行政大会，在这个时间点上，炸掉岳飞故里的祖祠祖庙，等于在占领区毁掉"战利品"，不利于大日本帝国在华北推行"以华制华"政策、营造"日中亲善模范省"形象。由是，始建于1450年的汤阴宋岳忠武王庙逃过一劫。

次日晨，岳佐臣孤身出城，去往30公里外的白玉山长春观，出家做了道士……

毛泽东主席对岳飞精神多有赞美，他曾手书岳飞的《满江红》、《送紫岩张先生北伐》等诗词。1940年8月15日，延安各界1000余人隆重举行张自忠将军追悼大会。毛泽东亲笔题写的挽联是岳飞手迹"尽忠报国"。

时间，再回1945年——抗战胜利后，李安以河南省参议会议员身份，随民国知名学者王幼乔等人到汤阴岳庙祭拜。岳佐臣提出，欲将一件家藏近四百年的岳武穆画像从密室中取出："请各位一睹老祖宗真容。"

一行人大喜。岳佐臣于是请退庙内参祭民众，只身在前带路，引导王幼桥、李安等从旁门进入庙侧岳氏族人宗祠，再从宗祠来到自家老宅。岳佐臣老宅与宗祠相通，相邻者皆是岳氏宗亲。在老宅内休息片刻，岳佐臣从一处地下密室中，取出一只长方形檀香木匣，再从中小心翼翼地取出一个以锦布包裹数层的绢轴，将其置于案几上，徐徐铺开。一幅长约十四五尺，宽约六七尺，手绘在一轴长绢上的岳武穆像，便一览无余地展示在众人崇敬的目光中——

只见酒红色基调的绢本画幅上，岳飞中等个头，宽肩，微胖，身着蟒袍。他左手按膝，右手抚髯，端坐在军帐之中；身后一边是摞起来的成卷兵书，另一边是镶有金甲的战盔。靠近头部右上方，作为背景，有一支挂在军帐上的皮壳箭壶。从面部细节上看：久经沙场的岳元帅隆鼻、丰颐、双唇紧抿，唇上和下巴上，留有一两寸长的须髯。整张脸上最传神的，是那双略带忧思的凤眼，以及眼睛上方，那两条眉头微皱、眉弓扬起、眉尾朝鬓角飞去的剑眉。

关于此一珍藏画像的来源，岳佐臣是这样表述的：据本宗长辈世代口头相传，明万历二十六年（1598 年），时任广西丽江卫指挥的先祖十六世孙岳大舟求得民间画手李骥，搜集了全国岳庙供奉的岳飞画像作蓝本，再综合史书族谱的文字描述，临摹出一幅公认最接近岳飞生前真容的忠武王遗像。此像最初珍藏于浙江嘉兴金陀坊岳霖三子岳珂一系后裔家中，历经数代之后，传到二十一世孙岳钟琪手里。岳钟琪（1686—1754 年），岳飞后裔，清代名将，被乾隆赞为康、雍、乾"三朝武臣巨擘"，曾任川陕总督，获封宁远大将军。其一生最大功绩，是康熙五十九年招降藏王达克瓒，兵不血刃攻占拉萨，先后将西藏、青海全境纳入大清版图。

雍正八年，岳钟琪在川陕总督任内，遭满族大臣嫉恨诽谤，称他在军中直呼大清为金国后裔，欲报当年金朝灭亡北宋、勾结赵构秦桧冤杀岳飞之世仇。此案朝廷颇为重视，秘派巡抚黄炳、提督黄廷贵严查。为避流言，岳钟琪乃将随身珍藏在营帐中的祖像，秘密送归嘉兴金陀坊宗祠供奉。自此，这幅明代岳飞祖像就一直保存在嘉兴金陀坊岳氏宗祠地窖内。乾隆十二年，大小金川土司叛乱，朝廷重新起用已被蒙冤革职、削爵候监的岳钟琪，授其兵部尚书、四川提督衔。乾隆十四年，年过花甲、两鬓斑白的岳钟琪征剿大小金川，仅率十三骑亲将随从，深入番兵营寨，劝降大小金川土司莎罗奔，完成了川藏地区的"改土归流"——这是后话。这幅雍正年间就保存在浙江嘉兴金陀坊岳氏宗祠的飞祖像为何在二百多年后又到了河南汤阴岳庙？其中又有一段与中国历史走向有关的故事——

1914 年辛亥革命推翻清王朝之后，根据民国政府《关岳合祀之定制公告》（民国三年十一月二十一日〔政府公报〕第八一五号）和民国大总统令，全国关帝庙统一改名为关岳庙，将岳飞神像并入庙内合祀。祭祀岳飞上升为凝聚民族认同、历史认同和文化认同的国家意识形态行为。为此，国民政府面向全国征求岳飞标准画像，欲将其照相后刻版印刷，作为全国岳庙、关岳庙供奉岳飞神像的统一摹本。

由于岳飞生前军职是抗金大元帅，其俗世身份是军人；明万历四十三年（1615 年）被朝廷赐封"靖魔大帝"后，其"神界"身份为武神、武圣、武穆王，故民国政府征求岳飞标准像的通告，由陆军部向全国发出。通告发出后不久，世居浙江嘉兴金陀坊的岳飞二十六世孙岳嗣义即率一众岳氏后人抵达北京，来到位于铁狮子胡同的国民政府陆军部，代表岳飞后裔奉上宗祠珍藏的岳飞"遗像"孤本一幅，供政府查照摹写。

岳嗣义等送到国民政府陆军部的这幅岳飞孤本"遗像"，即乾隆年间岳钟琪送归嘉兴金陀坊岳氏家族宗祠秘藏的明代民间画手李骥绘制的岳飞绢本画像。这次送像，在中华民国四年（1915 年）二月七日的政府公报（第九百八十八号）中，有如下原始记载——

内务部呈：为岳氏后裔呈送武穆遗像据情转呈，仰祈钧鉴事：上年十一月二十一日奉大总统申令："查关岳两祠，近代久隆；祭祀允宜特著，馨香列诸典礼，着礼制馆妥议合祀典礼，此令。"等因。旋准陆军部咨取岳武穆王遗像前来，本部当即通告征求。兹据国史馆聘任协修兼秘书岳嗣义率子侄公府侍从武官陆军少将岳开先、政事堂法制局编译岳诵先、河南省城东区警察署署长岳畴先、北京大学堂分科学生岳豫先等禀称："嗣义系忠武王二十六世孙。按岳氏家谱，敝族随宋南渡。忠武王被难以后，世居于嘉兴之金陀坊。……至十一世祖岳大舟，官广西丽江卫指挥，于万历二十六年求得名手李骥于宗祠临忠武王遗像，遵奉之官。后因公罪，革职徙边，遂为甘肃人。四传至先襄勤威信公钟琪，于前清雍正初年削平西藏、青海及沿边各番夷，开拓疆土，得封世袭罔替三等公爵，擢任川陕总督。其时勋位震耀，渐启疑忌，遂有流言，并有言官弹劾系忠此后裔，欲修宋金之报复，遂派钦使密查。使至，瞻礼忠武王遗像，密劝送交原籍民间宗族供奉，避免流言。先襄勤威信公力持正论，幸而尊奉。至今二百年来，又值国家改革，恭逢大总统笃念先烈，又得陆军部暨钧部主持，遂得列诸祀典，征求遗像，甚盛事也。……为此恭奉先忠武王遗像，仰请转呈睿览，俯赐传写，仍求将原像发还，禅叨世守，无任感企，乞鉴核施行。再先二十六世祖宋孝宗时，予谥武穆，继改谥忠武，世称武穆，乃从其朔。寒家相传称忠武，从其改也。何必陈明。"附呈宗图一件等情到部，查该员系出金陀，泽延忠裔，所呈武穆王遗像，历代珍藏，子孙弗替，英姿如在，兼墨常新。本部现向各处征集，如海陵祠宇所在，汤阴桑梓之乡，或从素像以临摹，或自粉本而传写，虽亦前型足式，皆为宗仰之资，未若世守可征，尤见流传有绪，原呈所称各节，其见出自真诚。……所有据情转呈岳氏遗像暨宗图等件缘由，理合呈请大总统钧鉴训示施行。

批令：呈悉。原件发还，该部查照摹写，宗图存，此批。

中华民国四年二月四日　国务卿徐世昌

这幅岳飞孤本"遗像"，由世居嘉兴金陀坊的岳飞二十六世孙岳嗣义等呈送陆军部摹写照相后，原件发还。经旅居北京的各地宗亲代表共同商议，认为先祖岳飞的出生地在河南汤阴，决定将此原藏于嘉兴金陀坊岳庙的祖像孤本，改送至河南汤阴岳氏宗祠严密保管，海内外其他各地宗祠岳庙，均可照式临摹。这便是这幅岳飞武像在嘉兴金陀坊秘藏二百多年后，回到汤阴宗祠的谜底。

在《岳飞史籍考》一书中，还提到另外一幅岳飞像——台北故宫博物院馆藏岳飞像。

关于这幅岳飞像，李安也有一段故事……

● 台湾，又是台湾！

历史舞台上的大剧高潮迭起，大幕开启又合上、演员登台又退场。在下一幕中，谁将黯然离场、谁将成为新的主角、谁将站在尾声一幕的聚光灯下接受观众的掌声和献花？唯有时间能够回答。

距离上次在汤阴岳氏宗祠看到岳飞二十七世孙岳佐臣秘藏的岳飞绢本画像十二年之后，李安又看到了一幅岳飞像，这时国民党政权从大陆溃败已经整整七年。

年逾花甲的李安，也已不再是河南省参议会参议员，而是一个旅居台湾多年、对南宋历史研究很深的知名学者了。

1956 年 4 月，台湾编译馆中华丛书委员会出版了一套《故宫书画集》，在该书第七卷第 64—66 页《历代圣贤半身像》一章中录有"岳鄂王名飞字鹏举像"。该书由台北故宫博物院、中山博物院联合编辑。《历代名贤半身像》共收录中国历史上贤相、良将、名儒、文士六十二人，其中宋代将领仅岳飞一人。

本书为影印版，限于那个年代制版技术的制约，这幅岳飞画像的清晰度和还原度都大打折扣。对此，李安当时并未特别在意，只是在记忆里将该画像与十二年前看到的那幅画像做了一个比较，认定两幅画像不是一个版本。

在"岳鄂王名飞字鹏举像"一页下有文字注释：本画为绢本，长 42.6 厘米，宽 34.6 厘米，设色，冠服，半身像。

1973 年"双十节"，台北故宫博物院举办了一场"中国历史忠义人物画像展"，场面极为隆重，很多政要都到场祝贺。李安十分吃惊地发现，本次展览上展出的岳飞绢本画像真品原件，就是《故宫书画集》中收录的那张"岳鄂王名飞字鹏举像"。反复端详，此像与他当年所见岳飞二十七世孙岳佐臣珍藏的画像，确有诸多不同——

从人物造型上看，台北故宫博物院馆藏画像上的岳飞端坐在一把矮靠背木椅上，上身笔直——所谓"坐如钟"，透出职业军人的素养，双手捧着一本打开的兵书。与岳佐臣珍藏的岳飞像相比，体态均略显清瘦；身着冠服而非蟒袍；头戴深色平式幞头，幞顶低而平，脑后布巾朝下自然垂落；冠服图案简朴，腰束一条红底镶玉的宽松鞶带，双膝分开，透过下摆，可见一双黑色的皮质战靴。从面部五官上看，两幅岳飞像的主要特征相似，都是宽额，朝两鬓挑起的剑眉、凤眼、隆鼻、丰颐，双唇紧抿，唇上和下巴上，留有寸余长的须髯，但神态上，此幅画像显得较为超然儒雅，有一种洞穿世事、处变不惊、"任你乱云飞渡，我自巍然不动"的旷达和自信。

整幅画像，设色沉郁厚重，线条硬朗舒展，力透"绢"背。画像一侧的空白处，有画家留下的三百多字的题款——

岳鄂王，名飞，字鹏举。生时有禽若鹏，飞鸣屋上，故名。少负气节，好《春秋》、孙吴兵法，弓引三百斤，善左右射。宋靖康初，金人南侵，二圣北狩，乃应募，誓以忠义报国。用兵能以寡击众；大小百战，未尝一败。及平大盗李成等十数，入觐，赐金丝战袍、金带衣甲，御书旗曰精忠岳飞。及兵胜朱仙镇，金人已有捐燕以南之惧。时秦桧主和，诏班师，一日奉金字牌十二追还。飞再拜曰：十年之功，废于一旦，非臣不称职，实桧误陛下也！桧闻，衔之，竟为所害。官至少保，赠太师、鄂王，谥武穆。瘗于钱塘西湖之原，墓木枝叶皆南向，杭、鄂咸立庙。呜呼！自飞之死，驯致中国蛮夷之耻。倏阅二百五十年，钦承太祖高皇帝神圣威武，殄逐腥膻，削平华夏，飞冤始雪，乃诏从享历代帝王庙庭，兹实精忠之报也，可不勖哉。

三百多字的画像题款，言简意赅，笔走龙蛇，串联了岳飞金戈铁马、忠义报国的一生，完全可当成"岳飞小传"来读。

根据题款中"自飞之死……倏阅二百五十年"语句推论，岳飞被害于南宋绍兴十一年（1141年）。从南宋绍兴十一年（1141年）往后，"倏阅二百五十年"，即明太祖洪武二十五年（公元1391年）。由此判断，此帧画像应作于明太祖二十五年（1391年），迄今，已有六百余年的历史。

一帧明太祖洪武二十五年绘制的中华民族英雄岳飞画像，"倏阅"六百多年后，竟然跨过台湾海峡，在台北故宫博物院现身，不能不令人感慨万端。

根据岳朝军提供的信息，除了李安在《岳飞史籍考》中提及的这两幅岳飞孤品藏像之外，还有一幅画像在经历了百年沧桑之后也在台湾现身——它就是民国四年，中华民国国务卿徐世昌批令摹写的岳飞标准像画作原件。

这幅画是如何在1949年后流落到台湾的已经不可考。但两岸之间，1949年是一道分水岭，也是一座桥。被历史大潮裹挟着抵达台湾的，不仅有永无归期的太平轮的哀号，还有百万仓皇过海的军民以及不可计数的大陆文物。

其中，有一件来自北京铁狮子胡同北洋政府陆军部的文档藏品，寂寂无闻地在台湾文物市场被一次次转手之后，落到了一个慧眼识珠的收藏家手中。他，就是张寿平。

也许，一切都是冥冥注定？一个偶然的机会，这幅岳飞标准像临摹画作原件在被人遗忘一百年以后，竟然神奇地出现在岳朝军面前。

2005 年，岳朝军与文天祥后代、雕塑家文衍远一起，赴台出席一个海峡两岸交流活动。经台北师范大学教授、台湾岳飞研究学者高双印先生介绍，岳朝军认识了台湾政治大学文学院教授、旅台国宝级文物收藏鉴赏家、台湾中华文物学会创办人张寿平。年龄相差三十多岁的两人一见如故，相谈甚欢。当年已八十二岁的张寿平老人告诉岳朝军，他家里珍藏了三百多件岳飞文史资料，包含众多岳飞真迹拓本、明代岳庙石碑拓本等。听说今天能见到一位来自大陆的岳飞后代，他特意带来了一张他收藏多年的岳飞画像真迹小样，作为两人的见面礼。它，就是那幅由北洋政府陆军部秘藏、时任国务卿徐世昌批令拍照摹写、全国统一标准的岳飞像。张寿平表示，将来有一天，如果大陆为岳飞修一座岳飞纪念馆，他愿意赠送这件藏品原件给大陆。

张寿平，号缦盦，1923 年生于江苏无锡市，父母皆是留日学生，归国后移居上海。十余岁即开始填词作诗，并与上海滩众多文人大家时有诗词书信往来。1942—1944 年，就读于中央大学国文系。1946 年抗战胜利台湾回归，感念于台湾被日本占据甚久，主动赴台湾从事教职，推行中国文化，在古文字学、古诗词学、民族学、佛学方面颇有成就。从 2000 年起，每周都在台北中山纪念馆等地开课，讲授中国诗词文物课程，学生多为热爱中华文化的社会精英、公职人员与退休将领。

2011 年，史式教授的《中国不可无岳飞》一书在大陆和台湾同时出版。

在史式教授推动下，岳朝军策划了一个两岸岳庙缔结友好联盟的活动。次年，岳朝军率大陆多座岳庙负责人赴台，到日月潭文武庙出席了联盟缔约仪式返回台北，在拜会了中国国民党荣誉主席连战的当晚，张寿平老人专程赶到他入住的酒店，送来了这幅无价之宝的岳飞像民国标准版画作高仿件。

老人说，我已经八十八岁了，生命已接近终点，也许等不到祖国大陆岳飞纪念馆落成那一天了。今天，我把此画原作的高仿件交给一位岳王后代，也算是一种"叶落归根"吧！

两年后，重庆黄桷坪四川美术学院 501 艺术基地谢果工作室，

三幅岳飞画像真迹的放大照片，平行摆放在一个大大的木案上。

三幅像中，岳氏宗祠秘藏画像和临摹于它的民国标准像应为同一版本，但毕竟加入了临摹画家个人的审美价值，因此就有了某种潜意识中再创作的成分：更魁伟，也更带有将人物神格化的倾向。

而另外两幅画像，台北故宫博物院馆藏岳飞像绘成于明太祖洪武二十五年（1391 年），历史年代最早，距离岳飞遇害时间仅二百五十年。然而二百五十年的时间跨度，并不能作为其相对更接近岳飞本人形象的依据。倒是岳氏宗祠秘藏画像，其绘画年代虽为明万历二十六年（1598 年），比台北故宫博物院馆藏像晚了二百年，但经过了当时岳氏宗亲的认同，相对而言似乎更具价值。

值得欣喜的是，两幅画像除了一为蟒袍、一为冠服，一为武像、一为文像之外，在人物的面部特征上，居然大同小异——均为剑眉、凤眼、悬胆隆

鼻、丰颐、紧抿的厚唇、寸余长的须髯。不由让人想到 1999 年岳朝军以岳飞二十八世孙的身份首访台湾宜兰县岳武穆庙（碧霞宫）时，《中国时报》的一篇报道标题：

岳朝军露脸　似曾相识

在这个标题一侧，很醒目地将一张岳朝军的大头照和一张明代石刻岳飞像并列在一起。

第二天，台湾另一张报纸在报道岳朝军赴宜兰员山乡造访时，所用标题更加传神：

岳飞后代访员山　人人都说长得像

这条新闻称，虽然大家都没有见过岳飞，但受岳飞传统画像的影响，员山当地乡公所人员都惊叹万端说，脸型方正、剑眉凤眼隆鼻丰颐的岳朝军，长得实在像其先祖岳飞。

两条消息一个意思：岳飞家族强大的遗传基因，在岳飞后代的脸上显露无遗。

由此，也可以倒过来推证，一前一后，两幅明代绢本画像上的岳飞形象基本特征，与九百年后岳飞后裔的容貌特征，至少是一脉相承、非常接近的。

渐渐地，谢果觉得自己脑海里，一尊"脱胎"于八百年前岳飞"真身"的青铜塑像，已然隐隐有了一个轮廓。

● 宫廷画家笔下的岳飞

为了更好地把握岳飞的精神气质，谢果将自己关在工作室里，把《宋史岳飞传》中的每句话每个字，都掰开揉碎读了又读。

根据《宋史岳飞传》的文字记载，岳飞的形象，其实是一个有血有肉的多面体——

少负气节，沉厚寡言，家贫力学，尤好《左氏春秋》、孙吴兵法。生有神力，未冠，挽弓三百斤，弩八石，学射于周同，尽其术，能左右射。同死，朔望设祭于其冢。父义之，曰："汝为时用，其殉国死义乎！"

这是写他从小习武，性格内敛，熟读史书兵书，志存高远的。

好贤礼士，览经史，雅歌投壶，恂恂如书生。

这是写他谦逊儒雅，注重修养，好结交贤人雅士的。

飞至孝，母留河北，遣人求访，迎归。母有痼疾，药饵必亲。母卒，水浆不入口者三日。

这是写他对母亲极尽孝道的。

与敌相持于滑南，领百骑习兵河上。敌猝至，飞麾其徒曰："敌虽众，未知吾虚实，当及其未定击之。"乃独驰迎敌。有枭将舞刀而前，飞斩之，敌大败。

这是写他用兵如神的。

飞渡江中流，顾幕属曰："飞不擒贼，不涉此江。"抵郢州城下，伪将京超号"万人敌"，乘城拒飞。飞鼓众而登，超投崖死，复郢州……

飞引兵益北，战于太行山，擒金将拓跋耶乌。居数日，复遇敌，飞单骑持丈八铁枪，刺杀黑风大王，敌众败走。

这是写他战场杀敌勇不可当的。

……

要把性格如此丰富、立体多面的岳飞凝固在一尊铜像上，被岳飞后人和海内外华人认同，难度的确不小。

除了《宋史》中的文字记述，南宋画家也留下过一些岳飞"写真"。历史上保存下来的岳飞画像，距离岳飞在世时代最近的，是在岳飞遇害七十年后，南宋宫廷画家刘松年所画《中兴四将图》。此图现藏于中国历史博物馆。图中南宋四将包括刘光世、韩世忠，张俊和岳飞。

刘松年（1155—1218 年），南宋孝宗、光宗、宁宗三朝宫廷画家，擅画人物、山水，被誉为御前画院画家中的"绝品"。后人将他与李唐、马远、夏圭合称为"南宋四大家"。刘松年的工笔山水和人物善用线条，追求神韵和意境，体现了中国传统绘画艺术的审美追求，却并非写实主义作品。虽然刘松年拥护抗金，他绘《中兴四将图》时，宋孝宗赵眘已为岳飞平反，但刘松年宫廷画家的身份，明显影响了他对"四将"历史地位的客观评价。在《中兴四将图》中，刘光世位列"四将"之首，岳飞位列"四将"之末，列在第三的，竟然是帮助秦桧杀害岳飞的张俊。这一排名的依据无外乎"四将"中刘光世被朝廷追封鄜王最早，岳飞被追封"鄂王"最晚。这幅《中兴四将图》绢本设色，宽 26 厘米、长 90.6 厘米。画中人物比例准确，姿态自然，衣饰线条简练流畅。"四将"神态或威武庄重，或深沉睿智，各有个性特点。

　　细看《中兴四将图》中的岳飞，其个头与身边侍卫（即传说中"马前张保，马后王横"中的王横）相似，中等个子，不胖不瘦；头戴深色幞头，身着素色朝服，溜肩，双手藏袖，拢于腹前；其面部五官，线条极尽简略，面宽额高，唇上无须，下巴圆润无髯，表情谦恭而超然；远观一白面书生，近看则"面目不详"。其神态远不及立于岳飞身后的王横生动。在人物造型上，反观刘光世、韩世忠、张俊三人，倒更像在战场上横扫千军的武将。因此，这幅名气很大的《中兴四将图》，更多体现的是南宋朝廷对"四将"的地位排序，以及刘松年作为宫廷山水画家的笔墨意趣；图中岳飞形象，与《宋史·岳飞传》中的记述大相径庭，历史认知价值不大，很难成为塑造岳飞形象的"原始参照"。

　　倒是《宋史·岳飞传》中的文字描述，给了谢果极大的震撼：

　　飞引兵益北，战于太行山，擒金将拓跋耶乌。居数日，复遇敌，飞单骑持丈八铁枪，刺杀黑风大王，敌众败走。

　　落霞孤鹜，秋风漫卷，战旗猎猎，铁甲金盔，岳飞单骑一人，持丈八铁枪立于太行山上，漫天夕阳如席卷大地的火山岩浆……这画面，就像一幅沿天际展开的逆光剪影，长久地占据着谢果的脑海，挥之不去。

● 谢果：为民族英雄写真

岳飞的形象，在谢果心中一天天丰满起来，从一个名字、一个教科书中的历史符号、一个连环画中的模糊图像，开始变成一个大写的人，一个有血有肉、活生生的英雄。但他总觉得还缺点什么，使他无法立刻投入创作状态。那不可捉摸的一点，到底是什么呢？

之前主要创作兴趣在现代雕塑艺术上的谢果，从未有过如此的状态，感觉被自己的创作对象魅惑了。

2011 年，他和他的团队曾受托为合川钓鱼城护国寺翻修后的大雄宝殿重塑十八罗汉造像，从完成泥塑人像到指导石雕工匠将一尊尊泥罗汉变成神态各异的石像，他完全没有这种神魂附体的感觉。哪怕置身于大雄宝殿内变幻交叉的阴影和十八罗汉群像的包围中，他与他的创作对象之间，依然隔着一层难以言说的距离。那是人与神的距离、生命与石头的距离。

无论这些罗汉有着多么生动的五官表情，是开怀大笑还是拧眉怒目，你都能感觉到这种距离的存在。

2014 年的这个 5 月，谢果完全沉溺在对岳飞形象的寻找和揣摩里。为了印证自己对岳飞外貌形象的认识与判断，他专程去了一趟杭州。在西子湖畔的岳庙，他流连徘徊在岳王彩塑像和岳飞岳云父子的合葬墓前，与那个单骑持丈八铁枪挺立于太行山麓的岳飞、那个在朱仙镇营帐中一连接到宋高宗十二道金牌的岳飞、那个写下"八千里路云和月……笑谈渴饮匈奴血"的岳飞、那个在风波亭与儿子岳云同时遇害的岳飞……目光对视。两个相隔八百多年时空、年龄相仿的中国人，以这样的方式，进行着灵魂的交谈。

这期间，他放下了工作室所有的外接业务，任由自己的心灵在历史的天空中、在中原大地岳家军留下的一个个古战场上游荡。一天，他入住在朱仙镇岳庙大街，这里距今天的开封市区仅十五公里，是岳飞四次北伐最后一场大战的古战场，后世所称岳家军剑指东京的饮马之地就是此地。

飞进军朱仙镇，距汴京四十五里，与兀术对垒而阵，遣骁将以背嵬骑五百奋击，大破之，兀术遁还汴京。（见《宋史》卷三六五《岳飞传》）

前军统制张宪申："今月十八日，到临颍县东北，逢金贼马军约五千骑。分遣统制徐庆、李山、寇成、傅选等马军一布向前，入阵与贼战斗，其贼败走，追赶十五余里。杀死贼兵横尸满野……"（见《鄂国金佗稡编》卷一六《临颍捷奏》）

入夜，谢果在朱仙镇岳庙大街上独自踯躅，耳畔仿佛听到金国重装骑兵在大平原上排山倒海冲来、万千马蹄敲打大地的巨大声响，以及岳家军精锐背嵬军与金军交战中刀剑相砍的厮杀声。

至凌晨，谢果返回下榻旅店，很快入睡，梦到四周全是贴身肉搏的人影，刀光闪过，呼哧哧一排战马倒下来；他与几个看不清人脸的宋军士兵被压在滑腻腻血流成河的地上，感觉肋骨断了、胳膊断了，鼻孔被咕嘟咕嘟源源冒出的血泡堵住难以呼吸；他狂叫一声挣扎坐起，抹一把脸，抓起一杆铁枪又往前冲，嘴里一直在喊：杀呀，杀！

然后，就醒了。

第二天，他再次走进朱仙镇岳庙，走过庙里的《满江红》石刻碑，走过秦桧等"五奸跪忠"的铁铸像，走过碑廊、拜殿、正殿和岳飞当年扎营的寝殿，内心一下变得虔诚而通透。深嗅一口庙里香火味弥漫的空气，他对自己说：岳元帅，我——找到你了！

回到重庆，他马上进入身心饱满的创作状态，他知道自己之前觉得"缺"的是什么了——是从神到人的那一点距离，是一个生长在和平时代的艺术家与那个戎马一生为光复国土而战的英雄心灵相通的那一点距离。

为什么在所有中国古代圣贤人物绘画或造像作品中，人物都那么脸谱化？都那么体态雍容、道貌岸然？原因无别，在中国封建时代，凡能接受人间香火祭祀者，都有朝廷谥号追封。而历朝的宫廷画家，正是按照这种谥号追封的"官格"，来"模拟写真"古代圣贤们的容貌形象的。因此，才有南宋宫廷画家刘松年将岳飞画成双手藏袖、溜肩、含胸凸肚模样的"名作"诞生；才有古代人物画像中门神、财神、灶神、文圣、武圣都长着一模一样胖大身板和"脱俗"容貌的"神迹"出现。

要消除你跟创作对象之间那层似有若无的距离，就必须扯下蒙在历史人物面孔上的那张"官圣"脸谱，在把你的创作对象提升为神之前，先从神格变为人格。这也是史式教授在《中国不可无岳飞》中所要表达的意思：

岳飞，只是一个普通的青年农民，在国家危难之时，凭着爱乡爱国的一片赤忱，自己背着一个小包袱到招兵处去报名，从此南征北战十余年，八千里路云和月，在戎马生涯中，不靠任何背景，全凭自己的战功，成长为一个青年统帅，威震敌国。

一稿、两稿、三稿……八稿九稿，把自己关在工作室内几天之后，谢果先后画了十几稿岳飞塑像的纸绘小样，并根据纸绘小样拿出了泥塑小样。怀着忐忑的心情，他在第一时间用手机拍下泥塑小样，将它传给了岳朝军。

岳朝军一见到谢果手机传来的小样，仿佛遭遇电击一样，浑身一热，二话不说就驱车前往黄桷坪四川美院 501 艺术基地。

四川美术学院老校址旁边的 501 艺术基地，原本是一家大型兵工厂的坦克仓库。兵工厂搬迁后，四川美院和当地政府合作，将这个占地庞大的坦克库改造成了一个上下两层的艺术创作基地。基地正面入口处，停放着一辆报废坦克。这辆不能发动的老式坦克，它高高昂起的炮身炮口和锈迹斑驳的履带，如今成了艺术基地的标识。

谢果的工作室设在基地一层，里边堆放着一堆堆泥塑半成品，四面墙上斜靠着一块块两米多高的画板。

工作室正中的一张木案上，一尊用油性黏土塑成的岳飞坐像小样，仿佛从近九百年前穿越而来，与岳朝军四目相对。

小样上的岳飞头戴金盔，身穿铁锁铠甲；一块披风在脖前锁骨处系了一个双结，一半拖在背后，一半挂在肩上；铠甲外，单臂斜穿一件龙纹战袍，露出右侧的臂甲和金属护腕来。从姿态上看，岳飞上身挺直，左手轻抚腰后的剑柄，右手握拳，压在右腿上，两膝分开，坐成马步蹲桩的架势。从面容上看，这时的岳飞三十余岁，正值年轻气盛之年，两道剑眉微蹙，在眉心凸出一个"川"字；凤眼、隆鼻、丰颊，紧抿的双唇和下巴上，飘着寸余长的须髯，脸上表情给人以不怒自威的震慑。

整个五官中，最传神的是那一双尾梢上翘的眼睛。

从这双眼睛中，你能看到"待从头收拾旧河山"的刀光剑影，看到"八千里路云和月"的征尘风霜，看到一个在千军万马中冲锋在前的大军统帅的王者霸气，以及风波亭上，那个仰天长啸的英雄背影。

这尊岳飞像的泥塑小样与收藏在汤阴岳庙和台北故宫博物院的两幅明朝先祖像相比，在面容五官上一脉相承，综合了两画的共同特征，都是剑眉凤眼，有寸余长的须髯；身材也大致相似：体格壮硕，中等身高。但为什么它们看起来如此不同？

一眼可见的差异，是人物精神气质的颠覆——从雍容富态、被历朝皇帝追封加冕各类"帝""王"谥号的官格"圣人"，变成了百战沙场的人格战神。这种由内而外的改变，是怎么发生的？精气神的改变，变在哪里？

谢果指着泥塑小样的几处细节，细细解释说："同样的五官，因头上戴了战盔，原本微胖的脸型看上去就瘦了些，多了几分沧桑感，五官的线条也显出了锐度。因为那条在锁骨前交叉双结的披风衬托，脖子和下巴就有了型。塑像肩膀上那副铁锁铠甲，其作用类似现代服装的肩衬，在视觉上增加了人物的肩宽，更让其平添出一种舍我其谁的气势。

"中国古代工笔人物绘画和塑像，都起源于书法和工笔山水花鸟，一味追求线条的流畅、圆润，没有人物解剖的骨架支撑。用这样的技法画仕女、画书生，可以获得某种神似；画武将，就通通成了员外、相公、灶神模样。不信你看，无论是汤阴岳庙还是故宫博物院馆藏本的岳飞画像，人物的手，都是圆圆胖胖、柔弱无骨的——像战场上出生入死的军人的手吗？

"所以，我在小样中，特别突出了岳飞放在右腿上这只握成拳头的手。它是一只终生与枪戟刀剑为伴的职业军人的手。……"

谢果尚沉浸在自己的讲述中，岳朝军已手忙脚乱地自顾忙开了。他拿出手机，从不同角度"咔嚓咔嚓"拍下塑像小样，然后马上将照片群发给全国岳氏宗亲会各地分会会长、两岸岳庙联盟负责人、台湾佛光山星云大师、重庆关岳庙高宗霖道长，以及重庆市台办、渝中区台办的相关负责人。反馈回来得出乎意料地快：小样上的岳飞造型，得到了各方人士一致认可。

接下来要做的，就是依照小样提供的造型，将其做成与青铜像原比例尺寸的泥塑大样了。从小样到大样，不但需要对人物细节进行更具象、更丰富、更立体的刻画，它同时还是一个艺术工匠的体力活儿。

半个多月后，在第三方雕塑工厂的加工现场，高大的岳飞泥塑大像平地而起，身体的轮廓，战袍的线条，铠甲的鳞片，脸上的五官……一天比一天清晰，一天比一天生动。

6月中旬的一个周末，泥塑大样只剩最后的细节效果微调了。这天上午，满手油泥的谢果正爬在脚手架上，手拿抿刀和托泥板，为已经成形的岳飞像面部修饰须髯。突然间，雕塑现场的安谧被一阵突如其来的喧哗打破，原来，是一群不请自入的大学生被脚手架包围中的塑像吸引，议论纷纷地走了进来。

"哇，岳飞！"

"是岳飞吧哎！你看那眉毛，那眼睛，那把插在腰带后的剑……"

"对，对，真的是岳飞，好威武的胡子！"

从距离地面两米多高的脚手架上朝下望去，那群男女大学生叽叽喳喳，十分兴奋。没有人告诉他们这尊塑像是谁，也没有人向他们做任何介绍，他们不假思索就认定了：

它就是岳飞——他们心目中的那个岳飞。

一瞬间，谢果眼眶一热，千万复杂的情感堵在心口。他知道，自己被认可了。

从6月到7月，谢果与他的创作团队，基本上都在雕塑工厂和501艺术基地之间两点一线奔波，与铜雕铸造工艺师手把手合作，密切控制铸造工艺的每一道流程：先石膏翻模、蜡型灌制，待石蜡模型冷却后再拆开石膏，用石英砂将蜡型包裹起来，然后把壳内石蜡高温烧尽，得到一个石英砂模壳。最后一道工序，当融化的铜锭变成金色的液体，缓缓注入模壳的时候，谢果凝视着这壮观的场面，仿佛又看到太行山麓的漫天红云，看到宋高宗绍兴十年（1140年）的那个七月，岳家军将士的血与金军骑兵的血混在一起，染红了夕阳、浸透了中原大地……

这一天，是2014年7月18日，距离岳家军朱仙镇大捷874年。

第四章

岳飞崇拜在台湾

🔴 我与星云大师的约定

此次重庆关岳庙赴台送岳飞像之行的由头，源于 2014 年岳朝军率两岸岳庙友好联盟代表团赴台参访期间，在高雄佛光山拜会佛光山开山宗长星云时，与大师的一个约定。

当时，岳朝军向星云大师介绍说，重庆关岳庙在易址重建之后，将要重塑一尊岳飞青铜塑像，安放在庙内岳王殿中供信众和市民奉祀。这尊塑像设计高 3.9 米，以纪念岳飞遇害时年仅三十九岁短暂而伟大的一生。交谈间，岳朝军顺便提及了五天前拜访国民党荣誉主席连战时，连战透露的一段与中国远征军出征相关的陪都记忆。听着听着，星云大师明显有些情绪激动。岳朝军转述的陪都往事，似乎打开了大师尘封的记忆。

1927 年生于江苏江都的星云大师俗名李国深，从 1949 年离开大陆迄今已六十多年，话语中仍带着软软的江苏口音。

星云大师说，他是亲身经历了国破家亡悲剧的那一代人。1937 年 7 月 7 日卢沟桥事变爆发后，日军一路长驱直下，经过上海淞沪会战，同年年底攻陷南京。日寇南京大屠杀时，他与父母一家人就在南京。城破那天，在外经商的父亲与家人失去联系，年仅十岁的他与母亲带着两个小包袱逃出南京城，一边逃难一边寻父，走遍京沪一带，失踪的父亲生死两茫茫。1939 年初，绝望至极的孤儿寡母踏上返回故乡的行程。途径江苏宜兴大觉寺时，也许是天降佛意，一念之间，十二岁的他竟然说动母亲让他在寺内剃度出家，法名悟彻，号今觉。接着又进了栖霞佛学院。在佛学院里，他无意间从小伙伴那儿得到一本岳飞故事的连环画。连环画的封面，就是岳母刺字的图画。岳飞"精忠报国"的故事，在少年星云的心中留下了极深印象。小小年纪随母逃难的经历、山河破碎的亲眼所见，让他对岳家军精忠报国的史迹肃然起敬；及至到了台湾，仍对中国历史上的英雄念念不忘。1953 年春，他从新竹前往宜兰乡下雷音寺为信众讲经弘法时，曾数次到位于宜兰县城的碧霞宫祭拜岳王。

交谈中，星云大师当着重庆参访团全体成员的面，向岳朝军提出一个请求：重庆关岳庙在重塑岳王像时，能否再塑一尊同样大小尺寸的送到佛光山永久安座，让海峡这边的同胞，也有机会祭拜我们中华民族的英雄？

当天拜会星云大师时，在座的还有重庆市岳飞文化交流协会名誉会长程贻举、重庆市渝中区寺观教堂保护修缮工作领导小组负责人戴伶、重庆慈善总会副会长佘明哲、重庆市渝中区民宗委主任李晓峰等人。

在如此郑重的场合，在这样具有历史感的氛围中，对星云大师饱含深情地提出的这个请求，谁也无法拒绝。当即，岳朝军以重庆关岳庙岳飞塑像捐建人和重庆岳飞文化交流协会会长的名义，十分爽快就答应了。

那一天，是 2014 年 8 月 13 日。那一天的佛光山上，海风悠悠，白云列阵。佛陀广场上，高耸入云的金身接迎大佛和大佛身后四百八十尊真人大小的金身佛像，在澄碧如洗的蓝天下发出万丈金光。星云大师在广场出口与客人合掌道别。大师眼中的神情，似乎在说什么，又似乎什么也没说，但岳朝军从老人的神情中读出了这样一层意思：今天，佛光山与重庆关岳庙，星云与一个岳飞后代，有了一个约定。

虽然高雄佛光山是一座佛教道场，而重庆关岳庙是一个道教宫观，岳王更是道教封神的靖魔大帝，但岳飞生前与佛教的缘分，在历史上，却是有明确记载的——

宋高宗建炎四年（1130 年），金兀术大军南下之时，岳飞率领大军途径江苏宜兴金沙禅寺，曾在禅寺内留下《金沙寺壁题记》：

余驻大兵宜兴，沿干王事过此。陪僧僚，谒金仙，徘徊暂憩。遂拥铁骑千余，长驱而往。然俟立奇功，殄丑虏，复三关，迎二圣，使宋朝再振，中国安强。他时过此，得勒金石，不胜快哉！建炎四年四月十二日，河朔岳飞题。

全篇八十一字，抒发了岳飞的抗金决心和复兴大宋江山的抱负。这是岳家军在江南独立成军后，岳飞留下的第一篇题记，无异于一篇战斗檄文。题记中明确写到"陪僧僚，谒金仙"，表明岳飞是在军务中抽出时间去禅寺礼佛的。

次年，岳飞率部前往江西上饶，行军途中，又在安徽祁门东松寺留下《东松寺题记》一篇，描绘了寺院周边超凡脱俗的山林景观，其中"俟他日殄灭盗贼，凯旋回归，复得至此，即当聊结善缘，以慰庵僧"一段文字，流露出岳飞对未来解甲归田、归隐山林人生的向往。

绍兴二年（1132 年），岳飞屯戍九江，结识了庐山东林禅寺高僧慧海。两人经常在一起切磋佛理。绍兴十年（1140 年），岳飞率岳家军离开江州时，特赋诗一首寄赠慧海：

　　溢浦庐山几度秋，长江万折向东流。

　　男儿立志扶王室，圣主专师灭虏酋。

　　功业要刊燕石上，归休终伴赤松游。

　　叮咛寄语东林老，莲社从今着力修。

　　从中可以看出，杀敌报国功成隐退后，与古寺禅师为伴，在宁静安详中安度晚年，乃是岳飞为自己设定的人生归宿。

　　星云大师非常熟悉岳飞与佛教的情缘，所以才会向岳朝军提出这么一个看似突兀的要求。

　　岳朝军毫不迟疑就与星云达成这个"约定"，也并非出于礼节或者一时心血来潮。

　　他还记得星云大师曾对他说过的那句话，水到渠成，万事都有因果，一切都是缘分。

　　这次佛光山之行，并不是他与大师的第一次见面。早在 2010 年，星云大师赴大陆九江参访讲学，小住与永修云居山真如寺毗邻的庐山西海。当时正在九江的岳朝军，在当地台办领导的引荐下，曾专程前往拜见，与这位享誉全球的高僧有过一次禅房长谈。

　　用岳朝军的话来说，那是一次可以改变一个人生命意义的长谈——

　　江西九江，人间四月，桃花盛开的季节。在岳朝军助推下，当地政府在修葺位于庐山支脉株岭山北的岳飞母亲姚太夫人墓之际，计划在庐山脚下的九江县城，再建一个弘扬爱国主义精神和中华传统母教文化的大型景观园区，取名"岳母园"。但"岳母园"听上去有歧义。正好在九江参拜岳母墓的岳朝军，代表全国岳飞宗亲会和岳飞思想研究会，向当地政府提了一个建议：能否将"岳母园"改名为"中华贤母园"？这样一改，就可以将长期生活并安葬于九江的陶渊明母亲，以及历史上为教子三迁择邻的孟母一并纳入，建成一个以"母范天下"为主题的文化公园。

当地党政领导很高兴地采纳了这一建议。

一个月后，岳朝军应邀在"中华贤母园"开工仪式上发表了一个关于中华贤母文化的即兴演讲，由此认识了当地台办主任陶晔，两人相互留了电话。活动结束，岳朝军收拾行李正准备返回重庆时，突然接到陶晔的电话。陶晔在电话中说："岳会长，我看你与佛教还有一些缘分。这个月下旬，祖籍江苏的台湾佛光山星云大师要到九江来参加一次两岸佛教界的文化交流活动，并顺道参访庐山东林寺、云居山真如寺等古寺庙。听说星云大师从小崇拜岳母和岳飞，如果你有兴趣，恰好又有时间，不妨到九江来与大师见上一面。"

这样一位享誉全球华人佛教界的大德高僧，来自海峡对岸又崇拜岳母和岳飞，岳朝军当然渴望与之一见。他毫不犹豫就答应了陶晔，说"下个月一定再来九江"。

他毫无来由地预感到，自己与星云大师之间，似乎有一种前世修来的缘分。

一个月后，专程来到九江的岳朝军直接去了云居山，在陶晔的热心张罗下，见到了仰慕已久的星云大师。

云居山，位于永修以西，名为"山"，其实是山峦环抱中的一块平原坝子。四周龙珠峰、袈裟峰、钵盂峰、象王峰环列如屏障，坝子上遍布园林湖田，宛如一朵盛开的莲花，故别名莲花城。

莲花城内，有连绵不断的竹林。竹林深处，掩映着一座又一座风格各异的历代高僧墓塔。平坝中央，就是久负盛名的佛教禅宗名刹真如寺。

真如寺始建于唐宪宗元和年间（公元 806—810 年），距今已有一午二百年的历史，原名云居禅院。在唐宋鼎盛时期，真如寺有庄庵四十八所，僧众上千人，规模之大全国罕见。

历史上的真如寺，元代以后曾三次被毁，20 世纪 80 年代才得以重建。所幸仍保存了从南宋至明清的大量文物、匾额，包括唐代的千年白果树和清康熙年间铸造的千僧大铁锅，加上寺庙周边终年云雾缭绕、修竹掩映的地理环境，今人走进这座禅宗名刹，依然能感受到沉郁而悠远的古意。

金天会八年（1130 年），北宋叛臣、原济南知府刘豫在金国扶植下，建立了名为大齐国的傀儡政权，"定都"开封。

这一时期，在伪齐政权与南宋朝廷交界的江淮地区，还有众多由北宋溃兵建立的割据地带。其中最大也最有名的一个溃兵首领，名叫李成。宋高宗绍兴元年（1131 年），李成以庐山为巢穴，率兵十万众，游弋于江西、湖广等地，在永修境内楼子庄遇岳飞伏兵。岳飞身披重甲，跃马当先，杀入十万军中，大败李成。李成沿长江逃奔苏州投降了伪齐。金国废黜伪齐政权后，李成任金国安武军节度使，数度随金军攻打南宋。1133 年十月，李成率军攻占南宋荆襄六郡之地，并联络割据洞庭湖的杨幺，联合攻宋。1134 年五月，屯兵江州（今九江）的岳飞率军三万余人从鄂州渡江北上，一路势如破竹，复荆襄六郡。

在屯兵江州的几年中，岳飞数度途径永修，在云居山真如寺停留，听寺内高僧谈茶说佛。

星云大师此次是从庐山东林寺而来。东林寺和真如寺都在九江，都是岳飞当年在领兵作战间歇多次前往礼佛的古刹。

岳朝军和星云大师的这次会面，被安排在一间禅房。星云一见面就说，昨天在东林寺，他看到寺内题刻的岳飞《寄东林慧海上人》一诗，感慨万千。这首诗，是绍兴十年，岳飞在最后一次北伐前，题赠多年相知的好友东林寺慧海法师的，诗中写道：

溢浦庐山几度秋，

长江万折向东流

……

九旬高龄的星云大师因糖尿病导致眼底钙化，双目视力非常差，仅有朦胧的光感，所以在与人交谈时，双眼经常保持微闭状态，似乎在凝视宇宙深处一个凡人无法企及的空间。大师说话的语速很慢，当他一字一句地背出《寄东林慧海上人》全诗时，岳朝军看到，大师的面容呈现一种洞穿千年时空、大慈大悲的温情和圆融。

这是一个参透世俗人生的老人。

老人说："岳飞和慧海，都是我一生崇拜的人。八百多年前，岳飞与慧海法师在真如寺茶聚谈诗，相知为友，是一场缘分。今天，我这儿与岳先生你，一个岳飞后代品茶谈古，又焉知不是一场缘分？万事都有因果，一切都是缘分。"

他问岳朝军："你身为岳王后代，以弘扬岳飞文化和精神为毕生之愿，常年在外奔走，你欢喜吗？"

岳朝军说："大师，我很欢喜。"

星云抿一口茶，侧脸凝视窗外一片翠绿的竹影，说话的声音仿佛从很远很远的地方，从空山深处飘来——

"人活在世上，仅仅追求财富权势，得不到内心的欢喜。但你若是做一件有利于大众和国家、对得起祖宗和历史的事，即便千难万险，他人不理解，看不到世俗的回报，你却始终快乐，心头敞亮，这便是欢喜，是生命最丰满圆融的意义，是福报，也是缘。所以人生最重要的，是要有一颗欢喜之心。"

见岳朝军频频点头，大师又说："为做事，必须忍耐；为求全，必须委屈。即便因此而吃些苦头，也万分值得。"

接着，星云再次将话题拉回岳飞身上，满脸慈祥地说："岳飞妈妈教育儿子，没教别的，就教他报效国家。和平年代大家都想不起岳飞，一旦到了国破山河碎的时候，中国人自然就会想起岳飞，这是一个很奇特的现象。……"

这次与星云大师的对谈，前后持续了两个多小时。临别，星云大师将一本他签名的新书赠予岳朝军作为纪念。次日，陶晔电话转述星云助手慈容法师的话说，昨天会见结束后，星云大师一个人进了禅房，轻轻带上门，独自面壁了差不多十分钟后才出来。这种情况很少见，一定是与岳飞后代的这场谈话，触动了大师藏在内心深处的很多回忆。

数年后之后的那个中秋，高雄佛光山佛陀广场。蓝天佛影之下，岳朝军朝依依惜别的星云大师一回头，从老人脸上再次看到那种洞穿千年时空、大慈大悲的表情。

● 佛光山的星云和佛光

星云 1949 年春去台湾时，还是一个刚从佛学院毕业不久的青年和尚，法名彻悟，号今觉。一个与政治毫无瓜葛的出家人，为什么会在这个时候去台湾？要捋顺这段历史，就要说到一支中国抗战史上很少被提及的队伍——全国佛教青年护国团，以及由它演变而来的佛教僧侣救护队。

这支由爱国者和宗教家太虚大师号召创建的类似红十字会的佛教徒战地救护组织，始于上海，壮大于重庆。

抗战前，任南普陀方丈的太虚大师应四川佛教会邀请入川弘法，正在重庆缙云寺创办汉藏教理院。恰在此时，七七事变爆发，太虚即刻发表《电告日本佛教徒书》，希望日本佛教徒以"和平止杀"的精神，制止日本帝国主义的侵略战争；同时通电全国佛教徒，宣讲"佛教与护国"论述，呼吁全国佛教徒行动起来，脱去袈裟，奔向火线，投入抗日救国运动。因为佛教徒不得杀生，他便组织创建了"全国佛教青年护国团"和各地"僧侣救护队"，积极参加战地伤员救护和京沪大撤退的难民救护工作。

八一三淞沪会战后，上海、武汉相继沦陷，原上海僧侣救护队总干事乐观法师（又名悲观法师）1940 年夏天辗转来到战时首都重庆，住在南岸玄坛庙狮子山下的慈云寺。他一边在佛图关上的中央训练团接受战场救护训练，一边从慈云寺僧众中挑选年轻力壮者七十名，成立了一支陪都僧侣救护队。队员一律黄衣黄帽，衣服胸前有一个大大的"佛"字。遇有日机空袭轰炸，僧侣救护队马上出动。在重庆市区，哪里有伤员，哪里就有僧侣救护队的身影。这支黄衣黄帽、全部由青年僧侣组成的救护队，成为重庆大轰炸中一道独特的"生命救护线"。

1940 年 6 月 12 日，日机编队突袭渝中半岛，陪都僧侣救护队的队员分乘三只简陋木船，顶着日机大轰炸的弹雨，从南岸抢渡过江，赶往市区，冒死抢救受伤民众。

抗战胜利后，僧侣救护队自行解散，直至不久后国共内战爆发，在杭州灵隐寺习禅的乐观法师再度出山，重组僧侣救护队。就这样，1949 年春天，刚从焦山佛学院毕业、奉师命到宜兴大觉寺整顿寺务的星云与来自全国各地的几百个青年和尚一起，在内战的战火中成了一名僧侣救护队队员。

22 岁的青年和尚星云，并不知道这个国家正在经历一场天翻地覆的巨变，中国历史，将在这场战火中翻开新的一页。有一天，说是要送一批人去台湾学习战伤医疗救护，原先被推举出来负责救护队赴台湾学习的一个佛学院同学突然因故退出，星云稀里糊涂就自行顶上，成了僧侣救护队的带队和尚。

没想到这一"顶上"，决定了星云的一生。国共内战很快结束，历史洪流裹挟着一滴滴微不足道的小水珠，势不可挡地改变了数百万中国人命运的走向。

隔着1949年的时光帷幕，星云成了一粒漂洋过海、身不由己的尘埃，在远离故土的这座岛上，落地，生根……终于在许多年后，长成了一棵参天巨树。

一切都是偶然，也都是佛缘。

数十年后，原中国佛教协会会长赵朴初先生参访台湾，在高雄佛光山见到星云大师一手开创的"人间佛国"，无限感叹地说："当初，佛陀未能完成的事情，星云大师完成了！"

但站在1949年的历史节点上，突然一下失去大陆故乡的星云，并不能预见到这一切。救护队自行解散后，失去身份的星云只能四处找岛上寺庙挂单。在台北，所有的寺庙都被来自大陆的军公教机构占据；交警大队、兵役科之类，人满为患，难以再收留一个来自大陆的僧人。多年之后回忆起那段经历，星云曾如此感叹："天下之大，何处容身？孤僧心情，真是不足为外人道也。"

几经辗转，星云终于被中坜圆光寺收留。这期间，他经常以"星云"为笔名，在岛上报纸杂志上发表讲述佛理、弘扬佛法的随笔小文，名气渐渐大了起来。

　　一天，当时法号还叫"今觉"的他在翻看《王云五大辞典》时，看到了书中一副壮阔的"星云图"，上面解释："宇宙未形成之前，无数云雾状的星体结合，又大、又古老、又无际。"他震惊于这种浩大无边的境界，希望自己也能在黑暗中给人带去"星光"，于是便将当时写文章的笔名"星云"，直接改成了新的法号。

　　不久，星云离开中坜圆光寺受邀去了新竹，在台湾佛教会所办的佛学院担任教务主任。1952年，宜兰的居士不断前来新竹，想请一位法师去宜兰讲经弘法。宜兰交通闭塞，往返只有两种方法：要么坐公交巴士，走九弯十八拐险象环生的北宜公路；要不就搭乘五个多小时的火车，途中须经过一个接一个的钻山隧道，被车头蒸汽锅炉喷出的浓烟熏得面目全非，连鼻孔里都塞满煤烟。有其他寺庙的法师去过一次之后，再没人愿意去第二次。

　　居士们来找到星云，星云想都没想就说："好啊，我去！"1953年新春过后，星云坐了五小时火车前往宜兰。在呛鼻的煤烟中，他脑海中浮现的，却是另一条隧道——那是台湾第一条，也是全中国第一条铁路隧道，名叫狮球岭隧道。主持修建这条隧道的，是大清台湾巡抚刘铭传。1890年，这条全长二百三十五米、历时两年半方告完工的隧道，迎来了从德国购置的台湾首台蒸汽机车。六十多年后的这个春天，当星云搭乘的列车穿越雪山山脉隧道时，在忽明忽暗的光线中，他是不是看到了那台被命名为"腾云号"的蒸汽机车，从狮球岭隧道中呼啸而过的画面？他是不是在想，是一种什么样的信念支撑着刘铭传，让他在大清的末世，拉开了台湾洋务运动的大幕？

当晚，宜兰乡下，在如同一个破败农家大杂院的雷音寺内，从新竹赶来的星云，借着几支香烛的光影，给信众宣讲佛经，庄严吐声，一室肃然。

这一夜，星云就在寺庙内的佛桌下安卧。

从此，26 岁的星云就在雷音寺驻扎下来。落脚宜兰，成为他人生的一个巨大转折点。在宜兰，他创建了台湾第一个佛教文艺社、第一间佛教念佛堂、第一个佛教读书会、第一个佛教幼儿园，灌制了台湾第一张佛教唱片，举办了全台第一次四月初八佛诞节花车光明灯大巡游……

落脚宜兰十年间，星云创造了一个又一个奇迹。他的声名，也因此传遍了全台湾。名声一大，各地前来邀请讲经者便纷至沓来，星云一年到头全岛奔波，疲于应付，于是便产生了兴办佛学院的念头。

办佛学院，建寺院道场，就要有一个足够大的道场——首先得有一块地。一个偶然机缘，1967 年，星云从弟子那儿得到一个信息：一对越南华侨夫妇，找亲友帮助筹款，在高雄大树乡买下一块山林荒坡，原本想在这儿修建一所海事专科学校，后来项目半途夭折。夫妇俩就想把荒坡地卖掉清偿债务。但由于这块荒坡山高林密，人迹罕至，去看了的人都摇头说，那是一个鬼都不要去的地方。星云通过弟子与他俩联系上，说："我正好筹了一笔钱，准备买块地建佛学院，干脆，就买你们的吧！"这对夫妇哽咽说："这一次，若是还不了债，我夫妻俩原本只有自杀一途。您肯买下我们这块鬼都不愿去的地，就是救人一命啊！"

星云笑笑说："鬼不愿去，人可以去，佛可以去。地不分东南西北，只要心好，处处都好。"

买下那片荒山后，星云随弟子们一起乘车，从宜兰前往高雄，实地查看地形地貌。到达大树乡目的地后，大家下车一看，全都傻了眼——此地的荒凉远远超出想象，荆棘丛生，野树掩径，坡陡不见顶，沟深不见底；一阵风吹过，远处隐隐似能听到野兽出没的咆哮。弟子们脸色大变说："天呀，师父，这种地方，真的怕是鬼都不会来！"

面对弟子的沮丧，星云不急不缓说："鬼是不愿来，可我们不是鬼，所以来了。"话音未落，便独自走入密林，转眼消失了身影。丢下弟子们在路边发呆两小时后，星云再从林子中闪出，兴奋地说："这真的是一块风水宝地！从高处远望，这片荒山共有五座相互簇拥的山头，就像五朵盛开的莲花。自古以来，中国的名刹古寺都在山上，峨眉、五台、普陀、九华，无不如此。我们今日得此一山，何不珍惜机缘，在此开创一座人间佛教的大道场？"

就这样，星云率领他的弟子们，在这个远离人间烟火的荒山野外，伐木开山，挖土填沟，平整土地，运来砂石水泥，从一砖一瓦、一柱一基起步。修建过程中所有的建筑布局，都是星云和他的助手们把图纸铺在地上一笔一画勾勒出来的。整个工程历时十六年方告完工。昔日的荒山野岭上，拔地而起一片连绵巍峨的佛教建筑群。当时因为宋美龄信奉基督教，当局对佛教多有贬抑，在为佛学院取名时，弟子们颇为踌躇。星云说："众生平等，宗教也应该平等，我们就要大大方方地打出旗号来，一不做二不休，就叫佛光山好了，佛光普照嘛！"

如今的佛光山，创办了自己的通讯社、出版社、电视台、图书馆、大慈育幼院、大慈医院和慈悲基金会；在全球各地创建了近三百个寺院道场、十六所佛教丛林学院、二十三间美术馆、二十六个图书馆、五所海外大学、一百多所中小学；佛光会在全球七十多个国家有一百七十多个协会，会员五百多万。经半个世纪发展，佛光山如今已成岛上最负盛名的佛教圣地，其影响力遍及全球，成了实至名归的"人间佛国"。

2002年2月23日，在星云大师和赵朴初先生的推动和台湾前法务部门负责人廖正豪先生不遗余力地穿梭协调下，来自西安法门寺的释迦牟尼指骨舍利，由两架专机迎驾和护卫，从西安飞往台湾七个市县，进行了为期三十七天的巡展，超过一半的台湾民众参与了此次活动。在佛光山举行的佛指舍利盛大迎驾仪式上，星云大师发表祈愿文，祈愿两岸化干戈为玉帛，友爱一家亲。自此，星云大师成了两岸文化宗教交流的和平使者和重要推手。

2007年，星云大师在江苏宜兴重建毁于战火的大觉寺，将他七十多年前剃度出家的大觉寺，定为台湾佛光山的祖庭，以此表明，两岸历史宗教文化是血脉相连、不可分割的。

2014年2月18日下午，习近平总书记在钓鱼台国宾馆会见了星云大师。会见中，星云大师送了习近平一幅"登高望远"的书法。据佛光山人士透露，星云大师之前送给习总书记的书，是他刚刚在台湾出版的《百年佛缘》。

纵贯星云大师的一生，从国破山河碎的童年一路走来，到遁入佛门却与战火相伴，一心救苦救难却差点沦落入"天涯海角无处容身"的绝境，从大觉寺到佛光山，从李国深到"今觉"再到星云，从僧侣救护队的青年和尚到"人间佛国"的开创者，在大师的心灵深处，从来不曾忘记自己祖宗埋骨的那片山河故土，从来不曾遁出中华故土的宏大梦境。

只有理解这些，你才能理解星云大师与岳飞后人之间那场注定将在全球华人圈引起轰动的中秋约定。

因为在这一天，佛光山迎来的，绝不仅仅是一尊来自大陆的岳飞铜像……

● 台湾岳庙知多少？

在今天的台湾岛上，从南到北分布着十余座供奉祭祀岳飞神像的庙观。

这些庙观名称各异，但民间俗称一般都叫岳庙或者岳王庙，因为它们所供奉的主祭神，就是岳飞。

岳王崇拜在台湾，既有历史的渊源，也是一种现实的、自发自为的存在。

大明王朝灭亡后，明末将领郑芝龙之子郑成功率兵退守东南沿海一带，组织军事力量继续抗清。为了建立一个有一定纵深腹地的抗清复明基地，郑成功决心收复被荷兰殖民者占领的台湾，将其与金门、厦门连成一个半月形岛链，进可战而光复中原，退可守而无后顾之忧。清朝顺治十八年（1661 年）农历三月初一，郑军在金门举行了声势浩大的"祭天""礼地""祭海"出征誓师仪式；尔后，郑成功亲率两万五千名将士，分乘数百艘战船，在澎湖列岛补充给养后，扬起风帆直取台湾。

郑成功收复台湾之战，是世界近代史上第一次欧亚海上舰船大战。这场大战的结果，是郑成功从荷兰殖民者手中收复台湾，与此同时，还将一件圣物、一个带有强烈象征意义的民族图腾带到了台湾——它，就是随郑成功大军一起抵达台湾的岳飞神像。

在与荷兰军队长达八个月的海上大战中，南明战船的武器除了船炮、弓箭和盾牌外，还有立在船头的一尊尊岳飞神像。这是一种质朴的人神崇拜：失去中原和北方国土的南明军队，将毕生都在为"还我河山"而战的岳飞当成了保佑他们收复台湾、进而以此为跳板光复大明的战神。

那些南明将士在踏上宝岛土地的同时，也把一尊尊保佑他们大难不死的岳王像捧下船，带到了这座与大陆一海相隔的岛上。

那一尊尊陶土烧制的岳飞神像，身披红布，带着台湾海峡风暴的气息，裹着荷兰战舰炮火的硝烟，被一个个福建籍、两广籍、江苏籍、河南籍的将士捧在怀里漂洋过海，又被这些将士和他们的后代修庙供奉。如此几百年后，就有了今天台湾岛上那一座座香火鼎盛的岳庙。

郑成功军队收复台湾的最后一役，是攻克今天位于台南市境内的荷兰总督府赤崁城，击溃荷军从巴达维亚（今印尼雅加达）赶来的增援舰队。今天，在荷兰海牙国立中央档案馆中，仍珍藏着一份《巴达维亚日记》，里边用古荷兰文记录了一封特殊的信函，信函中有如下文字——

"台湾者，中国之土地也，久为贵国所踞，今余既来索，则地当归我……"

写信人是南明延平郡王郑成功，收信人是时任荷兰驻台湾总督揆一，写信时间为永历十五年四月。

这是一封劝降信。拒绝投降的揆一，在顽固抵抗八个月后弹尽粮绝，等来了郑成功的登陆水军。永历十五年（1662 年）十二月十三日，荷兰总督揆一率部在台南赤崁城向南明军投降，荷兰人在台湾三十八年的殖民统治宣告结束。

岳飞神像见证了这一幕。台南，由此成为台湾全岛最早为岳王建庙的地方。

全台的第一座岳庙就在今天的台南市后壁乡，名为旌忠庙。在后壁乡旌忠庙内，至今仍完好地保存着当年发起修庙的几位和尚的牌位，牌位上明确记载有这些和尚的生卒年份，以及"乾隆某年重修岳元帅庙"的字样。一座庙宇从开建到重修，至少需经一百年左右的时间，由此可以确认，旌忠庙的始建时间，与郑成功水师登陆台南、荷兰总督揆一在赤崁城向南明军投降的日期完全吻合。

今天，后壁旌忠庙已成嘉义、台南交界处周边六地区民众的信仰中心。当地老幼妇孺人人都能随口说出旌忠庙的起源：1661 年，在与荷兰人海上激战的八个多月中，凡悬挂岳飞像的郑成功水师战船均平安无恙。有感于岳王神助，郑成功收复台湾、南明皇帝赐赠其"国姓爷"封号之后，登岛水师的后人便在后壁村建庙，供奉岳王。

这个源远流长、充满传奇神秘色彩的故事，已经成为后壁乡自身历史的一部分。

作为全台第一座供奉岳王的庙宇，旌忠庙在清顺治年间建成之后，又经历了乾隆初期、乾隆五十七年、道光七年、民国十六年的扩建、重建、改建。如今的旌忠庙规模宏伟、富丽堂皇，庙内藏有十余副岳飞画像和岳飞亲笔墨宝拓本。三百年来，每到岳飞生日这一天，庙内都要举办盛大的祭祀庆典，邀请当地军政要员、乡绅名士前来祭拜上香。

岁月日长，台湾的岳庙祭祀，在融入本土文化三百多年后，渐渐演化为一种与民众柴米生活密切相关的仪式；在台南后壁乡周边村镇，更是发展出一种拜岳飞为契父的独特习俗。

契父即义父，与之相对便是契子。契子即义子，是闽粤沿海一带和台湾百姓对干儿子的口语称呼。拜岳王为契父的孩子就成为岳王的契子。

据台湾岳飞文化研究学者王胜民介绍，岛上这一习俗，与大陆很多地方父母生养孩子后，要给孩子拜干爹类似，都是怕孩子生病、多难、长不大，祈盼契父护佑孩子平安成长、身体健康。而拜岳王为契父还有更深一层的含义——那就是希望自己的孩子从小以忠勇仁义、慈孝父母的岳飞为楷模，约束自己的行为，勇敢坚忍，胸怀大志，长大后做个扶助社会、孝敬父母、守望乡土、德行高尚的人。

国学造诣很深、一说起岳飞就滔滔不绝的王胜民口才极佳。这个头发微卷、浑身书卷气的中年男人有多重身份：岳飞文化研究学者、台湾天仁道德文化基金会董事长、四川文化产业学院客座教授。在四川文化产业学院，他开了一门极受学生欢迎的课程：岳飞文化与企业家人格。

此外他还有一个很容易被人忽略的身份：台湾苗栗私立君毅高中语文教师。

苗栗君毅中学的前身，为创办于1928年7月的上海君毅私立中学。这所学校，是为了纪念曾任"五卅运动"前队总指挥的张君毅而建。该校发起人包括于右任、蔡元培、何应钦、陈布雷等。"八一三"淞沪抗战爆发上海沦陷之后，君毅校长黄造雄曾率师生辗转流亡于浙江义乌、杭州等地。1949年，黄造雄独身一人赴台，节衣缩食，备尝艰辛，举十年之力，在旅台君毅校友资助下，重建了君毅私立高中，成为在台湾恢复原大陆校名的唯一一所中学。

曾数次陪同岳朝军到后壁旌忠庙上香的王胜民告诉岳朝军："上海沦陷后，黄造雄老校长带着君毅师生辗转流亡的地方，正是八百多年前岳家军殊死抗金的古战场。从五卅运动到抗战流亡，从上海创校到苗栗复校，君毅学子从来不会忘记他们来自哪里。"

王胜民说："我家孩子也是岳飞契子。"

拜岳飞成为契子的小孩多了，便又派生出一个由各地岳庙创建的未成年人公益团体：岳飞契子团。在后壁乡，每到岳飞诞辰日和农历各大节假日，由庙方举办的各类宗教庆典、慈善活动中，都能看到契子团成员活跃的身影。

泰安旌忠文教公益基金会的创办人廖正豪先生，就当过契子团团长。今天在台湾社会各界，从政坛高官到知名律师，从教授、艺术家、商人、企业家到庶民百姓，都有岳飞契子。

除了契子团，还有岳巡会，其成员也是当地青少年。每年农历二月十五岳王诞辰日之前一天，岳巡会会员便要集中在一起，给岳王磕头、上贡品、上香，这叫"暖寿"。"暖寿"之后，这些十七八岁的青年就穿上红马甲，打着"岳"字旗，脸上涂满粉彩，上百人列成几路纵队在闹市区街上"出巡"，场面欢乐而热闹，一派嘉年华的喜庆氛围。

在台湾，凡规模大一点的岳庙，都是从家庙、族庙、村庙、乡庙，一代代演化而来。在数百年的演化中，庙里祭祀的岳王，也从保家卫国、文武双全的忠勇将军、驱鬼镇妖的靖魔大帝，变成了具有宗教约束力的民间神祇。当地民众的婚丧嫁娶乃至小学生毕业、中学生考上名牌大学、老人做寿等等，都要在庙里摆流水席。

事实上，早在郑成功收复台湾之前，甚至在荷兰东印度公司的殖民者登陆台湾之前，就有福建漳州一带的大陆移民抵达台湾。这些身为农民、渔民或商人的移民在漂洋过海时，往往也在船头放一尊岳飞像以求庇护。一旦平安靠岸，便将神像供奉于家中堂屋的神龛。随着家族成员的开枝散叶，由族而村、由村而乡，这些神像也不断"升级"：尺寸越来越大，由画像、泥塑变为木雕，木雕再变为石像，石像再加金身。神像接受香火奉祀的位置，也从堂屋神龛，移到家庙、族庙，再到供周边几个村信众祭拜的大型岳庙。庙堂的占地规模也不断扩大，与当初只有一个石龛的家庙完全不可同日而语。

以今天嘉义县大潭村精忠庙的为例。

明万历年间，福建漳州林氏家族举族迁徙台湾。为求渡海平安，登船之前，族长林栖周专程去了一趟泉州，到始建于南宋的泉州关岳庙里，请来岳元帅雕版拓印画像一帧，随船远渡大海。托岳王保佑，载着全族老少的木帆船果然一路顺风，平安到达台湾南部，在今天属于嘉义县的大潭村泊岸。从此，林氏家族就在这片西濒台湾海峡、东接阿里山脉的土地上落地生根。为感谢岳元帅护驾渡海的大恩大德，崇祯年间，林栖周发动族人仿照泉州关岳庙的样子，依样画葫芦在村头修了一座精忠庙，将岳元帅神像奉祀在堂。

此后，历经数代家族成员虔诚奉祀，林氏子孙皆以岳元帅忠孝精神为家规家训。三百年来，林氏家族繁盛，人丁兴旺。这座庙宇，也因此被当地民众视为岳王有灵的"神迹"。如今在整个大潭村周边，除了这一座精忠庙再没有其他宗教庙宇。

不过今天，大潭村精忠庙内供奉的岳王神像，已升级为一尊两米多高的彩塑雕像，早就不是明万历年间从大陆随船东渡来台的那一帧雕版拓印画像了。三百年往事如烟，大潭村林氏繁衍了十几代人，成了当地第一大姓。而那幅见证了林氏一族从福建漳州渡海来台历史、由老族长林栖周从泉州请来的岳王雕版拓印画像，几经辗转易手之后，已被台湾著名文物鉴赏家、民俗学家、诗词学家、祖籍江苏无锡的中大教授张寿平收藏。

不论是台南后壁旌忠庙还是嘉义大潭村精忠庙，都属于民间兴建、民间奉祀、民间管理的岳庙。而在岛上道观庙宇中，还有一座具有官方背景，从庙名上看不出与岳飞有关却供奉着岳飞神像的庙宇——它，就是位于南投县的日月潭文武庙。

　　坐落在日月潭北面山腰的文武庙，原为当地乡民祈福避祸的两座小家庙，分别名为龙凤宫、益化堂。1934 年，台北电力公司在日月潭筑坝蓄水，潭边二百余户农家被迫朝水位线以上山地搬迁，两庙随之易址迁建。易址之后，两庙合并，竣工后更名为文武庙。两庙变一庙的日月潭文武庙，从这时开始奉祀文圣孔子、文昌帝君、武圣关帝，以及从祀诸神。

　　经过此次重建的文武庙，因为坐落在群山叠翠、四时花开的日月潭边，风景秀丽，水路交通便捷，还开通了沿湖游艇码头和登山"天梯"，成了嘉义一景，香客和游客纷至沓来。

　　到了 20 世纪 60 年代末，因前来参拜上香的信众人满为患，文武庙狭小的庙庭腹地难以接纳年年增多的朝拜者，加之庙堂建材开始显现风化陈朽之态，庙务管理委员会遂决定，在原庙址上扩大规模，重建文武庙。由于工程浩大，所需人力和经费甚巨，庙方广邀各界热心人士和地方政府共襄盛举，引起全台各方和媒体的广泛关注。重建方案交由时任台湾省主席黄杰核定，并交蒋介石过目。一生都对历史景点改名有瘾的老蒋，这次没有提出对文武庙改名的主意，而是在该方案上，抖抖索索地提笔，作出以下批示——

　　"气魄要大，庙基宜宽，要参照当年重庆关岳庙的北朝式宫殿建筑制式，分为前、中、后三进大殿……"

　　对这一批示，也许可以理解为一个耄耋老人对大陆故土和抗战陪都的一点缱绻缅怀。

1970 年 2 月 18 日，文武庙重建工程破土之初，蒋介石轻车简从，首次亲临重建工地视察。在垂询工程经费落实情况之后，蒋介石对着设计规划图纸，翘着唇上的两撇白胡子，用他那口浓重的浙江奉化腔"国语"指示说："后殿和中殿，两殿建成完毕后，后殿用于奉祀至圣先师孔子和孔圣的列位弟子。中殿除了庙内原来奉祀的关圣帝君外，一定要把岳武穆王神像请入。对关羽和岳飞两位武圣，要同等奉祀。"

历史的不可思议之处就在这里。1941 年，在抗战陪都重庆，兼任四川省主席的蒋中正，曾亲自谕令修葺整饬全川关岳庙，重建毁于日机大轰炸的重庆关岳庙。二十八年后，他不仅耳提面命，日月潭文武庙要参照重庆关岳庙的北朝宫殿建筑制式，更直接叮嘱，在新建的文武庙武圣殿里，必须将岳武穆王神位请入，与关圣帝君同等奉祀。

更加有趣的是，2007 年，重庆关岳庙在迁址佛图关复建时，因为找不到原始资料，顺理成章又参照了台湾日月潭文武庙的建筑格局。一段中华现当代历史，竟然在两岸两座庙宇的修建过程中，演绎了一次七十年跨度的温情轮回！

文武庙重建其间，蒋介石曾携宋美龄七次来到施工现场，询问工程进度，希望缩短建筑期限。1972 年 4 月 12 日，他最后一次莅临工地时，终于没能抵御毕生喜爱给历史建筑和景物命名的诱惑，喻示文武庙庙委会，可将中殿（武殿）定名为武圣殿，后殿（文殿）定名为大成殿。令人遗憾的是，1976年文武庙整体工程完工时，他已在一年前去世。不过直到现在，文武庙外的梅荷园，仍保留着蒋介石与宋美龄驻跸时礼拜的专属教堂。晚年经常来此小住的宋美龄，晨昏之际，流连于她与夫君曾一起雨中漫步的石阶小径，眺望文武庙飞檐斗拱后的朝霞夕阳，不知是否回忆起 1939 年 5 月 4 日那个血光灿然的午后，抗战陪都，石灰市街头，神情怆然的她站在一处被日机炸塌的废墟上，目睹重庆关岳庙被烈火吞噬的一幕？

如今，重建完工的日月潭文武庙，已成为全台最大的道教建筑群。数幢金碧辉煌的单体庙观建筑，组成一个巨大的"回"字。"回"字中央的那个"口"字，就是武圣殿。它不仅居于全庙正中，而且是文武庙建筑群中最大的单体建筑。为了彰显"武圣"的神威，净空高达二十一米的殿堂也被设计为正方形。在殿内主神龛上，并排供奉着关圣帝君和岳武穆王。端坐于神龛之上的岳飞塑像，身着金色龙纹蟒袍，神态从容渊雅、肃穆藏锋，胸中似有百万雄兵。该塑像是台湾雕塑家沈冠松 1976 年的作品。不过，这尊岳武穆像，与大陆各大岳庙奉祀的岳飞像相比，在外貌特征上有较大出入，其红脸长髯的脸谱化造型，更靠近戏剧舞台上的老生扮相。

而作为单祀岳王一神的庙观，如果说后壁旌忠庙是全台兴建历史最早的岳庙，那么宜兰县岳武穆王庙就是全台规模最大、知名度最高的岳庙。宜兰岳武穆王庙又叫碧霞宫。关于这一名称的由来，还有一段波澜壮阔的传奇。

中日甲午战争后，清廷将台湾割让给日本。岛上民众如五雷轰顶，深感被外族统治之耻，在街头抱头痛哭。曾任台湾巡抚的刘铭传在安徽老家听到消息后，忧思郁结，当场口吐鲜血。数周后，这位主持修建了台湾第一条铁路、第一座新式煤矿，创办了台湾第一所新学、第一家电报局，确定了台湾最早行政区划的老人，即带着满腔愤懑撒手人寰。

当众多达官贵人争相携家眷逃往大陆之际，进士杨士芳却选择留在台湾。清光绪二十二年（1896年），杨士芳联合当地一众知名乡绅，在宜兰市买地筹建岳王庙，以作为本地士绅民众的秘密结社活动中心。为了掩人耳目，对日本占领当局宣称修建的是一座供奉道教泰山女神"碧霞元君"的宫观，故称碧霞宫。"碧霞"在道教中的原意本指东方日光之霞，"元君"则是道教对女神的尊称。不过杨士芳等人心中，取名碧霞宫却另有一层"碧血丹心映晓霞"的含义："碧血"即台湾百姓血管中流淌的中华文化之血，"丹心"即岛上民众的拳拳爱国之心，"映晓霞"则饱含回归祖国的泣血期盼。

耗时四年，碧霞宫落成，成为岛上专祀岳武穆王的庙宇之一。杨士芳从大陆杭州岳王庙迎回一尊岳飞神像，并把岳飞作词的"调寄满江红"改为碧霞宫宫歌。除祭祀岳飞外，碧霞宫还成立了"乐施社"，逢年过节送米、油、红包给地方清寒人士。庙方还背着殖民当局教民众学习汉文和儒家典籍，借吟哦古诗保存中国的文字语言，将中华文化巧妙地隐藏在民间信仰之中。随着碧霞宫在地方上影响力越来越大，日本人难以彻底禁绝，只好睁只眼闭只眼默认碧霞宫的宗教活动，台湾总督儿玉源太郎还曾装模作样给碧霞宫捐过香火钱。

碧霞宫建庙迄今已逾百年。一百年来每到岳飞诞辰日，庙方都要依循古礼举行盛大的扶鸾仪式和三献祀大礼。

扶鸾源自中国古代求神降示吉凶的神秘仪式，是一种人神沟通的媒介。参加扶鸾的本宫门生必须提前一天斋戒沐浴。扶鸾过程中，有左右鸾生、校正、传宣、抄录及司朱墨者各司其职。扶鸾开始后，由左右鸾生"领受神意"，执笔在沙盘上写出文字、画出图形，再由传宣对该讯息作出解释，其内容无非是以忠孝节义教化百姓。台湾光复之后，扶鸾的宗教性发展更为普遍，成为岛上民间乡土宗教活动的主流。直到今天，为祈求学业顺利、金榜题名，前来碧霞宫上香祈福的学子依然络绎不绝。

碧霞宫的三献祀取法夏朝古礼，即在祭祀中献酒三次：初献爵、亚献爵、终献爵合称"三献"。其间，包括击鼓奏乐、执事者就位、主祭者就位、盥洗、复位、香案前跪、进香进酒、三叩首、行初献礼、读祝礼、亚献礼、三献礼、侑食礼等一套完整的古代祭礼流程。

典礼开始后，随着钟鼓齐鸣，手捧香烛、寿礼、猪羊牲礼的当地民众穿着蓝灰二色的汉族长衫，分列绕场步入庙内大殿。而后由祀礼司仪以抑扬顿挫的音调，高声唱读岳飞的《满江红》词：

怒发冲冠，

凭栏处，

潇潇雨歇。

抬望眼，

仰天长啸，

壮怀激烈。

……

唱读过程中，出席祭祀仪式的全体人员在大殿中默然而立。伴随主持司仪忽高忽低的声调，八百多年前中原古战场金戈铁马的画面在众人脑海中依稀再现。

唱读毕，正献官、祝寿官、分献官在礼生引领下，以三献古礼完成祭拜。之后，当地小学上百名男女学童扮成岳家军小将，脸上涂着粉彩，手持盾牌和道具武器，在庙外集体跳岳俏舞——相传源于当年岳家军演练的一种军体操。

祭祀仪式的最后环节，是全体祭祀参与者齐声高唱《满江红》和《武穆颂》，重现岳家军当年横扫金军如卷席的气概，现场气氛也达到高潮。

台湾光复后，碧霞宫已在庙门牌坊上恢复了岳武穆王庙的牌匾。庙门一侧，立有一人多高的岳母刺字的石雕像。大殿主神龛左右的红漆大柱上，镌刻着岳飞名言："文官不爱钱，武官不惜死。"庙内附设的武穆文史馆内，陈列着岳飞手书"还我河山"和"精忠报国"的拓印墨宝，以及与岳飞生平相关的文物、台湾各界名人的题字，宛若一座充满中华文化的圣殿。

如果要找出几座庙观来研究岳王崇拜与台湾民间信仰的关系的话，那么台南后壁旌忠庙、嘉义大潭村精忠庙、南投日月潭文武庙和宜兰碧霞宫就是最值得考据的对象。这四座分布在台湾地理分界线浊水溪南北两侧的庙宇，其自身的诞生和演变轨迹，就可勾勒出一部与祖国血脉相连的台湾近代史：后壁乡旌忠庙代表的，是郑成功从荷兰殖民者手中收复台湾、两万多南明水师老兵在台湾落地生根的一页；嘉义大潭村精忠庙代表的，是清代大陆闽南地区乡亲以宗族聚落向台湾大规模移民的第一波高峰；宜兰碧霞宫代表的，是甲午战败，清廷将台湾割让给日本后，台湾儒士乡绅为反抗日本殖民、保存中华文化火种的民族意志；日月潭文武庙代表的，则是晚年蒋介石思念大陆，难忘抗战陪都烽火硝烟的一颗缱绻之心。面对脑海中巍然耸立的这四座岳庙，岳朝军眼前叠现出一幅中华历史文化在台传播的线路图。这是一幅提前计划的线路图。线路图上的四座庙宇——从台湾东北部的宜兰到台湾地理中心的南投再到南台湾的嘉义和台南，基本上贯穿全岛。它们都是两岸岳庙友好联盟的缔约成员，也是护送岳飞像前往佛光山安座的一行四人在抵达台湾最南端的高雄之前计划途经的四站。飞祖的鎏金像将在这四个地方小驻，接受当地信众的香火奉祀。航站楼外，台湾友人已为他们提前租了一辆房车。当晚在台北下榻一夜后，第二天一早，房车便载上岳朝军一行四人，向线路图上第一站出发。

初秋的台湾，已经过了台风季，天空湛蓝，椰影摇曳，凉爽的风携着海水气息拂在脸上，极尽缠绵。极目远眺，绿色的山峦之间与大陆一样，也有大片大片燃烧的红叶。

离开台北，公路沿着海岸线向西、向南延伸。路上车流不多。偶尔一些路段，只有送像团乘坐的这一辆房车在大地上疾驰。天地寂寥，头顶的白云不断变换着图案：一会儿像是在缅甸野人山原始丛林中倒下的中国远征军士兵，一会儿又像是骑马挑担的师徒四人行走在去往西天取经的路上，再过一会儿又变成了孑孑独行的岳朝军自己……那是哪一年？他手提一只很大很沉的旅行袋，在江西庐山、河南汤阴、杭州西湖、浙江嘉兴，面对祖宗坟茔和先人故土，一次次跪下，叩头，上香，一捧捧从膝下抓起那些散发着青草幽香的泥土，深深地嗅闻着，而后将它们装满手中的袋子。

......

● 碧血丹心"岳飞情"

1999 年，适逢岳飞诞辰八百九十六年、碧霞宫建庙一百周年。这年春节之后不久，岳朝军接到一个从台湾宜兰打来的电话。电话那头是一个苍老的声音。打电话的人自称台湾宜兰河南同乡会理事长，名叫高双印。身为岳飞同乡，电话那头的高先生十分恳切地邀请岳朝军下月赴台，出席一个非常重要的仪式。他说："今年是宜兰碧霞宫建庙一百周年。在举行百年庆典的同时，庙方决定，在碧霞宫内动工修一座岳母殿。他们非常希望在岳母殿正式破土之时，邀请一位大陆岳飞后裔出席奠基仪式，尤其希望他能从岳母墓、岳飞父子墓和河南汤阴岳王庙前各取一点泥土带到台湾，供奉在岳母殿上。"

对岳朝军来说，这是一份不能拒绝的邀约。他安排好公司事务后立刻动身，舟车辗转，前往庐山、汤阴、杭州、嘉兴四个地方，分别从岳母姚太夫人墓、岳氏祖庙、岳飞岳云墓和岳飞孙子岳珂的墓上各取了一捧土，混合后装进一只袋子里，先带回重庆，供在家里客厅的神龛上。

这是一种人神相通的体验：入夜之后，山城重庆，嘉陵江北岸的万家灯火一盏盏熄灭，仿佛三维制作的动画片。月华如水，从窗帘的缝隙挤进来，斜斜地洒在神龛上。城市高楼的峡谷中，万籁俱静。这时候，岳朝军听到黑暗中传来一阵潮涌般的声音，像万千兵士在呐喊冲锋，又像战马狂奔的铁蹄，雨点般敲击在一望无际的大地上。

在这样喧嚣而嘈杂的声音背景下，他沉入梦乡，梦到自己也骑上了战马，立在一杆猎猎招展的岳家军大旗下，看先祖用丈八铁枪指着一个晨曦微明的方向，豪气万千地说了一句什么……

然后，他就醒了。窗外的重庆，城市的大街，以及如森林一般的高楼群也一块儿醒了。

然后，他带着那包泥土只身过海去了宜兰。

宜兰碧霞宫的岳飞诞辰日祭祀活动，已有百年传统，即便在日据时代，也暗中举行，从未间断。1950 年，宜兰恢复县治之初，即由首任县长方家惠担任下献官，台北方面也派来官方大员担任祝寿官，向岳武穆神像行三献礼。如今，此一祭祀活动已相沿成习。

岳朝军抵达宜兰当天，即是岳母殿破土奠基日。一大早，包括宜兰市长、县长、县议会议长、议员，以及台湾行政机构负责人在内的诸多政要，便来到坐落于宜兰市城隍街 52 号的碧霞宫，参加岳飞诞辰庆典暨岳母殿奠基仪式。

　　那一刻是神圣的，当岳朝军将他从庐山姚太夫人墓、杭州岳飞岳云父子墓、嘉兴岳珂墓和汤阴岳庙带来的泥土，缓缓撒在碧霞宫岳母殿前的祭坛上时，在场者无不动容。

　　正是在这次活动仪式上，岳朝军与台北师范学院教授、台湾知名岳飞文化研究者高双印先生一见如故，成为忘年交。

　　生于 1935 年的高双印，研究岳飞军事思想和生平已经多年。祭祀庆典和奠基仪式结束后，高先生告诉岳朝军，他对岳飞由景仰继而将其作为研究方向，源于抗战时期自己的童年记忆，以及父亲的言传身教。

　　1940 年前后，当时才四五岁的高双印，为躲避日机对西安的轰炸，一次次跟母亲逃出家门朝防空洞狂奔。每次看见炸弹落下，便有一团团火焰卷着黑烟腾空而起、一间间房屋轰然倒塌……国仇家恨自小便在他心中播下种子。八岁那年，他即加入父亲高侠轩将军麾下的敌后游击队，成了一名少年兵。

　　少年时代，高双印最难忘的，就是全国城乡无处不在的岳飞手书标语"还我河山"。

　　高双印口中的父亲，农家出生，少年习武，十八岁离开家乡，孤身前往省城开封投效新军，十九岁升任连长，二十七岁升任营长；1945 年抗战胜利时，已升任国民革命军三十八军副军长。"父亲是骑兵，他在军中的大部分时间，都在马背上度过。他所率部下，都是出生草莽的河南弟子，岳飞老乡。"

　　1931 年，九一八事变爆发后，日军占领沈阳，进逼津、京，占领察哈尔，几欲横扫华北。1933 年 5 月，冯玉祥在张家口通电全国，成立察哈尔民众抗

日同盟军，高侠轩成为同盟军骑兵司令兼骑兵第三旅少将旅长，驻扎山西晋
城。1933 年 6 月 21 日，同盟军以骑兵第三旅为先锋，向日伪军发起攻击。
高侠轩一马当先，挥舞战刀冲入敌阵，在长城外打响了中国军队抵抗日本侵
略的"骑兵参战第一枪"。此后，他参加过台儿庄血战、中原大会战……直至
郑州受降，从头到尾，完整地经历了那场中华民族救亡之战的全过程。

　　高双印说："父亲生平崇拜的唯一英雄，就是南宋岳飞。所以这些年在台
湾，他以岳飞研究学者和河南同乡会宜兰分会理事长的身份，每年都要参加
碧霞宫的岳武穆王祭祀活动。"

　　岳母殿奠基仪式结束后，老人便在一群身穿"岳"字长衫孩子们的围观
下，即兴高歌了一曲《颂岳武穆王歌》：

　　大哉岳公

　　崇祀碧霞宫

　　生平文武通

　　报国心情重

　　尽义尽节尽孝尽忠

　　威寒敌胆

　　气压奸雄

　　挥戈失地

　　誓志捣黄龙

　　遗恨绵绵

莫须有

英风凛凛

满江红

……

这次岳朝军的宜兰碧霞宫之行，经过岛上媒体密集报道，引起各界热烈反响。它也成为一个契机，让岳朝军结交了一大群热爱岳飞文化、急切希望与大陆学术界和民间增加交流的朋友。

一天之后，一个林则徐后代的家庭、一个后壁旌忠庙岳飞契子团前任团长、一位研究祠祀文化的台湾历史学教授、一位写了《岳飞史籍考》和《文天祥史籍考》的宋史学家，加上抗战名将之后高双印和岳飞二十八世孙岳朝军，在台北有了一次相见恨晚的聚会。如约而至的每个人都有种"千年等一回"的感觉。

这次聚会的发起人，是台湾泰安旌忠文教公益基金会董事长、前法务部门负责人廖正豪。他在报纸上看到岳飞二十八世孙岳朝军在宜兰碧霞宫出席岳母殿奠基仪式的消息后，立即给他的多年老友、宜兰县河南同乡会理事长高双印先生打了一个电话，请他代为邀请岳朝军出席他在台北安排的一场私人宴请，"你只需告诉岳先生我的一个身份就行：先后两任台南后壁旌忠庙岳飞契子团团长"。

当天前来赴约的，均非等闲之辈。林明昌，林则徐后代，国民党宜兰县党部副主委。李安，享誉海峡两岸、著作等身的宋史学家。蔡相辉，台湾中国文化大学史学研究所历史学博士，台湾空中大学台北中心主任、教授，著有《台湾的祠祀与宗教》一书。陈旭莹，台湾泰安旌忠文教公益基金会董事。此外就是高双印、岳朝军、廖正豪、李安夫人王慕信，以及多年来热心在台湾传播岳飞文化的廖永旺、谢青山等人。

廖正豪首先介绍陈旭莹："陈先生是我的台南后壁同乡，在旌忠庙的大殿里闻着岳王的香火长大，从蹒跚学步开始就拜了岳王做契子。后来求学、经商，他始终不忘岳飞的忠义精神，在我之后继任旌忠庙契子团团长。为推广岳飞文化做泰安旌忠文教公益基金，他散尽家财，把自己的房产都抵押了。"这一番简略的介绍，令岳朝军肃然起敬，连声感慨："想不到在远离大陆的台湾，岳王崇拜也能深入到乡野草根之中。"

廖正豪话音刚落，林明昌便按捺不住向岳朝军介绍随同前来的他儿子、国民党宜兰县议员林岳贤和女儿林岳红："岳先生注意到了吗？我家这两兄妹名字中间，都有个'岳'字……"

不待岳朝军回答，在座者中年龄最长的李安夫人王慕信就把林明昌下半句话抢了："这表示，林家和岳家，中国历史上两个英雄的家族，英雄惜英雄，前世今生是自带缘分的！"

笑声中，廖正豪拍拍长相帅气的林岳贤肩膀，以前辈的口吻夸奖说："岳贤不简单咯，子承父业，跟他老子一样胸怀天下，多年来一直梦想率队驾船登上钓鱼岛。堪称新生代的后起之秀啊！"

在岛上，林、廖两家是世交。宾主甫一坐定，林明昌便桩桩件件地向岳朝军夸起廖正豪从台湾法务部门卸位后，在两岸交流上做的事来："正豪大哥如今是大陆北京大学、华东政法大学的客座教授，西北政法大学、南昌大学荣誉教授。近些年，他无数次接待从大陆来台的各界人士，无怨无悔地从事两岸民间文化交流……"

一桌人边吃边聊，岳朝军很快就有了宾至如归的感觉。

微醺中，廖正豪对岳朝军透露说，他今年计划要完成两件大事：其一，夏天赴大陆，踏上期盼已久的丝绸之路。此行中一个重要任务是到西安法门寺探望净一法师，希望促成法门寺佛指舍利赴台巡游的盛举。其二，希望以泰安旌忠文教公益基金的名义与大陆民间联手，在台南创立一个"小岳飞奖学金"，每年举行一次获奖学生的双向互访，"不知岳先生对此有何高见？"

岳朝军与他击掌说："我唯一的请求是，两岸'小岳飞'互访的首次活动，一定要放在重庆！"

谈笑间，一个以弘扬岳飞文化为主旨的两岸民间青少年交流的平台，就这么达成了口头协议。

趁着酒意，高双印主动"爆料"，聊起一件当年他在父亲麾下当少年兵的往事："当时我们这些十来岁的娃娃兵，脚穿草鞋、手提红缨枪、腰上系一颗土制手榴弹，就算是全副武装了。"除了站岗放哨之外，他印象最深的，是有一次他跟随游击队夜袭日军驻地，救出了一名被俘的美军飞行员。"那位飞行员金发碧眼。游击队把他护送到安全地区后与之道别时，他不断回过头来，用生硬的中文喊'顶好，顶好'……"

在这样的场合，抗战是一个永远聊不完的话题。就是在这次聚会上，李安将一本专门带来的《岳飞史籍考》送给了岳朝军。也是在这次聚会上，蔡相辉谈到 1949 年后因为政治阻隔，台湾民众与大陆宗亲失去联络，在几十年漫长岁月中，不论是家中供奉的神祖牌位，还是亲人墓碑的铭文上，都无法载明家族宗祠所在地。"对中国人来说，这种断根、失祖之痛，这种灵魂找不到归宿的旷古无边之悲，真是莫大的哀伤……"

扫一眼这群台湾白发人，岳朝军更深地理解了两天前在宜兰碧霞宫，高双印老人说过的那段话："当历史的洪流迎面袭来，任何个体的生命，都显得渺小而卑微。对于我们这个年龄的中国人来说，海峡两岸之间的骨肉分离，不只是一段历史记忆，更是此恨绵绵、无人能语的凄苦现实。在大时代的漩涡里，我们无从选择，只能默默承受……"

这次酒宴上，有个细节给岳朝军留下很深的印象。

酒酣耳热之际，有人说起当年闽南、广东一带的大陆中国人漂洋过海，无论是到台湾还是下南洋，随船都要带三样东西：棺材板子，农作物种子，还有就是老家祠堂的祖宗牌位和护佑家族的神灵画像——妈祖、关圣、岳王等等。蔡相辉接话说："带棺材，是知道永难归乡了；带种子，是要把养育祖先几千年的五谷播撒在他乡；带祖宗牌位或宗祠神像，是希望自己的子孙永远不忘先祖、故土和头上神明。这，就是所谓'日久他乡即故乡，晨昏须上祖宗香'的本意。"蔡相辉慨然长叹。

一声声海鸥的鸣叫，从海岸线方向传来，将岳朝军散漫无边的思绪，从十四年前的那场聚会中拉回到眼前。

公路前方，一块龟状的巨大石礁匍匐在东北方向的海平面上，这是宜兰的标识。中央山脉和雪山山脉形成的环形屏障，在公路后方渐行渐远。打开房车车窗，闻名全岛的"竹风兰雨"扑面而来。

第五章

狂飙一曲《满江红》

◉ 崖山之后无中国？

身穿道袍，脚踩麻履，头上绾着发髻，虽然与雕塑家谢果同一年出生，但作为出家人，高宗霖给人的印象就要多出几分厚朴、内敛和飘逸。

从重庆机场登上飞机到走出桃园机场航站楼，当晚下榻台北，然后，就在与大陆隔海相望的这座岛上，迎来第一个海风习习的清晨。车窗前方，是不断延伸的海岸线和一眼望不到边的绿。一路上，高宗霖的表情一如既往的散淡平静，就像他下飞机时对谢果说的那样："我们这是走亲戚来了。"

2015 年 9 月 25 日晨，台北。

当天起床后，这个二十三岁誓愿出家、道名宗霖的 80 后男人，站在酒店窗前，迎着拂面的海风，拿出手机，发了他上岛后的第一条帖子：有缘即住无缘去，一任清风送白云。配图，是一大片奇形怪状的白云。

大家都叫高宗霖"高道长"。其实道长只是民间习惯对道士的尊称，而不是一种教职身份。高道长的教职身份，是重庆关岳庙道观副监院。

高宗霖出生在四川乐山岷江边上一个普通农户家。著名的乐山大佛，距离他家不过十多公里远。高家祖上，从来没有礼佛信道的出家人。如果一定要追溯童年时代高宗霖受过的"宗教"启蒙，大概也就是爷爷在月光下给孩子们讲的《封神演义》故事了。

高家有一块自留地，在岷江拐弯处一片小小的沙洲上，四面环水。每到春天，岷江上游的洪水到来之前，父母就要划上小船，带全家老少一起，去沙洲上点苞谷、种红苕。盛夏和深秋，全家人又要撑着小船，到沙洲上去掰苞谷、挖红苕。对孩子们来说，夏天和秋天，都是很快乐的日子。这快乐，不仅在于可以在岷江的怀抱中生起篝火，烧苞谷、烤红苕、煨鱼汤，大快朵颐；还有满月之夜，伴着蛙鸣虫唱，爷爷抿着小酒给他们讲的神仙故事。

一个夏夜，月光出奇的亮，岷江像一条浩荡奔流的玉带从家门前流过。高宗霖受不了这月光的诱惑，一个人划船上岛，躺在一大片砍倒在地的苞谷秸秆上，伸展四肢，听在沙洲外一千年一万年地流过的岷江激流；看夜空中一轮银盘在轻纱般的云层后缓缓穿行，把江涛环绕的沙洲映照得如雪原……突然间，他就觉得心中充满了无穷无尽的欢喜。

第二天，他辞别家人，踏上了访道参玄之路。从嘉水之滨到青城洞天，从峨眉仙山到太和圣境。因一次机缘巧合，他最终来到安岳云峰山真果观，在那个远离尘嚣的偏僻小庙出家，拜真果观住持周理贤为师，成了一名全真派道士，师傅赐法名为宗霖。

此次台湾行，高宗霖除了作为重庆关岳庙代表之外，还要跟着那尊寸步不离地被岳朝军抱在怀里的岳飞鎏金小像，在从台北前往高雄途中路过四座奉祀岳王的庙观时，主持上香、祈福、祭拜等相关仪式；另外在日月潭文武庙，还有一场盛大的开光法事等着他。

台湾民众对重庆关岳庙送岳王神像来台的热情让高宗霖有些吃惊。四座被提前标注在"路线图"上的庙观，庙方都提前排练了各具特色的迎像仪式。

一些当地民众，通过不同渠道得到大陆送像团一行的行程路线后，掐着时间点儿，守在一个个必经路口，拉起横幅，敲锣打鼓载歌载舞，将他们的车"截停"，非要"请岳王下来"，让他们烧一炷香，磕几个头，把一碗酒洒在地上之后，才依依不舍地"请岳王重新上车"，然后站在路边挥手挥手再挥手，送他们的房车远去。每次目击这一幕，目击那些素不相识的台湾乡亲渐渐模糊的身影，高宗霖都会从岳朝军眼角，瞄到一星闪闪发亮的东西。那是泪光吗？

甚至有人从各种同乡会、宗亲会辗转得到岳朝军的手机号码，直接打通，就听一个操闽南腔普通话的人在手机那头说，我是某某，请岳王后代在前面某某乡路口暂作停留……

然后，就望到一个黑黑瘦瘦的男人守在公路前方一个醒目标志物前。车停，来人一脸虔诚地走上前来，见了岳朝军手捧的岳飞金像，纳头便拜，而后将他带来的茶叶和金门高粱酒之类一股脑儿塞进车内，拱一拱手，就消失在重新启动的汽车后视镜中。

高宗霖知道，他们之间——车上的岳飞后代与公路边某个祖上数百年前从大陆渡海来台的男人之间，就像两颗流星在茫茫宇宙中擦肩而过了一瞬，这一秒钟之后，可能此生再无交集的机会。但，就在刚才这一瞬，他们用自己的眼神明确无误地告知了对方：即便在这片土地上，岳飞也从未被人遗忘。

这不由让人想起一个近年突然在网上走红的话题：崖山之后，再无中国。

南宋祥兴二年二月初六（1279年3月19日）晚，人类历史上空前惨烈的一场大规模海战画上了句号。当日，风雨交加，宋元两军在珠江口西面的崖门银洲湖海面上进行了最后的存亡决战。海面被鲜血染红，南宋二十万大军战败。无力回天的当朝丞相陆秀夫背着十二岁的少帝赵昺和他的复国理想投海而亡。其余军民也纷纷跳船殉国。受伤后被囚禁在元军战船中的文天祥目睹了这惨烈的一幕，悲愤中写下长诗《哭崖山》：

> 一朝天昏风雨恶，
>
> 炮火雷飞箭星落。
>
> 谁雌谁雄顷刻分，
>
> 流尸漂血洋水浑。
>
> 昨朝南船满崖海，
>
> 今朝只有北船在。……

据《宋史》记载，七日之后，海上浮尸近十万具。自靖康之耻始，立国153年的南宋王朝就此灭亡。

"崖山之后无中华"一语，最早出自南明弘光朝廷礼部尚书、明末东林党领袖钱谦益之口。1644年，李自成入京，崇祯皇帝在煤山自缢，清军入关，明朝灭亡。次年（南明弘光元年）五月，清军兵临南京城下，钱谦益的爱妾、秦淮名妓柳如是劝夫君与她一起投水殉国。钱踯躅再三，说"水太冷，不能下"。柳如是"奋身欲沉池中"，亦被拖住。数日后，钱谦益率诸大臣在滂沱大雨中打开南京城门，向清军统帅多铎请降。

之后，钱谦益写下"海角崖山一线斜，从今也不属中华"的诗句，哀叹山河破碎，华夏文明陆沉。

明治维新时期，日本史家将宋朝灭亡视为古典意义上"中国"的终结，"崖山之后无中国"的论调开始流传。20世纪初，以内藤湖南（内藤虎次郎）为首的一批日本学者提出，宋代以后中华文化乃至东方文明的中心，已从中国"移动"到日本，并由日本继承和复兴，发展为东洋文化（大东亚文明）。在侵华战争中，日本占领军当局极力宣扬此类观点，以美化军国主义，为日本侵华行径寻找借口。

近些年来，这一话题在网上再度被激活，除历史学者之外，国内普通网民也纷纷站队参与激辩。激辩的核心是：一个王朝的灭亡，是否能代表一种文明的终结？这个历史学家为此争论了一百多年的话题，在网民中同样各执一词。但送像团一路行来，在全岛各地，在那些专为拜一拜岳飞而守候路边的平民百姓、乡野之人身上，你分明能感受到，所谓"崖山之后无中国"是一个根本不存在的伪命题。

一条威风凛凛的胖壮大汉，长得像《水浒》里的柴员外，穿一套对襟褂子，举手投足都透着古风，自称是某乡某会会长，"截停"送像车后，一定要为来自大陆的一行人接风洗尘。酒席已在路边酒肆备好。上得酒来，先泼于地："这是敬岳元帅！"言语豪壮，令人顿生错觉，以为来到八百年前的岳家军战区，路遇箪食壶浆的中原百姓。酒至酣处，主人突然离座起身，对岳王金像一鞠躬一拱手，放开喉咙就吼出一曲《满江红》，其声高亢，穿云裂帛。酒毕，一众好汉立于路旁，再拜岳元帅，再拱手、挥手、稽首，祝大陆乡亲一路平安。而后，这画面逐渐退远，退远，变成融化在白云中的一串小小黑点……

还要去哪里寻找"古典中国"？

同一时代，前后相距一百年的两位英雄——岳飞气吞山河："八千里路云
和月"，郾城一战奠定了南宋一百五十年基业；文天祥以哭当歌："昨朝南船
满崖海，今朝只有北船在"，目睹了南宋王朝的陆沉。郾城与崖山，都是"古
典中华"留给当代国人的文化遗产。

值得一提的是，灭了南宋的元朝，不仅没有废止宋廷对岳飞的封号，而
且"降命敕封如宋，加'保义'二字"，就连"坟渐倾圮"的杭州岳墓也予以
拨款修葺。元官方对岳飞的评价甚至要高于南宋。在元代官修正史《宋史·岳
飞传》中，对岳飞大忠大孝大仁大义的人格品质和卓越的军事成就推崇备至，
对岳飞父子死于大功垂成之秋扼腕痛惜。1341 年元顺帝恢复科举、恢复太庙
祭祀大典，亲自主持修撰了《宋史》《金史》《辽史》。在堪称《二十四史》最
大鸿篇巨制的宋、金、辽三朝官史里，一条线贯穿到底的，纯然是中华正统
史观。

南宋灭亡后，古典中华文明的传承还横生一脉，随同幸存的崖山义士，
开枝散叶到了台湾。

连横著《台湾通史》中说说："宋末伶仃洋之败，残兵义士，亦有至（台
湾）者，各为部落，自耕自赡，同族相扶。"

郝玉麟撰《福建通志》中引明人杂记说："南宋末，陆秀夫等人海上抗元
失败后，部分人员逃到台湾。"

谁敢断言，在一路"截停"送像车的台湾乡亲中，就没有南宋陆沉后"乘桴浮于海"的伶仃洋义士后代？

康熙三十六年 (1697 年)，清代地理学家郁永河从福建去台湾游历，在其八个月后归来写成的《裨海纪游》一书中称："南宋时，元人灭金，金人有浮海避元者，为飓风漂至，各择所居，耕凿自赡，远者或不相往来，数世之后，忘其所自，而语未尝改。"

彼时，距大清福建水师提督施琅率军来台已有十四年。

斗转星移，时光迢遥。1945 年 9 月 3 日，中国陆军总司令部致电日军最高指挥官冈村宁次，确定台湾地区受降仪式定在 1945 年 10 月 25 日举行。9 月 14 日，中国空军第一路司令官张廷孟，这个曾参加南京受降仪式的中国军人，奉命携中国国旗单机直飞台湾，在位于台北的台湾总督府官邸，亲自降下日本国旗，升起中国国旗。四十天后，中国军队在第七十军中长陈孔达、副军长陈颐鼎率领下，从宁波出发，登陆基隆港，见证了台湾光复的荣耀。

彼时，距离 1895 年丧权辱国的《马关条约》将台湾割让给日本，正好五十年。

时至今日，谁又分得清，这些沿途设酒为岳元帅"接风"的台湾乡亲中，哪些是郑成功麾下南明军兵勇的后裔，哪些是施琅将军旗下福建水师的后裔，又有哪些，是陈孔达、陈颐鼎当年所率七十军将士的后代？

由于佛光山迎接岳武穆神像永久安座的盛大仪式，定在 9 月 27 日中秋节当天上午举行，送像团一行已预定要在日月潭文武庙给岳王小金像做一场开光法事，还要让这尊金像在台南后壁旌忠庙供奉一夜，从 25 日上午到 27 日上午一共只有两天，其中还要扣除一路上不断被台湾乡亲"拦截"的时间，原计划途经四县市四座庙观的行程安排，一下变得异常紧张起来。送像团一行临时作出决定，绕过全岛最北端的宜兰，过中央山脉穿雪山隧道后，直奔南投，将四站行程缩减为三站。

这样一来，此次"历史情缘缅怀之旅"的第一站，就变成了日月潭文武庙。

位于台湾地理中心的南投县，是全台唯一不临海的县。

阿里山，日月潭，大陆孩子从小学课本中就背熟了的这两个地方，都在南投。这里，也是被统称为"高山族"的台湾泰雅、布农、邹和邵人的聚居地。日月潭卧伏于全台最高峰玉山和阿里山之间，海拔两千多米的水社大山山腰，是台湾第一大淡水湖。潭中有一小岛，远远望去，如浮在水面上的一颗珍珠，名拉鲁岛。以拉鲁岛为界，北半湖形状如圆日，南半湖形状如弯月，故得名日月潭。其湖面辽阔，潭水澄澈，周遭重峦叠峰。文武庙雄峙于日月潭北面山麓，以金黄色为主调的宫殿建筑群落坐落在山腰，俯瞰着烟波浩渺的万顷水面。

台湾的宗教庙宇实行财团法人制，以受托管理庞大的宗教庙产。在文武庙高大的山门石牌楼外，日月潭文武庙董事长张德林，一个身材高大、满头灰发的五十多岁男人，将来自重庆关岳庙送像团的岳朝军一行四人迎进庙内。

三年前，2012 年 3 月，两岸岳庙友好联盟在日月潭文武庙举行缔约仪式，张德林既是仪式举办地东道主，又是代表文武庙的签字人。近些年，他频繁奔走于两岸，不但促使文武庙与重庆关岳庙结为友好庙观，还使其与大陆九江中华贤母园结为友好景区。他与岳朝军是很好的老朋友了。

第一次来重庆，岳朝军陪张德林乘"满江红"游轮夜游渝中半岛，张德林很惊讶，"为什么这艘船会命名为'满江红'"？岳朝军告诉他："这是为了纪念岳飞，纪念当年在重庆关岳庙前宣誓出征的中国远征军将士。"张德林听了颇为感动，说："太好了，就应该让城市记忆融入现代生活的各种细节，以帮助年轻人了解历史信息中包含的道德人伦，中华文化传统才能一代一代继承下去。"

此刻，金碧辉煌的文武庙宫殿建筑群正中，奉祀着岳武穆神像的大成殿殿前，已搭好一个祭祀台。那尊岳王鎏金小雕像，被岳朝军小心翼翼地摆放在台上。

众多来自海内外的岳氏宗亲和三年前与文武庙缔结了两岸友好庙观联盟的大陆岳庙负责人已提前来到这里，在大成殿大门外排成一列，见证这庄严神圣的一刻。

这是高宗霖第一次到台湾做法事。当他换上两袖宽大垂地、绣满金丝龙纹的法衣，头戴上清芙蓉冠，手捧从大陆带来的法器走向祭祀台时，下意识用眼角余光瞟了一眼大殿门外的天空，只见日月潭湖面之上聚了一大团浓密的乌云，似有下雨的征兆。

神龛前，一排香烛已经点燃；耳边，一支源自南宋《文昌大洞仙经》、被联合国认定为世界非物质文化遗产的《洞经古乐》空灵深邃地响起；身后，几十位岳氏宗亲、大陆岳庙代表和上百当地信众肃穆而立。

《洞经古乐》的曲调配器以江南丝竹为主，在高宗霖听来，它不是凡间音乐，而是古往今来无数人的灵魂在天地、山林和大漠古刹、大江大海之间遨游飘荡。

自十二年前在安岳真果观出家后，高宗霖青灯黄卷，勤修道家经典，遍访道教名师，曾上青城山后山进修道教秘法；先后任安岳真果观知客师和内江玉皇观掌坛高功法师、重庆关岳庙道观副监院，通透道教全真龙门派的内修、符咒、斋醮科仪。1949 年至今，两岸骨肉分离六十多年，虽然宗教文化源出一统，但入乡随俗，法事仪式的流程和形式也会有所演变。不过既然是给一尊来自重庆关岳庙的岳王神像开光，那么由高宗霖依照大陆的道教仪式程序来完成开光，就顺理成章。在这一点上，高宗霖事先已与文武庙方面进行了充分的电话沟通。

道教中开光的本意，是以某种庄严神秘的宗教仪式，赋予神像或法物以特殊的"灵性"，使其成为可以"护佑"众生的圣物。它的更深一层含义，也是在开启众生内心的智慧之光——通过法师与神像的"肢体交流"，乃至法师、神像与信众三者之间的心灵互动，使在场者体悟到信仰的力量。

因此，在开光仪式中，法师怎么做和信众怎么看，比法师究竟做了什么重要得多。

面朝安放在祭祀台上的岳王金像，高宗霖洗手、点香烛、洒净水，再用用毛笔蘸了朱砂，在一张事先准备好的黄表纸上悬腕提笔，写出岳飞的生辰八字；而后一边口诵密咒，一边拿一块红色绸布，围绕金像上下左右，象征性地擦拭拂尘。每一个动作都动中有静、静中有动，既大开大合，又风轻云淡，仿若进入了庄子《逍遥游》的境界："北冥有鱼，其名为鲲，鲲之大，不知其几千里也；化而为鸟，其名为鹏，鹏之背，不知其几千里也。怒而飞，其翼若垂天之云……"

一瞬间，高宗霖的思绪飘向了家乡，飘向了四川岷江环抱的那片沙洲，飘向了那些月华如水的夏夜，爷爷坐在篝火边，给他们讲的"岳王出世"故事——

九百多年前一个冬天的下午，很冷，外面刮着呼呼的寒风。河南汤阴，一个普通农家的小院里，传出一阵婴儿的哭声。婴儿在妈妈怀里不停地哭闹着，手舞足蹈，小脸涨得通红。正好这时，从小院望出去，天上有一只大鸟飞过，婴儿父亲自言自语说，那就给这孩子取名叫岳飞吧。岳飞，字鹏举，希望他以后能像大鹏一样展翅高飞……

当时坐在爷爷身边啃着烤玉米的高宗霖，怎么也不会想到，将来有一天他会穿上道袍，给这位中国历史上伟大的英雄塑像开光；更不会想到，这一开光仪式的地点，是在远离祖国大陆的台湾；而经他开光的这尊岳王鎏金像，将与另一座岳王青铜像一起，在这片土地上接受岛上同胞世世代代的奉祀。

古人云"露不润无根之草，道不度无缘之人"，那么今天，他来到日月潭文武庙，在海内外众多岳氏宗亲的见证下给岳王像开光，是不是冥冥中的一种缘分呢?

一个多小时后,开光完毕。高宗霖把从大陆带来的代表金木水火土的金银铜铁锡和盐巴、茶叶、大米、红豆、当归(分别代表力量、生命、食物、万物、药物)从十只小布袋中倒出来,分门别类装进十只小白瓷碗里,而后轻轻抬起岳王鎏金像,倾斜底座,空出右手,依序拈起十只小碗中的东西,放入金像底座预留的一个小穴中,再重新封口。

此时,已接近正午时分。

高宗霖从法器袋中取出一面特制的镜子,口诵密咒来到大成殿门外。仰面朝天片刻,他发现刚才一直躲在大片乌云中的太阳突然露脸,万道金线如瀑布一般,穿透云絮洒向日月潭浩渺的湖面。他心头怦然一动,高高抬起袖长垂地的胳膊,举起手中镜子,对准了大殿神龛前的祭祀台。镜面反射下,只见一道金晃晃的阳光不偏不倚照进大殿,映在岳王金像的脸上。刹那间,岳王剑眉倒竖、丹目炯炯、面带浩然之气,仿佛复活了一样。

"岳元帅显灵了!"大殿后侧,跪成几排的岳氏宗亲和上百信众,禁不住脱口惊呼起来。

作为高功法师,高宗霖对这种现象见惯不惊:刚才这一刻,就在他完成开光仪式的一瞬间,不早不晚,原本乌云密布的天上,突然乌云散去,太阳喷薄而出。这是天人合一的感应?还是岳飞在天之灵的显圣?或者仅仅是一种巧合?也许都是,也许都不是,这不重要。重要的是,这一刻所有见证奇迹出现的人,都完成了一次心灵的洗礼。

大成殿外的台阶上，那只巨大的、青烟缭绕的香炉中，一张张黄表纸在轻盈地跌落、翻飞、卷起，化作透明的火焰。虽然是正午时分，闻讯赶来的信众和游客却越来越多。一个多小时的法事做下来，高宗霖额前已沁出一层毛毛汗。他守在香炉边，看着一拨拨嘴里念念有词的信众不断聚拢、离去，再聚拢再离去。透过炉中越烧越旺的火焰，他觉得自己的视线正穿越时间的长河，向前，向前，来到九百多年前的那一天。然后，他看到一只大鹏，展开垂天之翼，从河南汤阴一户农家的院子上空，扶摇飞过……

● "迎驾"岳元帅

9月26日上午，从日月潭到嘉义县新港乡大潭村，不到二百公里路，一个多小时就到了。

嘉义，原名诸罗，西濒台湾海峡，东与阿里山脉接壤。大陆人耳熟能详的知名演员林青霞，云门舞集创办人林怀民，集歌手、演员、导演于一身的两届台湾金马奖、两届香港金像奖影后，曾资助台湾第一个返乡探亲团往返机票的文艺女神张艾嘉，以及华语摇滚歌手伍佰等等都出生在嘉义。

从明郑时代开始，临海的嘉义平原便是大陆粤、闽移民尤其是漳州、泉州移民最多的地区。乾隆年间，台湾爆发天地会领导的林爽文"民变"。林军进犯诸罗，诸罗军民坚守城池，林军久攻不能破城。乾隆帝为嘉许诸罗县民忠义，赐名嘉义。大陆早期移民来到这儿的同时，也带来了各自祖籍地供奉的神明。在嘉义县西北端大陆移民最早登岸的地区，遍布城乡的祖祠与神庙，也成为当地一景。大潭村所在的新港乡就有各类寺庙四十多座，诸如水月庵、太天宫、王爷庙、太公庙、保安宫、补天宫、怀济堂等。其主祀神像从妈祖、天上圣母、女娲娘娘、姜子牙，到三宫大帝、五府千岁、观音菩萨、关圣帝、岳王……林林总总，不一而足。

这些主要以道教神仙为奉祀对象的庙宇，均为善男信女募捐修建。其既无教宗门派的继承渊源，亦无靠香火钱或庙产善田供养的出家人，也没有常住庙内的和尚道士、方丈法师，仅有乡民自发组建的管委会或庙委会。对地方百姓来说，信则灵，这一座座屹立在村头村尾、街边巷里的庙宇，无非是他们世代相传的信仰寄托之处。这种信仰与其说来自宗教的启示，不如说来自他们对皇天后土、家族根脉的怀念。

一年又一年，当地寺庙中不绝的香火，更像是这些来自潮汕闽南的大陆移民，对祖宗埋骨之地遥远的祭拜。

这些寺庙中，以漳州入台先民所建的最多。

史载，南宋祥兴二年 (1279 年) 二月，元军攻陷崖山，陈植率部继续抗元，其残部中有大量漳州籍将士及随军家属避入澎湖、台湾安身。明代漳州月港（今海澄镇）设"洋市"，万历年间达到全盛。顾炎武在《天下郡国利病书》中说："闽人通番，皆自漳州月港出洋。"15 世纪末期至 17 世纪，月港"海舶鳞集，商贾成聚"，漳州商船可以自由前往琉球、日本、菲律宾、北加里曼丹、苏门答腊以及台湾地区。因漳州到台湾海上交通方便，屡有移民登岛，其中又以南靖县为最多。漳州移民入台，一开始是分散零星的。明天启元年(1621年)，漳州海澄人颜思齐带领二十多人入台，以诸罗（今嘉义县）为根据地，辟土伐木，建寮筑寨，垦荒造田；随后派人到漳、泉募民三千入台垦殖，把大陆先进的农业生产工具和技术传入台湾，这是漳州移民大规模有组织徙台之始。颜思齐因垦台有功，被尊为"开台王"。

明末清初，郑成功以金门、厦门为据地起兵抗清。清廷为断绝郑军供应，采取迁界、禁海政策，沿海三十里地成为"弃土"。许多漳州边民无地可种，无以为生，只好冒着"越界立斩"的风险渡台，"航海而至者十数万人"。遍布嘉义平原的那一座座祖庙神祠，便是这些漳州移民的信仰寄托之所。大潭村精忠庙，即是其中规模较大的一座。

今天的大潭村精忠庙，不仅是嘉义县境内唯一的岳王庙，也是全台第一座由"垦民"修建的岳王庙。时至今日，每年农历二月十五岳飞诞辰之日，大潭村都会举行隆重的祭祀大典，周边各村村民争相前往上香祭拜。1999年9月21日，南投县发生台湾20世纪以来烈度最大地震，嘉义县也受波及，大潭村精忠庙部分毁损。灾后，经出生于嘉义新港乡的知名企业家、慈善家林昭元先生捐款资助，这座大潭村村民的信仰中心得以在三百年后重建。重建后的精忠庙比旧庙规模更大、气势更恢宏。庙中奉祀的岳王像，也换成了当代雕塑家的彩塑作品。

作为典型的农业县，嘉义高山、平原、海岸并存，满目都是海蓝和葱绿。

9月，正是稻谷飘香的季节，岳建按下自动车窗，一边欣赏车窗外令人心旷神怡的田园风光，一边在脑海里把嘉义的历史人文知识复习了一遍。与雕塑家谢果、重庆关岳庙道长高宗霖一样，他们一行四人中，除了带队的岳朝军外，都是20世纪80年代出生的人，也都是第一次到台湾。

在此之前，岳建对台湾的全部了解，均来自小学教科书和邓丽君、罗大佑的流行歌曲，还有20世纪90年代大量涌入大陆的台湾影视作品。此刻，面对车窗外疾驰而过的这个真实的台湾，他觉得既似曾相识，又遥远神秘。

载着送像团一行的房车在通往大潭村的公路上奔驰，从一片绿树环绕的房舍背后，他看到蓝白色的烟雾腾起；与此同时，他听到了清脆炸响的鞭炮声。一列敲锣打鼓的欢迎队伍，出现在烟雾腾起之处。

车窗前方，由远及近，由模糊而清晰，一座飞檐翘角、雕梁画栋、三层宝塔式重檐上铺着金色琉璃瓦的道教庙观建筑，伫立在天地交界之处。岳建赶紧拿起手机，开启拍照模式。此次台湾之行，身为重庆某大型宾馆高管的他，以重庆市岳飞文化交流协会副秘书长的名分成行。为赴台行程的每一站留下图像资料，也是他必须完成的功课。

明万历年间老族长林栖周的嫡系后代林其村，作为精忠庙"庙长"，亲自带领上百村民点燃鞭炮，齐聚在大潭村村口牌楼外，迎接重庆关岳庙一行四人的到来。站在林其村身边的，是精忠庙管委会主委、嘉义市议员林秀琴、总干事张铭声。

在上百喜气洋洋的村民中，岳建吃惊地发现了十几张熟面孔——有杭州岳飞纪念馆馆长关宝英，有来自岳飞故乡河南汤阴县的"县太爷"宋庆林，有全国岳飞思想研究会常务副会长兼秘书长岳湛、副会长岳鹏、岳宝柱、岳辅金、岳文军、岳剑锋，甚至还有一位来自韩国的岳飞后裔！

从海内外不同地点络绎赶来的岳氏宗亲、岳庙负责人和岳飞祖籍地领导，在这儿悉数聚齐了。

房车停下。一群孩子在路口两旁载歌载舞，身穿对襟褂子的林其村在前边引路，岳朝军手捧岳飞金像跟在后面。从大潭村村口到精忠庙短短几十米路，岳建几乎是一刻不停地在拍照。

注视着微微躬腰走在前边的林其村背影，他努力要从这个背影上，想象出三百年前那个林氏族长的身形和模样来。

那一天，台湾海峡是否风平浪静？那一天，出现在那群老少爷们儿们眼中的，是一片什么样的土地？那一天，背朝大海，恭恭敬敬地手捧岳王像走在最前面的林栖周，是否一步三回头？

不待岳建飞扬的思绪继续漫游，一行人已经来到精忠庙大殿前，只见两条红底黄字的欢迎横幅悬在大殿门头之上——

"恭迎岳飞二十八世孙岳朝军护送岳王金像来到大潭村精忠庙""欢迎海内外岳飞宗亲欢聚大潭村精忠庙"。

这是大潭村历史上意义非凡的一天。这是这个为岳王建庙的村庄，三百年来第一次，迎来如此之多的岳王后代。这是三百年来第一次，一尊来自大陆、开过光的岳王金像进入精忠庙神殿，供全村乡亲瞻仰、跪拜、上香。

林秀琴自豪地说："在我们大潭村，岳飞是神一样的存在。无论男女，无论家里人属于哪个党派，都以崇拜岳飞为荣。"

这一天，成了大潭村的节日！

中午，精忠庙设席招待大陆和海外客人。午后略作休息，一行人准备继续上路。看地图，从嘉义到台南市后壁乡，中间要经过一个地方，竟然就叫南靖。林其村解释说："这个南靖，不是大陆福建漳州的南靖县。"原来，早年移居台湾的漳州南靖乡民，为怀念故土，凡移民聚集的乡镇村落，大多冠以祖籍地地名。"比如你们将要途经的这个南靖，其实是嘉义县梅山乡的'南靖寮'；而嘉义县水上乡的靖和、南和、美源等几个村庄，也都统称'南靖'；此外在台北市莺歌镇，还有一个'南靖村'。可见漳州南靖移民对故乡的感情。""知道吗？"林其村十分自豪地说，"马英九当年副手萧万长的祖籍，就是漳州南靖。"

下午1点30分左右，大潭村的男女老少齐齐守候在精忠庙外，虔诚地恭送岳王金像重新"起驾"，鞭炮声再度在这个山清水秀的村庄上空炸响。下一个目标，台南市后壁乡旌忠庙，送像团"历史缅怀之旅"的最后

一站。后壁与嘉义接壤，位于嘉南平原中心地带，境内沟渠交错、阡陌纵横、水利发达，是台南的大谷仓。

房车继续在"稻菽千重浪"的田园景色中疾驰。一场挥之即去的阵雨之后，空气中满是稻谷的芬芳。视野中的一切，是如此的熟悉、亲切。高宗霖道长说过的那句话，一下从岳建脑子里冒了出来："我们，是走亲戚来了。"

高道长这话还有一层意思，道家讲究云游天下——这个天下，就是中国人五湖四海的家！

是啊，我们是走亲戚来了！送像团一行的路线，几乎纵贯了台湾全岛，由南而北一路走来，竟然没有一点儿疏离感。见到的牌楼、庙堂、神像、文字、服装，乃至稻菽千重的田园景色，听到的乡音、鞭炮、锣鼓，乃至鸡鸣犬吠，无一不是中国元素，无一不像在走亲戚、串门子。

即便因诸多原因被人为阻隔了近七十年，但两岸间的历史血缘、文化血缘和族亲血缘，却是深入骨髓，浸透到百姓生活、民间信仰和衣食住行每一个细节中的。

这种血浓于水的"身份识别"，会在你根本难以觉察的地方，随时随地、由里而外、见微知著地散发出来。

最出乎岳建预料的，是他看见了轿子。

房车尚未到达后壁乡，轿子就迎到了几百米外的公路上。

是岳建在电影《红高粱》中见过的那种轿子，是他在大陆古装影视剧中见过的那种轿子，是朝廷命官出巡时坐的那种轿子。花轿，八抬大轿。而且，是一支由七八乘轿子组成的轿队。轿队的两旁，是几十面招展的三角旗。每一面旗上，都绣着一个大大的"岳"字！

岳朝军脱口而出："是后壁旌忠庙的岳飞契子团和岳巡会出动了！"

果然，在猎猎招展的"岳"字旗下，岳朝军看到了后壁旌忠庙前后三任"契子团"团长的身影：廖正豪，陈旭莹，王子豪。三个眉目方正的男人，拱手行礼，并排站在迎风飘扬的"岳"字旗下。

廖正豪、陈旭莹的身份，一路上岳朝军已向高宗霖、谢果、岳建三人做过介绍。此刻令他稍许有些意外的是，新任契子团团长王子豪也一块儿来了。

这个王子豪，是在陈旭莹之后继任的契子团团长。他也是土生土长的台南后壁人，从小就拜了岳飞做契父。当地习俗认为，有"歹腰饲"（身体差）、"歹教饲"（调皮捣蛋）的小孩，抱来庙内认岳飞当义父，就可获岳武穆王的庇荫平安长大。因此当地在契子团之外，还有以岳飞契子家庭为基础的契子后援团。随着房车与"迎驾"队伍的距离越来越近，长得很帅的王子豪带领由后援团成员组成的轿队径直迎上前来——

"迎驾岳元帅！""请岳元帅上轿！"

房车停下，车门开启，岳朝军怀抱岳王金像走下车来。王子豪立刻迎上前去，鞠躬、稽首，从岳朝军手里接过金像放在轿上固定之后，三十多岁的王子豪与一群高中生年龄的孩子一起，在喧天的鼓乐声中，叉腿、踮脚、扭腰，晃开双臂踩着花步走在"迎驾"大轿的最前面。大轿后边，则是哗啦啦几十面迎风招展的"岳"字旗，以及浩荡的轿队；再后面，才是缓缓行驶的房车。

这一幕，有如电影镜头。

蓦然间，岳建觉得自己坠入了另外的时空。

那是郑成功所率南明水师将士登岸的场景。带着在海上与荷兰殖民者舰队连续数月交战的硝烟，带着对眼前这片土地的敬畏，带着对故乡亲人的思念，水师将士们将岳王神像"请"下船来，跪下，叩拜，亲吻，热泪长流……

之后，镜头一跳，便是台南，赤崁城上，荷兰总督府升起的白旗。

那是伟大的一天：经过长达八个月的激烈海战，永历十五年（1662年）十二月十三日，荷兰总督揆一率部走出总督府，向攻破赤崁城的郑成功投降。

由于后壁旌忠庙的建庙历史，可以追溯到郑成功水师收复台湾，因此它的主祀神不仅有岳飞大元帅，还有岳家军麾下十员大将：岳云、牛皋、张宪、汤怀、王贵、施全、周清、梁兴、吉清、王佐。后壁旌忠庙最早的名字，就叫岳府元帅庙。

它的管理方式，也与从家庙演变而来的嘉义新港乡大潭村精忠庙有所不同。一直以来，后壁旌忠庙都是由本乡下辖的四十八个村每村选一个委员参加庙宇的管理。后来，将岳府元帅庙改名为旌忠庙，则是取其"旌表精忠"之义，当地百姓希望岳飞的忠义仁孝精神能被世代继承下去。

关于后壁旌忠庙，在当地民众中流传着两个故事。

一个故事说，有年后壁乡爆发大面积鱼疫，乡民的鱼塘水面每天都漂满了肚皮朝天的死鱼。无奈之下，老百姓纷纷来到旌忠庙烧香，再把香灰撒进鱼塘。神奇的是，从第二天起，就再没有死鱼浮上水面。乡民都说，这是岳王爷在显灵保佑。

第二个故事说，某一年秋天的夜晚，两个蒙面歹徒闯进后壁乡岳飞契子团前任团长陈旭莹经营的珠宝店里。一个歹徒拿起左轮手枪向他射击，岂知子弹卡了壳。另一个歹徒向他再开一枪，子弹从喉管前射过。枪声一响，警察随即赶到，两个歹徒被当场拿获。警察查看了陈旭莹脖子上的擦伤，惊叹说："陈先生命真是命大，第一个歹徒的左轮枪子弹卡壳，第二个歹徒开枪近在咫尺居然会打不准！"陈旭莹也觉得不可思议，只能将此归结为自己从小拜了岳飞作义父，是岳王在冥冥中"保佑"自己。

后壁旌忠庙的全称叫后壁乡泰安宫旌忠庙。它的财力后援，就是廖正豪创办、陈旭莹任常务董事的泰安旌忠文教公益基金会。近些年，廖正豪、陈旭莹数次到重庆关岳庙道观拜访。岳朝军也曾三次受邀到后壁旌忠庙参访，并与廖正豪一拍即合，以重庆岳飞文化交流协会的名义和泰安旌忠文教公益基金共同发起，创办了南台市"小岳飞奖学金"。眼前这支"迎驾"队伍中，就有历届"小岳飞奖学金"的获得者。

浩浩荡荡的"迎驾"队伍终于来到旌忠庙前。庙中大殿里，一张祭祀台已提前搭好。岳王金像被重新"请"出，"下轿"，进庙，再由岳朝军亲自捧着，放在"忠义千秋"的匾额下。祭祀台前已备好了香炉、烛台和蒲团。

从旌忠庙庙祝手里接过三支线香，点燃，双手齐额，躬身敬礼之后，岳朝军第一个跪了下去。岳建是岳飞二十九世孙，他紧挨着岳朝军，也从庙祝手里接过三支香，点燃，双手齐额，躬身敬礼之后，跪了下去。

此刻，八掌溪的河水，正流经后壁乡沟渠交错、阡陌纵横的土地；嘉南平原的稻谷，一派金黄。

● *大师，我履约来了！*

明天就是中秋，一轮近乎完美的圆月，在不远处的海平面上升起。深蓝的天幕上，浮云变换着形状，像旌旗招展，又像蛟龙出海。岳朝军从来没注意到，夜里的云彩也这么美丽。窗外，哗哗的海潮声不断传来，搅动着岳朝军的心绪。

从星云大师助手慧传法师口中得知，明天，时任中国国民党副主席、台湾立法机构副负责人的洪秀柱，将莅临佛光山，出席来自重庆关岳庙的岳飞青铜像安座大典。大师希望岳朝军以岳飞 28 世孙的身份，在安座大典仪式上第一个发言。

慧传说，明天在佛陀广场，将有佛光山佛光会分布在全球七十多个国家一百七十多个分会的一千多名代表、数千名当地信众和岛上政要、社会名流、各界民众以及海内外媒体记者，与岳朝军一起见证这一神圣的时刻。

这时已是深夜，大街小巷的万家灯火正渐次熄灭。窗外，深蓝的夜空下月华如水。偌大的宇宙中，似乎只剩海上潮汐、天上月亮与岳朝军同在。

发言？第一个发言？面对佛陀广场上数千来自全球的佛光会信众代表、当地群众和岛上政要、各界人士、媒体记者发言？

这项安排，在岳朝军出发之前与有关方面推敲拟定的程序中，是没有的。

翻看宾馆房间内摆放赠阅的近日岛上报纸，林林总总，从一版到末版，从头条到末条，几乎全是与"大选"有关的。媒体舆论战的硝烟弥漫到每一个字、每一行标题、每一张照片……

岳朝军从随身行李箱中找出血压计，绑上手腕测了一下：高压一百八十五，低压九十七。取下血压计，他擦了一把额头上倏然涌出的汗珠，心口也开始一阵阵发紧。

按既定方案，这次赴台送像之行，就是一次纯粹的两岸民间宗教文化交流，要避免在一切公众场合发表任何可能成为媒体靶子的言论，不给岛上媒体提供任何炒作话题。赴台之前，他在内心一再告诫自己：低调，低调，再低调。

但是明天，佛光山慧传法师转达星云大师的安排，希望他，岳飞二十八世孙，在海内外媒体的聚焦下，第一个出场发言！

环顾房间四壁，岳朝军脑海里空空洞洞，一片茫然。

讲什么？怎么讲？如何拿捏分寸？万一讲砸了，谁来收拾残局、承担责任？但此刻覆水难收，若回绝明天发言的邀请，岂不是愧对星云大师的一片盛情？

看看表，距离天亮还有六七个小时。表针"嘀嗒嘀嗒"越走越快，他感觉自己的心跳也在随之加快。心脏，血管，大脑，几乎要同时爆裂。谁能帮忙拿拿主意？

此时此刻，岳朝军知道，在海峡那边，很多密切关心着他们此次行程并给了他巨大帮助的人，虽与他心灵相通，却无法向他提供任何帮助。今夜在台湾，他必须独立做出决定。

几分钟后，他敲开了高道长的房间门。他一个字儿都没提明天讲话的事儿，高宗霖也没问他为何在半夜来敲开他的门。

房间内仅开着床头灯。高宗霖盘着双腿，席地而坐。十分随意地，借着窗外的明月，他打开话匣，滔滔不绝就讲起了自己的童年、故乡，讲起了岷江环抱的那一片沙洲，还有爷爷给他讲过的那些天上的诸神。在那些神仙中，也有岳元帅的名字。

"你，是岳王的后代。"送岳朝军回房间时，高宗霖站在门内，神情超然地看着他转身离开的背影，突然说了这么一句。

回到自己房间，再量血压，已经趋于正常。岳朝军在房间里来回踱步，花几十分钟打了一个明天讲话的腹稿，便洗漱上床，安然睡去。"是的，明天发言，你只有一个身份——来自大陆的岳飞后代。"梦中，他对自己说。

2015年9月27日，乙未年中秋，太阳已经从海面升起，昨晚的月亮还挂在天上。

从台南后壁乡到高雄，仅需一个小时车程。从高雄再往佛光山，还有半小时左右的车程。早上8时许，送像团一行便在陈旭莹、王子豪、黄正雄等人陪同下，来到旌忠庙，迎接在庙内奉祀一夜的岳王金像"起驾"，由契子团成员抬着，在从后壁乡通往台南市的主干道上敲锣打鼓地游行两公里后，再将轿子与金像一起抬上车，向高雄佛光山进发。此时，岳朝军惊讶地发现，他们的房车尾巴上，竟然跟了一支长长的车队。打头的，是昨晚从嘉义大潭村追随而来的海内外岳氏宗亲包租的几辆车；包租车后边，则是在公路上盘桓如一条龙的旌忠庙岳飞契子团和岳巡会的车队。车上大鼓雷动，长号齐鸣；一面面五颜六色的彩旗上，飞扬着一个个大大的"岳"字。车队行进得不疾不徐，仿佛要以这样的阵势告知沿途乡亲：岳王来了，岳元帅来了！

车龙来到佛光山佛陀纪念馆山门之外，前边领头的"契子团"车辆率先停下，又是八乘彩绸大轿一字摆开，请岳王下车、上轿。

仰头望去，从佛馆山门经过礼敬大厅再到佛陀广场，蜿蜒而上的石阶上，由二百多名岳飞契子团成员组成的队伍，从山脚一直排到了山顶。他们的后边，是一百多名从中国大陆、中国香港、韩国、日本、澳大利亚、加拿大等地专程赶来出席盛典的岳飞后裔和岳庙代表。

礼敬大厅外，佛光山佛光会的千名信众，排成整齐队形，分列在大厅拱门两旁，恭迎岳王圣像到来。

佛光山育幼院鼓乐队和高雄中学女子篮球队的一百名女孩，以红色纱灯和佛祖旗为先导，为抬着岳飞金像大轿通过礼敬大厅入场的契子团击鼓开道。

女孩们后边是仪仗鼓乐队。一百多名头戴金穗红色高筒帽，身穿上蓝下白仪仗服，白鞋白手套的仪仗队员，迈着整齐的方步，护卫着写有"英雄岳飞铜像佛光山安座典礼"大字的丝绒横幅，随着"咚咚"的鼓点，走成了一个运动方块。

仪仗鼓乐队之后，是当地信众组成的舞狮队和由佛光山僧众扮演的梁山一百零八将"宋江阵"登场，为契子团的轿子压阵。

面积超过一万平方米的佛陀纪念馆广场上，左右对称地耸立着八座高 37 米的七层楼阁式宝塔。八座宝塔中间，是长 240 米、宽 113 米、相当于两个足球场面积的成佛大道。大道终点，以蓝天为背景，耸立着通高达 108 米、净高 50 米的世界最高铜佛坐像。才上午 9 点多钟，就有上千信众聚集在广场中轴线两侧。

广场入口处，安放着一条二十多米长、半人高的标牌，静静地等待这个四百年一遇的时刻：岳飞像永久安座佛陀纪念馆。

几十名身穿中国唐、宋、明、清历代民族服装，手捧金龙道具的男女大典司仪分列广场入口两侧。令人惊讶的是，其中有不少金发碧眼的洋面孔。

随八抬大轿一块进入广场的岳朝军，一眼就看到那尊提前运抵佛光山的岳飞青铜像已安座在广场左侧，被一块红布严严实实地覆盖着。远处，一条波光粼粼的大河尽收眼底。

这条河名叫爱河，是流经高雄全境的唯一大河。据佛光山官网载，为纪念释迦牟尼，爱河流经佛光山的这一河段，被命名为"恒河"。三个多月前的农历七月初六，恰好岳朝军生日当天，他曾与重庆渝中区台湾事务办公室主任严甄明同行，专程来到这里，与星云大法师的几位助手一起，几经勘验比较，选定了岳飞青铜像的安座位置。

现在，它就在那里，听广场上鼓乐喧天、号角长鸣，等待着揭开红布，参与这盛大的一幕。

它身后一侧，即是占地一万多平方米、主建筑高达五十米、呈覆钵外观的佛陀纪念馆本馆。

本馆装饰着黄砂岩墙体的基座墙面，在阳光下闪烁着铂金色的光。基座四角立有四圣塔，塔身布满佛龛和佛陀浮雕造像。本馆上下共四层，在它的地宫里，设有金佛殿和玉佛殿，除供奉有佛牙舍利之外，还设有一个可容纳两千人集会的大觉堂和多功能佛文化电子音像展示空间。

本馆大门外，腿脚不便的星云大师坐在轮椅上，与佛光山住持心保大和尚一起，静候岳飞金像的到来。

距离本馆大门十几米开外，全程护送岳飞金像前来的旌忠庙契子团成员停下了轿子。一身紫色对襟唐装的岳朝军从轿内走出，怀抱岳王金像，神情肃穆，缓缓走向星云大师。

红地毯上，他的脚步很轻。向前迈出的每一步，都感觉很长。

此刻，一个尽忠报国的南宋将军，与一个少小离家仍不忘中华祖庭的佛教大师之间，跨越近九百年光阴，却只有一合掌、一稽首的距离。

大师在轮椅上微微倾身，弯腰平举胳膊，表情庄严地从岳朝军手里接过岳飞鎏金像。

岳朝军颔首弓身，双手合十，心里默默道了一声：大师，我履约来了！

侍立一侧的心保大和尚从星云大师手上接过岳飞金像，转身，同样弓腰、平举双手，将其放置在纪念馆本馆三个拱形门洞正中佛祖莲花座前的金台上，并按佛教礼仪，将佛光山道场的"镇山之宝"——一串紫水晶念珠，挂上岳王金像的脖子。

广场上的舞狮队、仪仗队、鼓乐队和"宋江阵"载歌载舞，重新绕场一周。两位大典司仪，将来自大陆重庆的岳朝军高宗霖等四人，引到蒙着红布的岳王青铜像前。耳边的鼓乐声，越发震天动地。

这情景，让人恍若做梦。昨夜，岳朝军即便设想到一万种入场式、一万种将要面对的情景，也不会想到会被这样高调的场面所包围。原本从重庆出发时，他以及那天在广场宾馆108房参加紧急会议的市、区两级涉台和涉民宗事务领导所期待的最圆满结果，无非是平平安安送达、平平安安回来。用严甄明的话来说就是："从大陆把一尊两吨重的岳飞像送到台湾，就创造了历史。它等于把一份两岸共同的文化与宗教遗产，结结实实地、不容切割地，送到了台湾同胞的家门口。"

岳朝军怎么敢奢望置身于如此震撼、盛大的场面！

一大早从后壁旌忠庙出发起就一直在他胸中挤压、翻腾的情绪，此刻一涌一涌的，似乎随时要喷薄而出，如同一个冲浪者，被一波轰然而至的百米巨浪，眨眼推到一个伸手摘云的高度。

唯有一个词可以形容他此时的心境：百感交集。

他知道，今天广场上聚集的这几千人，其中很多是昨晚甚至今天清晨，才从海内外、从亚洲、欧洲、南北美洲、非洲赶来。很多人刚下飞机。此刻他们守望在这里，不为利益所驱使，更不是被任何人所指派。他们像宗教使徒一样，在这个日子，怀着一颗虔诚、感恩的心来到佛光山，仅仅是为了见证一个对中华儿女意义重大的时刻——

为了中原大地上那声"还我河山"的怒吼，为了七十年前那场男儿不归的悲壮出征，为了海峡两岸中国人不可磨灭的共有历史记忆……

大典司仪引导四位来自大陆重庆的贵宾，走向设在岳飞青铜像前的一张香案，净手，焚香。而后，四条金色绸带被交到四位嘉宾手上。绸带的另一端，连接着罩在岳飞青铜像头身的那块红布。一阵风，从高雄港外的海面吹来，从爱河河面吹来，从天际线上那朵硕大无朋的云中吹来……

红布，从岳王头上，如鸟儿张开翅膀，缓缓飘落。头顶上，好蓝好蓝、好高好高的天！

天幕下，岳元帅头戴战盔，身披铠甲，一手抚剑，一手攥拳，剑眉入鬓，双目炯炯，仰天长啸，一如又回到了八百多年前的中原古战场。

手里还捏着刚刚拽下的红布一角，雕塑家谢果两眼发直，不由自主浑身颤抖，泪流满面。

刹那间，佛陀广场上，鞭炮齐鸣，雄狮劲舞，鼓乐喧天，人潮涌动。一片隆隆声浪，在广场上空、在八座七层楼阁式宝塔之间，层层推进，往复折返，直冲云霄！

● 历史，是不可遗忘的

岳飞像安座大典仪式分为两部分：上午十点开始的，是迎接金像入场和给已经安座的岳飞青铜像"揭红"仪式；下午，是迎岳王金像驻跸佛陀纪念馆金佛殿仪式，之后才是莅临现场的贵宾和星云大师发表讲话。

上午的"揭红"仪式结束后，络绎不绝的民众涌至岳飞青铜像下排队合影。一大群高雄当地中小学的孩子围着岳朝军，请他用签字笔在自己的T恤背上题写"精忠报国"四字并拍照纪念。一位僧人在岳王铜像下久久合十伫立，谢果拉着他在岳飞像基座下并排而立，让岳建用摄像机留下一个珍贵的镜头。僧人得知谢果就是创作这尊岳王像的雕塑家后，激动得不得了，说："谢谢你，让我们看到了一个'人神之间'的岳飞。"

时近正午，岳飞青铜像下聚集的民众渐渐减少之后，谢果仍然在像下盘桓。他走近又退远，从不同的角度仰视铜像的每一根线条、每一块面从明到暗的立体过渡、每一处高光和褶皱阴影形成的人物轮廓。他从来没这么强烈地意识到，一件雕塑作品与它所处的环境之间、与它置身的历史人文背景之间一旦结合，竟然可以获得如此强大的生命力。

此时，一大片翻卷的白云突然如怒涛般汹涌而至，眨眼间布满大半个天空，来到岳飞铜像背后。一瞬间，谢果觉得头顶上一根根毛发倒竖，似听到千军万马的嘶鸣声从地心深处传来。

面对威风凛凛的岳飞像，他双腿一并，就跪了下去，前额碰地，磕了一个头。这是他生平第一次，跪在自己亲手创作的作品前。这个中午，在佛光山炫目的阳光下，他胸中充满自豪感。

中午，从台北到高雄的高铁上，时任中国国民党副主席洪秀柱正在匆匆赶往佛光山的途中。当天上午，她在世界台商"挺柱"后援会上作了一个致辞发言。她说，两岸关系的重要性，一般民众也许不知道，但台商走遍全世界，心里最清楚。台湾只有在"九二共识"的原则下向前走，才有光明的未来。

下午两点，大典仪式进入第二道程序。

依然是旌忠庙岳飞契子团的契子们抬轿。在佛陀像前供养了两个时辰的岳飞金像被重新"请"上轿，由大典司仪引导进入本馆大门。伴着大鼓和长号声，岳朝军跟在两个穿黄色袈裟的佛光山僧侣身后，向位于本馆地宫的金佛殿缓步走去。

本馆高高的拱形大门外，一百多位从台南后壁赶到佛光山的民众在烈日下列成一个整齐的方队。队伍前排，一左一右两名身穿白衬衣深色西裤的乡亲，手中长时间举着一幅宽大的红色布幔，布幔上书"恭祝岳武穆王驻跸佛陀纪念馆"，下边的落款是"三十六庄（50庄）下茄苳泰安宫旌忠庙管理委员会"。

"三十六庄（50庄）下茄苳"即台南后壁乡在清末民初的老名字。所谓驻跸，原义为帝王出王宫在驿馆小驻，开路清道，禁止通行，引申为帝王在王宫以外的一切行止。南宋绍兴三十二年，宋孝宗为岳飞平反，追封忠武王，赐谥号"武穆"；嘉泰四年，宋宁宗追封岳飞为鄂王。故后世祭祀岳飞，均以帝王礼待之。顺理成章，岳王金像从大陆漂洋过海入驻佛陀纪念馆金佛殿，就被称为驻跸。

洪秀柱赶到佛陀广场的时候，岳王金像驻跸仪式刚刚完毕。

出了纪念馆金佛殿，岳朝军抬起头来，发现广场上聚集的人比上午还要多。一些岛上媒体记者得知在下午的仪式上，岳飞二十八世孙岳朝军与洪秀柱、星云大师等人将有讲话致辞，为抢新闻，午后早早就来到佛光山，代表各自媒体，在广场上临时搭起的一个台子前选好位置，立起密密麻麻一大片摄影摄像脚架。无数长焦变焦的摄影镜头，对准了台上摆放麦克风的位置。

阳光刺目，看着那一排虎视眈眈的长枪短炮，岳朝军不觉有些晕眩。根据仪式的程序，接下来，就是大典主持人宣布，请岳飞二十八世孙讲话了。果然，刚回到嘉宾席坐下，他就听到了主持人传遍全场的声音："现在，请来自大陆的岳飞二十八世孙岳朝军先生上台讲话，大家欢迎……"

像忽然中暑或者患了失忆症一样，岳朝军背心出汗，迈着机械的步伐跨上那个被媒体话筒和摄像机围得严严实实的台子，抬手碰了碰麦克风，却发现脑子里空空如也！

昨天夜里，他从容打好的腹稿去哪儿了？面对广场上五千多双眼睛，他抿抿双唇，喉结动了动，还是一个字儿也想不起来！他再次用手碰碰麦克风，又掏纸巾擦了擦额头，然后，他抬起头来。在佛光山瓦蓝的天幕下，他看到了已经揭开蒙在头身上的红布，安然坐在他身边仅几米开外的先祖岳王铜像。

先祖那双眼睛，隔着八百多年的时光岁月，与他对视了一下。蓦然间，似有一片清凉的潮水涌来，漫过他的全身，洗净他脑子里所有的杂念。潮水退下之后，他发现自己所有的紧张、顾虑，都抛到了九霄云外。几年前，史式教授对他说过的一段话，一个字儿、一个字儿地蹦了出来：

"崖山之后还有中国。宋亡、明亡之后，中国人依然在孜孜不倦地寻求光复中华之路，都要拜岳飞、文天祥、史可法、孙中山这些英雄所赐……"

岳朝军把目光从先祖脸上移开，环顾全场。他那双明显遗传了先祖基因的眼睛，由里而外溢满了自信和率真。他把嘴对准麦克风，听到一个岳飞后代的声音响彻全场——

"尊敬的星云大师，尊敬的各位高僧大德，亲爱的两岸心心相印的朋友们，我叫岳朝军……"

这声音突如其来、热情洋溢，几乎把他自己吓一跳。他已不再想着昨夜那篇找不回来的腹稿。现在，他知道自己是谁、为什么站在这里、渴望对台下的同胞表达什么。除此之外，还有什么可阻碍他一吐为快的？

"首先我要表达的是，我跟你们当中的每一位怀着一样的心情，有幸参加今天的盛会、有幸受重庆渝中区关岳庙道观和岳飞宗亲后裔的委托，顶礼膜拜，护送岳飞圣像到佛光山。今天是中秋节，月圆时刻是大家心愿圆满的时刻……我愿借着这个机会，向尊敬的星云大师，向佛光山的高僧大德，向在场所有的朋友们，表达衷心的祝福！

"岳飞，是我们中华民族历史上伟大的民族英雄。今天，依照与星云大师的约定，我们把岳飞先祖的圣像送来了……"

他情绪饱满、思维清晰。为了把握讲话节奏，他不得不稍微控制一下语速，十分钟左右的发言，一气呵成。在简略回顾了一下重庆关岳庙所见证的陪都抗战历史之后，他用了一连串祝福语来做讲话结尾：

"花好月圆，风调雨顺，祖德永光，忠孝流芳，两岸和平……阿弥陀佛！"

场上的掌声，持久而热烈。

但媒体席记者的注意力，很快被洪秀柱吸引过去。大典主持人宣布："下边，请洪秀柱讲话。"

在岛上媒体的眼中，洪秀柱，这颗台湾政坛"小辣椒"身上，从来不缺话题性。今天，平时衣着习惯简洁随意的洪秀柱，十分少见地在藏青色外套里穿了一件深色及地长裙，显得正式而隆重，应该是专门为这个场合而穿的。此刻，她这一身凸显中国风的搭配，既出人意料，又意味深长。

她脸上薄施淡妆，以女性特有的细腻，掩饰着连日来在全台县市基层"趴趴走"的疲惫。这个从来不屑于掩饰自己中国人身份的"铁娘子"一出场，果然让媒体席亢奋起来。为抢占最佳位置，靠前一排的记者马上有了小小的骚动。

掐着时间出现在庆典现场的洪秀柱，让坐在轮椅上的星云大师松了一口气。星云大师的轮椅就摆在主席台麦克风一侧。听到大典主持人的宣布后，刚刚就座的洪秀柱直接起身，款款走向主席台。她先向星云大师做了一个请安的手势，而后转身、调整气息，面对广场上黑压压的人群，目光中透出一种百折不挠的坚韧："岳飞是精忠爱国，佛陀是慈悲济世。今天的佛光山盛会，跨越了时空因缘，让忠义与慈悲共生！"一段精彩的开场白之后，洪秀柱迅速将话题转向此次盛典的缘由。她说："我们大家都知道，重庆关岳庙在抗战时期，是我们民族精神的一个见证地。那时候有很多抗战的将士，从重庆出发到滇缅、到湘鄂去打仗的时候，先要到关岳庙去，在这边朝拜岳飞，同时有一个祭典宣誓的仪式。他们手臂上刺着精忠报国、唱着《满江红》、高呼'还我河山'的口号，然后奔赴战场。这样一个悲壮的画面，直到今天，在台湾，还有很多抗战老兵记得，随时想起……"

全场屏息。这番话，如旋风般在广场上空刮过。

台下的岳建注意到，当洪秀柱讲到"重庆关岳庙在抗战时期，是我们民族精神的一个见证地"时，身边高宗霖道长频频点头，脸上表情，竟然是一派童真的骄傲。他不由会心地想起，从台北到高雄的一路上，这位二十三岁才出家的重庆关岳庙道观副监院，给他讲过的几个出家人的抗战故事。

抗战期间，中国出现了很多道教徒上马杀敌、下马学道的新闻。当时，在全国道教徒中有一句流传甚广的话叫作"一手拿香，一手拿枪"。大江南北，不时有道士穿上戎装奔赴前线的故事见诸报端。比如 1938 年底，湖北武当山南岩宫道长刘教明带十几个道士下山，到均县募兵处集体报名参军，就曾在全国道教徒中引发轰动。另外，还有成都的娘娘庙的道姑为救治从前线撤下的受伤将士，脱下道袍，踊跃参加护士培训，把这座原为刘备家庙的道教宫观，变成了挂满绷带的伤兵医院……

一走神之间，洪秀柱的讲话已近尾声："今天，借着这样一个盛典，也借着这一份因缘，让我们重温我们国家这段历史、重温岳飞的爱国精神，共享这一段共同记忆。"然后，她抬起眼来，静默片刻，扫视全场，像是对自己，又像是对在场的每一个人，提高了音调，大声说："历史，是不可以遗忘的！"

洪秀柱致辞之后，星云大师把自己的轮椅推近麦克风。讲话伊始，他首先以个人的生平经历举例说，一个人的修为，与其所受的圣贤先哲文化熏陶是分不开的。他说："在我的信仰当中，中华文化里面所有的圣贤，都刻骨铭心忘记不了，包括关云长啊，文天祥啊这种圣贤。在他们当中，最重要的一位就是英雄岳飞。岳飞对我一生，有刻骨铭心的影响。我的生活和观念，始终离不开中华文化，也离不开历代圣贤先哲，而武穆王岳飞的忠孝两全更令我印象深刻。人在世间上，品德、道德、忠孝是最重要的。希望大家来佛光山，要好好学习英雄岳飞的精神，发扬光大中华文化。"

星云大师的话，如一位长者在跟晚辈交心唠家常，娓娓道来，平实而质朴。但从他话语中点点滴滴透出的中华文化智慧，却总能叩击心扉。他讲话时，岳朝军一直凝视着他那双眯着的、似能洞穿宇宙的眼睛。这是一双看见过南京大屠杀的眼睛、一双在童年时代就看见过国破家亡的眼睛、一双在海峡这边无数次回望故土的眼睛、一双看破人间多少悲欢离合的眼睛、一双在中华文明的历史长河中遨游的眼睛……从这样一双眼睛里，岳朝军读出了两个词：悲悯与欢喜。悲悯，是对苦难的铭记和对历史的敬畏；欢喜，则是对人生价值奋不顾身的追寻、投入和拥抱。

就像1939年，一个年仅十二岁、名叫李国深的男孩，在跟随母亲整整两年的逃难路途中，偶然经过江苏宜兴大觉寺，寺庙中远远传来的一声钟磬，突然将他心底的某种东西唤醒。

就像当初那个法号还叫今觉的年轻和尚，单身一人乘火车来到宜兰，走进那个名叫雷音寺的农家大杂院，借着几支香烛的光影，给信众宣讲佛经，庄严吐声，一室肃然。

就像四十八年前第一次来到高雄大树乡荒郊野岭的星云，激励弟子们说："这个地方，鬼是不愿来，可我们不是鬼，所以来了。既然来了，我们何不在这里披荆斩棘，开创一个人间佛国的大道场？"

就像今天，我——岳飞二十八世孙，把一尊先祖岳飞的铜像送到宝岛台湾，安座在这块祥云环绕的热土上！

●《满江红》里山河情

这是一个非凡的时刻。星云大师讲话完毕之后，主持人宣布大典最后一个程序：所有人起立，唱《满江红》。

岳朝军心头一震。他迟疑了一下，站起来，回头，看见全场五千多人与他一起站了起来。下午四点的阳光下，五千多人，站成了数个犹如参加阅兵仪式演练的方块阵列。

阵列中，有两鬓斑白的老人，有护送岳王金像而来的契子团成员，有上千从全球各大洲赶来出席这一盛典的、肤色各异的佛光会信众，有高雄当地的普通民众、社会各界名流和中小学生，也有来自大陆和海外的岳氏宗亲……

五千人在这里同声高唱《满江红》！

《满江红》这支岳飞作词的歌，自 20 世纪 70 年代末之后，岳氏宗亲每年祭祖时，男女老少都要唱；在岳朝军担任全国岳飞思想研究会会长期间，每次与海峡两岸的抗战老兵聚会，兴之所至也要唱；这几年，在台湾岳庙参加岳王诞辰日祭祀活动时，他也多次听台湾民众在司仪带领下演唱。但是，在如此盛大的场合，五千多人同声高歌《满江红》，这种震撼完全不一样。岳朝军突然觉得热血偾张，无数与《满江红》有关的往事，在他眼前一幕幕闪过。

父亲去世前，让母亲将他们几兄弟叫到医院病床前，说："我们岳家有一首歌，是老祖宗写的，我从来没在你们面前唱过。今天我唱给你们听。这首歌的名字叫《满江红》……"

那是 1968 年，湖北江陵，弥市镇的大街小巷上贴满了大字报，学校已经停课，工厂基本停工。病房里，瘦骨嶙峋的父亲很虚弱。他先将《满江红》的词念出来，一句一句地讲它们大体的意思。他剧烈地喘气、咳嗽，脸憋得通红。这个当年揣着族谱参军上阵杀敌的八路军老兵，就像一盏随时可能被风吹灭的油灯，用尽他生命中残余的最后一点点力气，要将这支古老的战歌唱给他的孩子们听。

那天，是岳朝军第一次从家人口中知道，老祖宗给他们、给这个民族，留下了这样一支歌。

无数与《满江红》相关的记忆，霍然涌上岳朝军心头。

2012 年的一天，他与重庆市台办陈磊、张敏两位处长一起，驱车璧山，去看望晚年长居重庆、住在璧山青冈重庆医科大学老年养护中心的知名华语歌曲词作家庄奴先生。

初夏时节，老年养护中心楼外的花园姹紫嫣红。庄奴身穿一件红色短袖T恤，很惬意地坐在轮椅上。夕阳铺展在天边，空气中隐隐飘来金桂的芬芳。陈磊、张敏、庄奴、岳朝军，这样四个人闲聊的话题，自然离不开抗战陪都历史。

庄奴说，七七事变后，北平沦陷。1941年1月，刚从北平中华新闻学院毕业的他孤身从家中逃离，心里只有一个念头，到重庆去，报名参军。没想到走到河南时，他染上霍乱差点死在路上。好不容易历经千难万险，辗转河南、山西、西安、成都等地，最后，在1941年冬天到达重庆，报考了国军中央航校。随后，他们那批新学员都被送到位于铜梁土桥镇旧石坝的中央航校空军入伍生总队训练基地。在那个随时都能听到空袭警报的小镇上，他度过了一段难忘的时光。

"冬天的早上，天上飘着雪，新兵们要端一个脸盆去山上挖煤，把煤运回来过冬。天寒地冻，新兵们穿的都是草鞋，鞋上麻绳磨破了新兵开裂的脚后跟，通往训练基地的路上，一行一行，都是我们滴血的脚印。夜里熄灯后，我们只能用唱歌来打发漫漫长夜，期待早日上前线杀敌立功。当时常被我们唱起的歌，有'流亡三部曲'中的《离家》。"边说，庄奴老人一边就唱了起来：

追兵来了，

追兵来了可奈何。

娘啊，

我像小鸟回不了窝，

回不了窝。

泣别了白山黑水，

走遍了黄河长江。

流浪逃亡，

逃亡流浪，

流浪到哪里，

逃亡向何方？

……

"除了《离家》之外，还有就是岳飞作词的《满江红》。"庄老先生接着又讲了一件与《满江红》有关的陪都旧闻——

1940 年冬天，旅居大后方的全国演艺界人士举办重庆雾季戏剧节，国立戏剧学校的师生在国泰戏院公演话剧《岳飞》。这部话剧由庄奴最喜爱的剧作家曹禺执导。"演出非常火爆。每次谢幕时，台上演员和台下观众都会同声高唱《满江红》，以此表达他们战胜日本侵略者的决心。"说到这里，庄奴老人下意识把手放在膝盖上，轻轻打着拍子，嘴里轻轻哼唱着：

三十功名尘与土，

八千里路云和月。

......

　　在重庆岳飞文化交流协会，有一个年长的志愿者也讲过一个他与《满江红》的故事。他讲的故事与抗战时代相距很远，却同样让人感受到心灵的战栗。那是 20 世纪 60 年代末，全国大中小学停课。年纪很小的他被父母送到老家躲避武斗。老家在川南一个小县城。城里满是无所事事的孩子，其中有一个小提琴拉得很好，被大家叫作"神童"。"神童"拜了一个师父，是原上海音乐学院的老师，因被划成"右派"，发配回原籍扫大街。这个拉小提琴的少年身边有一个圈子，聚集着一群喜爱音乐的半大孩子。夏天的晚上，他们总爱聚到老右派独居的一个破院子里，拉琴，唱歌，听老"右派"讲古今中外音乐史。印象最深的是，有一晚他说起两首歌，一首俄罗斯的《伏尔加船夫曲》，一首中国的《满江红》。那天老先生只穿了一条裤衩，上身赤裸，断了一条腿的眼镜架在薄如刀片的鼻梁上，长而乱的白发在额头前掉下一缕，遮住半张严重营养不良的脸。他边讲边唱。月光映照着这个教了一辈子音乐、晚年却在老家扫大街的男人骄傲的头颅。他双目炯炯地说："这两首歌，象征着两个民族直面苦难与牺牲的英雄主义。"

　　这样的故事，还有很多。

　　两年前，岳朝军从媒体上看到一条消息：1942 年 3 月 29 日，重庆市江津区白沙镇曾举办过一次中国音乐史上规模空前的"万人齐唱《满江红》音乐会"。音乐会由国民政府教育部和白沙音乐教育推进委员联合发起，会场设在县立简易乡村师范学校操场。当天的会场上空，悬挂着两条巨幅对联："百鸟争鸣群山翠，万人齐唱满江红"。会场一侧的山崖下，就是滚滚东去的长江。音乐会开场第一支歌便是《满江红》。此外，还演唱了《大刀进行曲》《保卫黄河》《松花江上》以及与《松花江上》齐名、端木蕻良作词贺绿汀作曲的《嘉陵江上》：

> 那一天，
>
> 鬼子打到了我的村庄，
>
> 我便失去了我的田舍、家人和牛羊。
>
> ……

在得知这一段史实之后，岳朝军和岳稼专程赶赴白沙，希望在当年万人合唱《满江红》的旧址捐资修建一座纪念雕塑。到了白沙之后，他出乎意外地发现，白沙镇与《满江红》的渊源，不止有这场万人大合唱——在白沙镇滨江公园里，每天早上，都有不少老人和体校学生在练一种拳，名曰"满江红拳"。

问及这种拳的由来，才知其中又有一段传奇。

抗战时期，中国武术界众多高手会聚江津白沙。其中有一位来自河南的武术家名叫何福生的，为了在百姓中普及武术，他融合了南北武林流派的格斗之术，自创了一种特别适合群众集体演练的拳种，将其命名为"满江红拳"。这种拳在白沙流传至今，演变为老少咸宜的大众健身方式，却少有人知道，它的诞生竟然与一段抗战历史有关。当地人在练拳时，习惯用著名歌唱家杨洪基演唱的《满江红》作背景音乐。所以今天，外地人来白沙会，发现一个独特的景观：清晨的滨江公园里，东一群西一群的老人孩子，都随着《满江红》的歌声在出拳踢腿——

怒发冲冠，

凭栏处，

潇潇雨歇。

抬望眼，

仰天长啸，

壮怀激烈。

……

当《满江红》的歌声在台湾佛光山佛陀广场上盘旋的时候，依然沉浸在奔放思绪中岳朝军有些恍惚。

这是在哪儿？是在长城喜峰口二十九军大刀队的阵地上？是在抗战时期陪都重庆国泰大戏院的舞台上？还是在江津白沙长江之畔的操场上？不，不，都不是！耳边回荡的歌声中，那些带有闽南语、潮汕语、江浙话、四川话、河南话、山东话腔调的发音，以及佛陀纪念馆大门两侧那一排排身穿黄色袈裟的和尚，这些，都在明确无误地告诉岳朝军，这是在台湾高雄佛光山，在民族英雄岳飞铜像安座仪式上。他张开嘴，却发现自己的声音被淹没了，淹没在佛光山上空排山倒海而来的一股强大气旋里。

那是由广场上五千个嗓音汇成的拍天声浪！

纵目望去，他看见轮椅上的星云大师头微仰，眼半闭，脸颊泛红，布满老人斑拿着话筒的双手颤抖着，努力跟着全场的节奏在唱……

　　大师身边，一袭长裙的洪秀柱轻轻摇晃上身，手上打着拍子在唱……广场外侧，一袭黄色袈裟的佛光山和尚们气贯长虹地在唱……

　　身穿仪仗服的男孩女孩们涨红小脸在唱、旌忠庙的契子们一丝不苟地在唱、一排排肤色黝黑的信众摆着头在唱……

　　来自海内外担当送岳飞铜像"护法团"的岳氏宗亲泪光闪闪地在唱……

　　在广场巨大声浪的裹挟下，记者席上几十个两岸媒体记者，在举着镜头记录这壮观场景的同时，也纵情高唱起来：

　　莫等闲，

　　白了少年头，

　　空悲切。

　　……

　　岳朝军噙着泪光微微转身，从这个角度，他看到了先祖岳飞铜像的侧面。此刻是下午五点，西斜的太阳正在朝高雄港方向的海平面落去。阳光的余晖呈四十五度角打过来，给铜像五官和铠甲的剪影镀上了一条绚烂的金边。与此同时，天上堆积如徐悲鸿笔下奔马的云朵，一眨眼便被夕阳晕染成大海中迎风鼓荡的金帆。

一轮明月照九州

　　当晚，佛光山上有一场中秋晚会。星云大师挽留重庆来的贵客与海内外岳氏宗亲在此共赏一轮明月。晚会会场依然设在佛陀广场。数百张桌子以晚会舞台为中心围成一个放射状圆环。每张桌上的白色瓷盘里，都摆放着佛光山自制的素月饼和一些寓意花好月圆的素小吃。

　　佛光山的法师、僧侣、当地信众、佛光会分布全球的分会代表，与重庆客人一行四人以及一百多位岳氏宗亲济济一堂。

　　成佛大道两旁，八座七层楼阁式佛塔和那座世界第一高的鎏金坐佛，被一道道彩色激光自下而上打亮。

　　圆月，清风，塔影，佛光，还有不远处爱河河面倒映的一轮圆月……这情景，就有些魔幻。

　　如果月宫里真有嫦娥仙子，那么从天上望下来，在嫦娥眼里，今夜的佛光山，会不会像极了银河系另一个月宫？那些起舞弄清影的人儿，会不会也像神话中的嫦娥？

　　置身此情此景，高宗霖兴致勃勃地告诉岳朝军说："农历八月十五日是太阴圣诞。在《封神演义》中，姜子牙封纣王之后姜氏为太阴星嫦娥。其圣号为月府结磷星君妙果素月天尊，其宫阙为垣下素曜天宫。道教经典《归藏》有载：'昔嫦娥以西王母不死之药服之，遂奔月，成为月精'。所以今夜，重庆关岳庙的道士们也要诵经祭月为国祈福，一愿祖国昌盛，二愿时和岁稔，三愿风调雨顺，四愿五谷丰登！"

佛光山祭月中秋晚会临时搭起的舞台，在成佛大道中轴线正中。今晚舞台上的表演，有古筝古琴弹奏、江南丝竹、诗词吟诵，有一人表演的剑舞和根据苏轼《水调歌头·明月几时有》意境改编的群舞，还有男高音独唱和无伴奏多声部混声合唱。所有演员都由佛光山男女僧众和全球佛光会代表客串。每一个节目都以月亮为主题，抒发对人间团圆、家国安泰的祈盼。

"明月几时有，把酒问青天。不知天上宫阙，今夕是何年。……"舞台上，一个装扮成苏轼的表演者且歌且舞且吟。这节目不须任何舞美背景，背景板就在他的头顶和身后——整个夜空，都是他的背景板。

被这意境所触动，岳朝军有些唏嘘。举头望明月，他眼中浮现的，却是另外的月光，另外的夜晚。

1949 年 1 月，上海吴淞口。码头上挤满了等待登船的国民党政府官员、军人和携带细软家财的民众。人们穿着厚厚的冬衣，以抵御来自身体内外的寒冷。

几天之前，美国《生活》杂志记者布列松从缅甸仰光飞抵北平，赶在解放大军打响渡江战役之前，搭上了北平南苑机场最后一班飞赴上海的飞机。在上海，他用大量的胶片和文字，记录下了"民国上海"最后的背影。

在布列松拍摄的一张著名照片的近景上，主角是一个头戴国民党军帽的戴眼镜男子。他五十多岁的样子，身穿一件敞开的军大衣，肩挎一只铁壳暖水壶，瘦削的脸上写满了惊恐与迷茫。他的身后，是形状大小不一的藤箱、木箱、皮箱以及箩筐、包袱、被卷等奇形怪状的行李。这些箱包行李中，装着很多人、很多家族所有的"大陆记忆"。堆积如山的行李后边，中景和远景，是乌泱泱的人群：更多的军大衣、更多迷茫沮丧的脸。

作为近景主角的这个男子，双腿弯曲，把整个身子半靠在一堆行李上；一只带着黑皮手套的手，无力地放在膝盖上。透过啤酒瓶底一样厚的眼镜片，男子的双目正对着布列松的镜头，也正对着时间帷幕另一头的我们。在他躲闪不定的目光中，溢满了对未来命运不可知的惊惧。

不过，从北平搭乘最后一班飞机到达上海的布列松还是晚了几天，在这个寒冷的1月，他竟然错过了一个震惊世界的悲惨事件：1949年1月27日（农历除夕前一天），中联轮船公司一条排水量近两千五百吨的豪华客轮，搭载了近千名逃离上海的乘客从吴淞口起锚开往基隆。当晚十一时四十五分在舟山群岛海域，与一艘载有煤炭及木材的货轮相撞。短短十五分钟之后，这艘名为"太平轮"的豪华客轮便沉入大海，船上超过九百人罹难。死者中，不乏有名望的富商高官、精英名流，如前辽宁省主席徐箴、美国华裔刑事鉴定专家李昌钰之父李浩民、指挥过江津白沙"万人齐唱《满江红》"音乐会的著名音乐家吴伯超等等。

就在布列松拍摄了吴淞口码头那张著名照片几个月后，岳天奉命从青岛星夜兼程赶抵上海，登上了停泊在吴淞口的一艘军舰。那是岳天在大陆度过的最后一夜。

那一夜的月亮，缺了一半。

第二天早上，随着军舰驶出吴淞口，岳天走上甲板，手扶舰上护栏，仰头看见太阳从甲板左侧（东面）升起，他才意识到，这艘军舰载着他和他未来的岁月，正在告别大陆，开向台湾基隆。而后，六十四年弹指一挥间，自那一夜之后，他再也不曾踏上大陆的土地。

这段往事，是几个月前岳天老人在台北林森公园对岳朝军讲述的。林森公园里，也立有一尊岳飞铜像。高高的基座上，岳王骑战马挎战刀，昂首望向远方。雕像周围，不时有休闲散步的游客走过。那天讲完这个故事后，老人脱下外衣，亮出胳膊，把纹在臂上的四个字给岳朝军看。

从老人已然干枯的上臂外侧，岳朝军看到了这个家族中人再熟悉不过的那四个字：精忠报国。

这位中国远征军老兵说，因为他曾任"三军大学教务长"，即便现在早已退休，按台湾相关规定，也不能回大陆，去先祖坟茔上烧一炷香。"我胳膊上这四个字，以后就只能跟我这把老骨头一起埋在台湾，回望中原故土了！"

望一眼天上明月，低头再看一眼身边星云大师刻满沧桑的面容，岳朝军眼角不觉有些湿润。中国人讲究魂归故土。不能在过世之后回到故乡的，被视为孤魂、游魂。一个军人，曾在锦华之年为抵抗外族入侵、保卫国家而战，死后却只能埋在异乡，该是何等的哀伤！正如于右任在《望大陆》中所叹：

葬我于高山之上兮，

望我大陆。

大陆不可见兮，

只有痛哭！

葬我于高山之上兮，

望我故乡。

故乡不可见兮，

永不能忘！

天苍苍，

野茫茫，

山之上，

国有殇！

1949 年移居台湾的文学大师王鼎均，曾在《中国在我墙上》一文中这样写道："一个离开祖国大陆到远地行走的人，他的感情是独特的。他读中国地图，会读一个上午。他想念辽阔的家园，却情怯不能回家。"

同样用了地图的比喻，抗战年代曾在重庆生活过八年的余光中，写下过同样令人断肠的文字。1966 年一个寒冷的冬夜，这位辞别大陆十七年的浪子，在美国密歇根大学写下了这样的诗句：

当我死时，葬我，在长江与黄河

之间，枕我的头颅，白发盖着黑土。

在中国，最美最母亲的国度，

我便坦然睡去，睡整张大陆，

听两侧，安魂曲起自长江，黄河

两管永生的音乐，滔滔，朝东。

这是最纵容最宽阔的床，

让一颗心满足地睡去，满足地想：

从前，一个中国的青年曾经，

在冰冻的密西根向西瞭望，

想望透黑夜看中国的黎明，

用十七年未餍中国的眼睛饕餮地图，

从西湖到太湖，

到多鹧鸪的重庆，代替回乡。

　　中国古代文人，为寄托漂泊离愁，将鹧鸪的叫声拟意为"行不得也哥哥"。那个密歇根州的冬夜，隔着无边无垠的太平洋，三十七岁的余家"哥哥"唯有用贪婪的目光"饕餮地图"，来瞭望故土家园，排遣他无法遏制的思乡之情。

　　思乡而到极致，是一种什么感觉？《重庆日报》记者何方采访过这样一个人：家住重庆长寿区但渡乡高山村的余恰明，他十八岁入伍，被编入中国远征军第六军预备第二师，随即从重庆出征，奔赴滇缅战场。抗战结束后，老人流落到云南省芒市五岔路乡芒蚌村，在当地安家落户。2011年，老兵余恰明在志愿者们提供的帮助下，回到阔别七十年的但渡乡高山村。何方问他，当年："在战场上想得最多的是什么？"老人的回答是："柚子，家乡的柚子。"他说他家门外有条河，河岸上长满柚子。无数个夜晚，置身异国丛林、抱枪而卧的他发疯一样问自己："假设战争结束，你仅剩一口气回家，咽气之前，你最想干点儿什么？""我许诺自己说，我要爬到家乡河边那棵最大的柚子树下，敞开肚皮，吃一天一夜的柚子，吃到翻白眼、打嗝、打屁、口吐酸水，落气儿为止！"

晚年归乡，当是异乡漂泊一生的中国人最大的念想。而帮助那些曾经为国而战、异乡埋骨的华夏忠魂回家，也成为国内众多"帮老兵回家"民间志愿者组织唯一的宗旨。

蛇年春节前夕，岳朝军就亲历了一群中国远征军"孤魂"回家的震撼场景。

2013年1月15日，经"老兵回家"志愿者组织多方努力，继仁安羌大捷纪念碑落成典礼在缅甸举行后，"中国远征军仁安羌之战二〇二位阵亡将士灵位"抵达重庆。这是中国远征军出征缅甸七十一年来，牺牲将士的灵位首次归国。15日下午2时，中国远征军网负责人（《中国远征军》一书作者之一舒莺的弟弟）舒宏舰等三名志愿者护送高1.3米、重达40公斤的灵位牌在缅甸仰光登机，当晚抵达重庆。仁安羌之战阵亡将士隶属远征军三团，该团大部分将士为湖南籍，但他们七十一年前的出征地却在重庆。志愿者们计划在重庆关岳庙做一场法事，让这些为国捐躯的将士英灵返回他们的出征地，重温"还我河山"的铿锵誓词，再听一次《满江红》军歌，完了再将灵位牌送往抗战期间曾被改作兵营的华岩寺停灵半年，待七七事变爆发七十六周年纪念日当天，送抵湖南衡阳忠烈祠供奉。

由于易址复建的重庆关岳庙道观尚在施工、岳王神像也尚未安座，没法举行大型法事活动。在渝中区民宗委主任李晓峰建议下，原计划在那里举行的迎灵法事临时变换地点，改在同样经历过"五三""五四"大轰炸，当年与重庆关岳庙仅一街之隔的罗汉寺举行。

那天，在惊天动地的鞭炮声、悲壮的《满江红》军歌声和罗汉寺和尚低沉回荡的诵经声中，岳朝军目睹了终生难忘的一幕：十几位平均年龄九十岁、专程前来祭祀战友的中国远征军老兵，与灵位牌上镌刻有名字的老兵后代们一起，齐刷刷跪在灵位牌前，把大碗大碗的烈酒泼洒在地。当时他想，七十多年前，那些出征滇缅战场的士兵，也曾经这样，把一碗碗烈酒洒在关公、岳王的圣像之下。那一刻，他们心中抱定的，当是"明月照松冈，马革裹尸还"的决绝之志。

在 1949 年那个初夏，与岳天一样也是乘军舰从上海吴淞口告别大陆的，还有庄奴。此时的庄奴，是国民党军中一个文职人员。登上军舰那一刻他根本不知道，这是一次长达半个世纪思念的开启。故乡的炊烟、母亲的笑颜、北平护城河外田野上迎风摇曳的野花，这些画面在他心中，模糊而遥远。1946 年，孤身逃离北平整整五年的庄奴首次回到故乡，敲开隆福寺那个青砖小院的木门，见到母亲第一眼他就哭了。但在吴淞口的这个夜晚，青年庄奴没想到，三年之前，他扑在母亲肩头的那场痛哭，竟然是此生与母亲的诀别。那一夜，海浪拍打着军舰，海潮声从远远近近的地方传来。从军舰第一层甲板下的舷窗望出去，没有星光，没有月亮，漆黑的夜色中风雨交加……

　　20 世纪 80 年代末到 90 年代初，随着台湾"解禁"，台湾老兵的回大陆之门被推开。时隔四十多年之后，庄奴重返大陆，去寻找那个盛放着他童年回忆的小院。没想到北平护城河边的隆福寺，早已变成车水马龙、高楼林立的闹市；母亲的音容笑貌，竟成了他此生再难触及的追忆。已是白发上头的庄奴，唯有以歌声表达他的思念——

我读过床前明月光

疑是地上霜

为什么举头望明月

低头思故乡

今夜里又见月儿圆

又闻桂花香

为什么年年中秋夜

年年思故乡

为什么夜夜思故乡

故乡情意长

有兄有弟有姐妹

共享明月光

今夜里天上月儿圆

地上桂花香

好一个花好月圆中秋夜

天地共久长

庄老与乔羽共同填词的这首《问明月》，上过央视中秋晚会。歌词中的每一句，都表达着一个游子、一个在大时代的激流中无根飘零的中国人，对祖宗埋骨之地的苦苦思念。

在这婉转多情的歌声中，岳朝军看到很多面孔潮水般朝他涌来。他们中，有毕生研究岳飞的史式教授，有自称"岳粉"、参加过三次长沙会战的贾亦斌老人，有为查证中国远征军出征地提供了重要线索的连战，有告诫"历史不可遗忘"的洪秀柱，有为弘扬岳飞精神不遗余力的香港退休警官蔡建祥，有苦苦寻找先祖根脉的韩国岳氏宗亲李镐阳，有思念大陆却回不去故乡的抗战老兵岳天，有出七十一年后才魂归故里的二百零二位中国远征军仁安羌之战阵亡老兵，有抗战名将之后高双印，有积极奔走于两岸、为传承岳飞文化殚精竭虑的廖正豪、石育钟、王胜民，有写了两本南宋民族英雄巨著的旅台历史学家李安，有第一个站出来响应建立"两岸岳庙联盟"的日月潭文武庙董事长张德林，有不断来大陆寻根的台湾文化学者蔡相辉教授，有八旬高龄仍开课讲授中国诗词文化的张寿平教授，有民族英雄林则徐之后林明昌，还有台南岳飞契子团的陈旭莹、王子豪……

这个夜晚，这些面孔一张张叠起来，在月光下，在心潮澎湃的岳朝军眼前，晃动着、微笑着、絮语着，不时也脸红耳赤地争吵着，挤来挤去，最后，幻化出两个屹立天地的大字：中国！

尾声

未完成的断章

两岸之间的距离，究竟有多远？用 1949 年迄今七十多年的骨肉分离来丈量，看似很远，远到如于右任先生的嗟叹：葬我于高山之上兮，望我大陆；大陆不可见兮，只有痛哭！

然而，这个距离还可以有另外一种丈量方式。2015 年 10 月，农历乙未年中秋，四个大陆民间人士，从重庆渝中半岛出发，跨越台湾海峡，把一尊民族英雄岳飞的青铜像，大阵仗送到岛上佛教圣地佛光山永久安座。若用此次行动的惊险一跃来丈量，两岸之间的距离却又很近，近到不过"一步之遥"。

从重庆渝中半岛到台湾佛光山，民间对民间，这一步跨得惊天动地、荡气回肠，近乎天方夜谭。尤其令人感佩的是，完成这一蹈海行动的人，只是四个平民布衣。

那是一个值得两岸史家写上一笔的日子：当安座于佛光山佛陀广场上的岳元帅，迎着从高雄港方向吹来的浩荡海风仰天长啸之时，一个信念，便随着佛陀广场上响遏行云的《满江红》歌声，回旋荡漾在两岸中国人那一颗颗炽热的中国心中。

这一天，仅仅只是一个开端；由一尊岳飞像演绎的两岸传奇，并未戛然谢幕。

2015 年 10 月 30 日，重庆关岳庙与日月潭文武庙结为友好庙观签字仪式在渝举行。这是重庆关岳庙迁址复建以来，以东道主身份举办的第一次两岸宗教文化交流活动。

2016 年 3 月 9 日，作为重庆关岳庙赠送岳飞青铜像到佛光山的回礼，星云大师大陆巡回书法展首站在重庆国泰艺术中心隆重开幕。不能亲自赴渝的星云大师，在国泰艺术中心入口大厅一面巨大的墙上，以视频投影的方式"莅临"现场。

2016 年 3 月 21 日，农历丙申年二月十五日，岳飞诞辰九百一十三周年，重庆关岳庙举行了易址复建后首次岳飞诞辰春祭大典。来自海内外以及台湾地区的五百多位岳飞后裔出席大典。在九十二岁的中国远征军老兵左继豪带领下，五百多位来宾在霏霏春雨中高歌一曲《满江红》，再现了当年中国远征军将士出征之前到关岳庙祭祀宣誓的悲壮一幕。

2016 年 8 月 13 日，淞沪抗战爆发七十九周年纪念日，来自台南后壁乡旌忠庙辖区八掌溪沿岸七八个乡镇中小学校和职业高中的二十一名"小岳飞"来到重庆关岳庙，在岳王神像前上香鞠躬，为两岸和平祈祷，为年青一代的友谊祈祷。

2017 年农历二月十五日，岳飞诞辰九百一十四周年，台湾日月潭文武庙举办"岳武穆王圣诞千秋暨祈安植福三朝法会"。岳朝军率团赴台，向日月潭文武庙转达了重庆关岳庙的问候和致意。法会结束后，岳朝军率大陆岳飞后裔岳剑峰、岳国军、岳付燕等人驱车转赴台北，到一年多前去世的岳天将军灵前祭拜，告慰老人在天之灵：重庆关岳庙岳王殿已如期复建。

2017 年 7 月 11 日，以迁址复建的重庆关岳庙为载体，"首届海峡两岸青少年岳飞文化夏令营"在渝开营，来自台湾和北京、上海、湖北、江西等地的二百三十余名两岸师生汇聚渝中半岛。从台南带团来渝的泰安旌忠文教公益基金常务董事长石育钟先生一见到陈磊、严甄明、李晓峰等人开口就问："还记得五年前我们在南滨路某餐馆'满江红厅'的那个约定吗？"

在本届夏令营开营仪式上，时任重庆市台办主任刘贵忠向两岸师生代表授营旗并发表致辞。他说："岳飞这位诞生在九百一十四年前的民族英雄，为国尽忠，事亲至孝，文能提笔安天下，武能上马定乾坤，是我们中华儿女的优秀代表。此次夏令营活动涵盖两岸青少年交流、文化交流、基层交流三大要素，在当前的两岸交流中，彰显出特殊的意义。"

重庆关岳庙的故事，远未结束。

2017年10月30日，岳飞铜像安座佛光山三周年之际，由重庆市台办联络处处长陈健率队组成的岳飞文化参访团，专程前往台湾佛光山，向岳飞铜像敬献花篮。此时，作为参访团成员之一的李晓峰已转换身份，履新渝中区台办主任。

又是一年新学年开学之际，重庆岳飞文化交流协会意外收到由台湾泰安旌忠文化教育公益基金会转来的一封电子邮件。邮件文档里，是之前来重庆参加"海峡两岸首届青少年岳飞文化夏令营"的孩子返台后，以"我的首次大陆之旅"为题写的作文。作文中，孩子们用生动的语言，记述了他们生平第一次见到的祖国大陆——

期待有缘再相聚　台湾白河小学叶子祯

首次搭飞机，让我既兴奋又期待。到了高雄机场，眼前都是不认识的同学，只有室友陪着我。高雄机场给我的第一印象是大，啊没想到来到了大陆，机场更大呢！

重庆是个美丽的地方，绿色大屋顶的复古建筑（人民大礼堂）、矗立的摩天楼……这些都是台湾看不见的。也因为如此，我更加喜欢上重庆——不，应该是喜欢上了大陆。

很开心能参加这次的首届两岸小岳飞交流活动。这次活动我参观了抗日远征军出发誓师地——重庆渝中区关岳庙以及重庆市抗战遗址博物馆和国民政府战时首都屏障——重庆綦江区，更举行丰富多彩的交流联谊活动。透过这次活动，我更加全面清楚地了解到大陆之大；也希望透过对岳飞精神的领悟，让岳飞忠孝节义、精忠报国精神长留心中。

最后一天的晚会，我从一个安安静静不习惯陌生环境的人，变成了一个超嗨的女孩，该笑就笑，该尖叫就尖叫，该举杯就举杯……这样的我心里就想，我们何时才能再像这样聚在一块，共同度过快乐的夜晚呢？

此时此刻，我还惦念着我们曾一起去过的地方、一起度过的时光……大陆的好朋友，希望有缘再相见！

开心难忘的重庆行　台湾南树人小学沈丽玲

期待已久的大陆之行终于开始了！从飞机上看到香港、重庆这么美的风景，更加期待接下来的行程。

夏令营的一周行程中，给我印象深刻的地点有很多，比如大足石刻，看到如此壮观的佛像群，觉得那些在石崖上刻佛的匠人太厉害了。晚餐我们吃了重庆有名的老火锅。火锅的汤头跟一般麻辣锅的汤头不一样，食材也很特别，像鸭肠、毛肚这些在台湾火锅里是没有的。到渝中区人民小学交流，重庆同学表演的节目，舞蹈、书法、武术，都很精彩；不过我们带去的节目也不错哟，"八家将""扯铃""宋江阵"，同样赢得一片叫好。

下午我们去到关岳庙参观，看见威武的岳飞铜像，就仿佛活生生的岳飞就在我们面前坐着。我们虔诚地向岳飞鞠躬，然后就走到岳王殿外的广场上合影。通过观看展览介绍我才知道，之前我在佛光山看到的铜像，就是英雄岳飞。

令人印象深刻的，还有参观重庆抗战遗址博物馆，里面有很多抗战时的物品、相片。我这时心里想着，我们现在的人真幸福！

最后一天我们去到了充满古色古香的磁器口老街，全程陪同我们的美女导游刘盈姐姐介绍了这儿的陈昌银麻花，还有各种重庆美食小吃。这天晚饭之后的Party上我们都很嗨：大陆的一位学姐唱了京剧；台湾学校的一位学姐唱了昆曲；在大家鼓励的掌声中，我们也唱了一首闽南语歌……就这么开开心心的，结束了在大陆的最后一晚。

岳家的孩子　台湾戏曲学院中三甲班岳虹庭

人生第一次在没有爸爸的陪伴下离开台湾，就是和哥哥一起，回到祖国大陆的重庆。那儿的风景非常漂亮，高楼矗立，夜景很美，富有立体感！

从小到大，从来没有遇到过我们家以外的岳飞后代，甚至连姓岳的同学或朋友都没听说过。这次到重庆真的是非常开心，让我能认识到这么多姓岳的亲戚：岳邦君，岳宸，岳崇一，岳佳荷，岳邦彦，岳贵杨，岳灵智慧……感觉好神奇！原来我的家人好多！我的家族好大！我们的祖国好大！在重庆的一周，我和岳家的小孩们都玩在一起，做什么都一起行动。好多叔叔阿姨看到我们都会问一句："你们是原本就认识吗？"对方得知我们是第一天才认识之后，都用一种不可思议的表情，说我们看起来好像原本就认识了。面对这样的疑问，我们往往异口同声地回答：因为我们——都是岳家的子！

短短的一周，我们相处得非常融洽。每个人原本住的地区不同，说话的口音也都不同，我们互相学着对方的口音说话，互相问了是岳飞的第几世孙。辈分排出来后我们不顾年龄按辈分称呼，例如叫岳宸祖爷爷，闹出了不少有趣的笑话。大陆的宗亲们都很亲切，对我们小孩都很好，真的是血浓于水，两岸一家亲。身为岳飞后裔，我觉得非常光荣。

从小看着爸爸教哥哥练武术——跆拳道、太极拳……后来爸爸还带哥哥去参加宜兰散打代表队，我都没兴趣，结果没想到自己也有学拳的一天，而且还是在大陆重庆，见识了正宗岳家拳。岳家拳是非物质文化遗产，岳家拳掌门人雷杰师傅光是靠岳家拳就获得了好几次全国冠军，能够让他亲自指导，我真的感到无上光荣。我目前是台湾地区第一也是唯一的岳家拳传习者，回家以后反而是爸爸跟我学拳呢。哈哈哈！

离开重庆之后非常不舍，希望能再和大家多相处，我想念岳家的每一位家人，好希望去大陆各地拜访他们：辽宁沈阳的岳佳荷，江西九江的岳宸，还有重庆的邦君、邦彦，成都的岳灵智慧……幸好有微信和QQ能让我们互相联系，也说好了一定要保持联络。听说将来也有机会在台湾举办"小岳飞夏令营"，所以期待我们可以赶快再见面！

读到作文中"我目前是台湾第一、也是唯一的岳家拳传习者"一句时，岳朝军剑眉一扬笑出声来。他在心里默默对这个名叫岳虹庭的孩子说："欢迎你再来大陆，来拜访你多得数不清的家人，姓岳或不姓岳的。赵钱孙李，周吴郑王，冯陈褚卫，蒋沈韩杨……百家姓上的每一姓氏，都是你的家人，都是中华民族大家庭的一员。当然，更欢迎你到重庆来，到你父辈的父辈们曾从这儿出征——去为国而战的英雄之城来，到佛图关下这座藏着惊天传奇的道观来，给咱老祖宗请一个安、许一个愿，说一声，'我是岳家的孩子'！"

在首届海峡两岸岳飞文化夏令营开营仪式上，石育钟先生曾对台湾来渝的孩子讲过一段意味深长的话。他说："今天，同学们终于见到了长江，那是一条以前你们只能从书本上认识的江。但此刻，它就在你们身边奔流；将来，它还会在你们的梦中奔流。"说这话时，他的目光扫过会场中几百个孩子的脸，仿佛看到了台南后壁乡八掌溪沿岸金黄的田畴，看到长江之水在一个台湾孩子的地理课本上浩荡流过，托起一蓬白帆……

2018年盛夏，"第二届海峡两岸青少年岳飞文化夏令营"在渝举办。开营仪式上，新任重庆市台办主任胡奕向两岸学生代表授营旗，重庆市台办副主任刘显忠向两岸参营组团师生赠送纪念品。台湾泰安旌忠文教公益基金常务监察欧进士教授代表台湾地区夏令营师生致辞说："几百年来，岳飞忠孝仁勇的精神，已深深植根于南台湾这片热土中，成为今天、明天，千千万万个宝岛'小岳飞'成长的文化养分和道德源泉。"

开营仪式的表演环节，来自台湾普门中学的学生表演了舞蹈《在高岗上》，君毅中学的学生用小号演奏了动画片《狮子王》主题曲，两岸孩子联袂演出了舞蹈《小美人鱼》，国家级非物质文化遗产岳家拳传承人雷杰率湖北黄梅县岳飞小学精忠武术队的孩子表演了岳家拳……开营仪式的高潮，是两岸师生在岳飞二十八世孙岳朝军的带领下，全场同唱《满江红》。次日，佛图关下，岳王殿前，再现了一年前两岸学子携手共祭岳飞的一幕。

迄今，"海峡两岸岳飞文化夏令营"已在两岸轮流举办了7届。7年中，大陆22个省市自治区52所中小学校、台湾地区10个县市35所学校，共计上万名师生参与了这项盛事。夏令营活动的重头戏之一，是两岸学子"学岳飞征文"大赛。2022年的征文评选活动，设立了初选、终评两个环节，特邀重庆市作家协会主席冉冉担任评委会主任，重庆作家欧阳斌、李乔亚、李显福、岳非丘等人担任评委。本届大赛，两岸共收到征文2265篇，其中台湾地区学生116篇，数量为历届最高。重庆市作家协会党组书记、副主席何浩先生在夏令营闭幕仪式上宣读了获奖征文名单。在本届夏令营活动现场，还发布了《海峡两岸岳飞文化夏令营营歌》，营歌歌词由重庆市岳飞文化交流协会会长岳朝军和台湾泰安旌忠文教公益基金会董事长殷世熙携手创作，大陆著名作曲家雪鹰谱曲。歌词以岳飞《宝刀歌》韵律为韵脚，歌中唱到："两岸一家亲，同学正年少。兴邦耀中华，时光莫闲抛。"7 月 11 日上午，两岸师生来到重庆关岳庙，举行庆祝中国人民抗日战争胜利 77 周年暨中国远征军出征 80 周年纪念活动，并向岳飞青铜像敬献了花篮。出席活动中国抗日战争史学会副会长周勇教授，为两岸师生讲述了重庆关岳庙作为中国远征军出征宣誓地的历史传奇。

重庆关岳庙的故事还在续写，它作为两岸青少年文化交流平台的影响力正日益凸显。明年，后年，将有更多来自岛内的孩子踏上祖国大陆的土地，来到重庆佛图关下，向那些在民族危亡之际慷慨赴死的英烈上香、鞠躬、叩首。

一座道教宫观，在中华民族源远流长的文明长河中，承载了如此之多的历史文化，被注入了两岸中国人如此浓烈的血肉亲情，在国内诸多宗教建筑中十分罕见。

八百多年前，当岳飞率领岳家军驻扎朱仙镇、剑指开封府时，他不会想到，他一生信奉的精忠报国、忠孝仁义，会成为中华民族文明遗产的一部分；他更不会想到，在他遇害八百多年后，在一场中华民族抵御外辱的全民抗战中，成千上万的中国军人会在他的塑像下宣誓出发，高喊着"还我河山"的口号共赴国难；当然，他也不会想到，他的神像会被请上一艘艘漂洋过海的船，与早期大陆移民一块儿来到台湾岛上，护佑背井离乡的先民们一代一代开枝散叶、忠孝传家。

百多年前，孙中山先生说过："岳飞，是中华民族的精神象征，岳飞魂，就是民族魂。"在这个意义上,抖去岁月尘埃的重庆关岳庙,就是储存着中华民族精神密码的一座历史灯塔。

今天,游客来到鹅岭北坡,来到三国大将李严筑城垣以守江州的那座雄关,来到七十多年前中训团学员练兵杀敌的地方,来到曾用十二座白骨塔安葬大轰炸死难同胞遗骸的半崖之上,便可看到那座大隐于市、深藏功名的庙宇。

走近它,走进它绿树遮掩的山门,一步一步,沿蜿蜒曲折的爬山廊拾级而上,过了灵官殿、关圣殿,便行至岳王殿前。站在殿外石梯上肃然屏息,仰面可见大殿正门左右的烫金楹联——

嘉陵长流武穆精忠昭百世

鹅岭永存南渡往事已千年

这两句话,既是对岳飞精神的缅怀,也是对重庆关岳庙风云历史的一份浓缩和摹写。

一千年,在漫长的人类历史上是个什么概念?在一个国家、一个民族的文明演变史上,又是个什么概念?

史式先生曾在《台湾先住民史》一书中提出,根据浙江余姚河姆渡遗址的考古成果,证明作为中华民族四大族源之一的古越人,早在公元前一万年时,就有了成熟的农业,会建造干栏式建筑,擅长造船驾舟。大约从公元前五千年起,到春秋战国时期,他们中的一支,就开始漂洋过海,向台湾、澎湖列岛和南太平洋诸岛迁徙。与这样绵长悠远的中华古文明史相比,一千年的历史，实在是太短，太短！然而文明的长河，却正是由这样一个个千年、百年，乃至十年、五年的"瞬间"组成和连接起来的。对此，史式教授有过这样一个凝练的阐述："任何民族的优秀分子，其在历史瞬间中建立的功业、付出的牺牲和努力，都是一页页文明的断章，在历史的长夜中，都是会发光的。"

史教授这段话，很容易让人想起台南菁寮小学戴淑娟校长发给岳朝军的一段电邮文字。电邮中，这位曾带着本校十八个孩子来渝参加了"海峡两岸青少年岳飞文化夏令营"的女校长这样写道：

每一次两岸交流活动，都如同在一泓平静的水面上溅起一朵涟漪。未来的日子里，这个以重庆为圆心的涟漪，随着时间的推移和能量的积累，它外围的波纹还会不断扩散、放大，像一场浪花的接力，一圈圈，一点点，在两岸孩子的心中，激荡出更多的故事与悸动。所以要谢谢你！谢谢重庆！感谢每一次、每一位为两岸孩子交流劳心劳力的朋友！今天你们做的一切，都是有价值、会被后人记住的……

后　记

当这本书交稿付梓的时候，由四个民间人士从重庆送过海峡的岳飞青铜像，已日披朝霞祥云、夜沐月华星光，成为佛光山永久景观的一部分。

从此后，宝岛之南，静夜侧耳，海峡长风之外，或许你能听到一些另外的声音——八百多年前，一位英雄的仰天长啸。

这声音从佛陀广场传来，从历史深处传来，挟带着英雄岳飞对家国河山的精忠热血，也表达着两岸同胞对中华文化共同价值守护的坚定决心。

于是，就有了这本书。

本书共有三条线：主线是送像之行，副线是对抗战时期重庆关岳庙风云故事的寻找和抗战历史文化的挖掘；另外还有第三条线——岳飞崇拜在台湾落地生根的历史。

在叙事节奏上，三条线交叉推进，围绕的是一个主题：借助岳飞铜像安座台湾佛光山的故事，展现海峡两岸中国人切不断的历史记忆、文化根脉和血缘亲情。

这是一个足够宏大的主题。

本书的采访写作历时两年多，涉及有名有姓的人物众多，地跨两岸暨香港，历史背景广阔，是对作者脑力、知识和体力的三重挑战。及至今天，六年前的那个下午——送像团成员在人民广场被市民重重包围的场景，依然历历在目。那一天，是全书故事的真正起点，也是我们观察这一在两岸民间交流史上具有"破冰"意义事件的支点。那个热浪氤氲的下午，送像团成员根本不知道几天后他们将遭遇什么，所以岳朝军说，这是一次"蹈海"之行。周恩来曾作《无题》诗曰："大江歌罢掉头东，邃密群科济世穷。面壁十年图破壁，难酬蹈海亦英雄。"梁启超亦有诗曰，"蹈海归来天地秋"。这一个"蹈"字，表达的是凛然大意、赴汤蹈火、壮怀激烈的豪情。以"蹈海"来形容送像团成员当时的心境，再贴切不过。

出人意料的是，自从送像团踏上那片土地，从北到南所见所闻，却是浓得化不开的乡亲、乡情、乡音，是超越政治隔阂和历史恩怨的袍泽之谊。这种预设的紧张心态与现实情境的巨大反差令人吃惊：两岸，我们还有多少未知？这也成为我们完成本书的内在动力。我们试图用这样一本书，来破解两岸同胞心灵的密码，把两岸民间交流、文化交流的窗缝，推得大些，更大些。

到今天为止，两岸民间交流的路，依然是一条需要勇气与脚力去走、去趟、去闯的窄逼小径，但走的人多了，总归有一天它会变成"碧血丹心映晓霞"的康庄大道。

走出螺蛳壳，才有新天地。共同的血脉、共同的文化和强大的民族基因，造就了大陆与台湾打断骨头连着筋的命运共同体。不论海峡风云如何变幻，历史终将证明：只要两岸同胞携手连心，中华民族一定能迎来惊艳世界的伟大复兴！

　　本书在写作过程中，得到了重庆市台办、重庆市海峡两岸交流促进会、渝中区台办、渝中区民宗委的大力支持和指导。重庆市作家协会高度重视此书写作，专门召集专家学者进行研讨、论证、支招，还将其列为重点作品。此外，本书还得到重庆市地方史研究会、重庆中国三峡博物馆、重庆档案馆、中国抗战大后方研究协同创新中心、重庆市抗战大后方历史文化研究会学术委员会、重庆图书馆、重庆抗战遗址博物馆等单位的大力支持，在此一并表示衷心感谢！

作者

2021 年秋